À PROPOS DE L'AUTRICE

Originaire du Pays de Galles, Ella Matthews aime ancrer ses histoires dans les magnifiques paysages de sa terre natale. C'est en lisant elle-même des romances historiques Harlequin qu'elle a eu envie d'écrire, et nous offre aujourd'hui des romans aussi palpitants qu'inoubliables !

Le choix du guerrier

ELLA MATTHEWS

Le choix du guerrier

Traduction française de
SOPHIA LIBRET

Les Historiques

HARLEQUIN

Collection : LES HISTORIQUES

Titre original :
THE WARRIOR'S INNOCENT CAPTIVE

HARPERCOLLINS FRANCE
83-85, boulevard Vincent-Auriol, 75646 PARIS CEDEX 13
Service Lectrices — Tél. : 01 45 82 47 47 - www.harlequin.fr
ISBN 978-2-2804-6430-7 — ISSN 1159-5981

Composé et édité par HarperCollins France.
Imprimé en juin 2022 par CPI Black Print (Barcelone)
en utilisant 100% d'électricité renouvelable.
Dépôt légal : juillet 2022.

FSC
www.fsc.org
MIXTE
Papier issu de sources responsables
FSC® C159065

Pour limiter l'empreinte environnementale de ses livres, HarperCollins France s'engage à n'utiliser que du papier fabriqué à partir de bois provenant de forêts gérées durablement et de manière responsable.

Chapitre 1

Forteresse d'Ogmore – hiver 1331

Les candélabres placés haut sur les murs de pierre éclairaient la grande salle de leur lueur vacillante. En cette soirée d'hiver, alors qu'un froid glacial régnait au-dehors, la vaste pièce bénéficiait de la chaleur dispensée par la foule venue assister aux divertissements qui y étaient offerts.

Erik Ward se tenait immobile, les bras croisés sur la poitrine. Devant lui, des montreurs de marionnettes interprétaient une comédie grivoise. Quelque chose déclencha les rires de ceux qui l'entouraient, mais il n'avait pas prêté attention à ce qui en était la cause. Car, face à lui, de l'autre côté du demi-cercle formé par les spectateurs, se tenait Linota Leofric. Ses longs cheveux d'or retenus en arrière formaient une tresse aux motifs complexes. Contrairement aux autres femmes, elle n'avait orné sa natte d'aucune parure. La façon dont elle battait des mains, l'air ravi qu'elle affichait à la vue du spectacle offraient à Erik une bien plus intéressante distraction que les facéties des marionnettistes.

Il n'était toutefois pas le seul homme à avoir remarqué la présence de la jeune femme. Certains tentaient d'attirer son attention. Un ou deux avaient même essayé d'engager la conversation, mais après un court instant Linota s'était poliment détournée pour s'intéresser de nouveau au spectacle. S'il avait compté au nombre de ceux susceptibles de lui faire cour, Erik aurait réfléchi à une idée originale pour susciter et retenir son attention. La situation étant ce qu'elle était, il se satisfaisait de la regarder s'amuser du divertissement.

Un homme vint se placer juste derrière lui. La respiration sifflante de l'inconnu, fort bruyante, le gêna et l'amena à se décaler légèrement.

Quand le rire charmant de Linota retentit de nouveau, il remarqua qu'il avait la gorge serrée. *Quelle réaction risible !* ne put-il s'empêcher de penser. Voilà qu'il se comportait comme le garçon de cuisine qu'il avait été autrefois, capable de se laisser hypnotiser par la plus jolie des filles de la forteresse.

C'était ainsi qu'il se sentait depuis la première fois que son regard s'était posé sur Linota, plus d'un mois auparavant. Il se réjouissait du fait que lui-même et son seigneur, Jarin Ashdown, comte de Borwyn, soient loin de chez eux. Si les hommes de Borwyn pouvaient le voir soupirer en rêvant à une jolie femme à laquelle il n'avait jamais encore adressé la parole, la redoutable réputation qu'il avait passé des années à bâtir en pâtirait certainement.

Une main se posa lourdement sur son épaule, et toute trace de gaieté quitta instantanément son visage. En temps normal sa réputation le précédait ; étant donné que Borwyn et lui séjournaient depuis quelque temps déjà en tant qu'invités dans la forteresse d'Ogmore, tout le monde ici aurait donc dû savoir que ce que l'on disait de lui n'avait rien d'exagéré. Il n'était pas le genre d'homme à qui l'on tapait sur l'épaule. Il était de ceux dont on se tenait bien à l'écart.

— J'ai des nouvelles de Mary, annonça une voix nasillarde juste sous son oreille gauche.

Le sang d'Erik se glaça dans ses veines. Personne ne lui avait parlé de sa jeune sœur depuis de longues années. Même quand elle vivait auprès de lui dans la même forteresse, il avait redoublé d'efforts pour la garder cachée. Après le départ de Mary, il était parti à sa recherche, mais n'avait pas retrouvé sa trace. C'était comme si elle avait été effacée de la surface de la Terre.

— Retrouvez-moi près des écuries, lança la voix avec autorité.

La main quitta son épaule. Erik pivota sur lui-même pour tenter de voir l'inconnu, mais celui-ci s'était déjà évanoui dans la foule qui se pressait autour des marionnettistes.

Il posa une dernière fois les yeux sur Linota Leofric et fusilla du regard un homme à la peau couverte de boutons qui venait de s'approcher d'elle. L'individu pâlit aussitôt et recula aussi vivement que s'il avait reçu un coup de poing à l'estomac. Tout au plaisir de constater que sa réputation avait tout de même produit quelques résultats en cette soirée, Erik hocha la tête d'un air satisfait.

Le ciel nocturne était parfaitement dégagé, et un vent glacial transperçait ses vêtements tandis qu'il se dirigeait vers le donjon. Il se tint pendant quelques instants dans l'ombre projetée par ses parois imposantes. Les rires d'un groupe de gardes tout proche l'avaient amené à se plaquer contre la paroi de pierres rugueuses, et il s'était surpris à rire de sa réaction. Il ne faisait rien de mal, alors pourquoi se comportait-il tel un criminel ?

Il rencontrerait cet inconnu, qui tenterait probablement de lui raconter toutes sortes d'absurdités pour obtenir de lui qu'il use de son influence auprès de Borwyn. Puis il l'éconduirait et pourrait rejoindre les festivités… et continuer à contempler Linota.

Il secoua la tête ; non, il ne se contenterait pas de la contempler, il assurerait sa protection. Linota ne se doutait pas qu'une dot importante, accordée par le très influent comte d'Ogmore, venait d'être associée à son nom et à celui de sa sœur. Cela faisait d'elle une épouse potentielle de premier choix pour le seigneur d'Erik, Borwyn, et Erik veillait toujours à ce que les intérêts de Borwyn soient préservés. En outre, les grands yeux bleus de Linota et le charme de ses courbes rendaient cette mission bien plus plaisante que beaucoup d'autres.

Erik et Jarin étaient seuls à savoir à quel point ce dernier avait besoin de l'argent et des relations qu'un mariage avec Linota lui apporterait. En songeant à cette union, Erik sentait monter en lui une sourde colère, mais il devait la mettre de côté et oublier ses sentiments. Si elle ne devenait pas l'épouse de Borwyn, Linota ne serait pas pour autant susceptible d'être la sienne. Elle ne pouvait en aucun cas faire figure d'épouse potentielle pour un simple intendant né hors des liens du mariage. Son importante dot la plaçait bien au-delà de sa portée, et il lui aurait été aussi facile d'obtenir sa main que de vouloir rejoindre la lune.

Arrivé aux écuries, il attendit. Le vent plaquait sa tunique de laine contre son torse, et il regretta de ne pas avoir pris le temps de se munir de sa cape. Dans l'espoir de contrer l'assaut du froid qui le transperçait jusqu'aux os, il frotta vigoureusement ses mains l'une contre l'autre. Il décida d'accorder encore quelques instants à l'inconnu pour venir, puis il irait retrouver les réjouissances de la grande salle.

Le son d'un pas traînant lui fit tourner la tête sur sa gauche. Un petit homme replet s'approcha de lui dans la pénombre.

— Eh bien, qu'y a-t-il ? demanda Erik.

— Erik Ward, dit l'homme tout bas.

Erik émit un petit grognement de mécontentement. Cet inconnu, qui se tapissait dans les recoins les plus sombres et réclamait des réunions secrètes, avait décidément un sens du drame digne d'un comédien. Erik ne voulait pas que cette entrevue dure plus longtemps que nécessaire. Il avait d'autres choses à faire.

— Vous avez dit avoir des nouvelles de ma sœur, me semble-t-il.

— C'est le cas, en effet.

— Et que désirez-vous obtenir en échange de ces nouvelles ?

— Ah ! je vois que vous allez droit au cœur de la question. J'aime beaucoup l'idée que vous soyez disposé à procéder à une forme d'échange.

Erik leva les yeux au ciel. Il n'était en aucun cas prêt à agir de la sorte, mais il comptait bien attendre que ce personnage lui ait révélé ce qu'il projetait avant de dire quoi que ce soit. Il laissa donc l'homme poursuivre :

— Vous avez raison, je veux obtenir quelque chose en échange de ce que je sais. Mais pour l'heure, je me contenterai de vous apporter la preuve de la sincérité de mes intentions. Tenez, prenez ce paquet. Quand vous le pourrez, regardez ce qu'il contient. Je reviendrai vous voir très bientôt.

— Qu'y a-t-il là-dedans ?

Erik saisit le petit paquet qui lui était tendu et le glissa à sa ceinture. Rien de ce que cet homme lui donnerait ne pourrait avoir le moindre intérêt.

— Vous le découvrirez vous-même, dit l'inconnu avant de tourner les talons et de disparaître en reprenant le chemin par lequel il était arrivé.

Erik poussa un lourd soupir et s'éloigna à grands pas du sombre recoin. Ce n'était pas la première fois que quelqu'un tentait de tirer profit de la place qu'il occupait auprès de Jarin, et ce ne serait sûrement pas la dernière. Mais il ne pouvait que reconnaître que cet homme-là avait un certain talent pour ménager ses effets.

Linota délaissa le spectacle de marionnettes. Ce qu'il proposait était fort divertissant, mais il y avait tant d'autres choses à voir ! De plus, qui sait quand elle aurait l'opportunité de profiter de nouveau d'une telle chance ? Au cours des dix-huit premières années de son existence, elle n'avait encore jamais rien vu de comparable à ces festivités.

Dans l'un des coins de la salle un jongleur faisait tournoyer dans les airs des torches enflammées, qu'il lançait et rattrapait le plus naturellement du monde. Elle le regarda, captivée, jusqu'à ce que son attention soit attirée par la conversation qui se tenait tout près d'elle.

— Tiens, le voilà de nouveau, souffla une femme. Que ne donnerais-je pour une soirée avec un homme comme lui !

— Moi, je préférerais une nuit entière. Regardez un peu comment on devine ses muscles sous ses vêtements… J'ai entendu dire qu'il sait parfaitement comment satisfaire une femme. J'imagine sans peine que son étreinte est puissante et passionnée.

Les deux femmes émirent de petits rires.

Linota tourna les yeux vers l'endroit où se dirigeaient leurs regards.

Elle ne fut pas surprise de découvrir que l'objet de leur attention n'était autre qu'Erik Ward. Il se tenait juste à l'entrée de la salle et frottait ses mains massives l'une contre l'autre, comme s'il tentait de se réchauffer après avoir passé du temps à l'extérieur. Mais ne l'avait-elle pas vu assister au spectacle de marionnettes un moment plus tôt ? Sa haute silhouette musculeuse pouvait difficilement passer inaperçue, et ce d'autant plus qu'il dépassait en taille presque toutes les personnes qui se trouvaient dans la salle.

Linota avait à maintes reprises senti ses yeux s'attarder sur elle, mais chaque fois qu'elle avait regardé dans sa direction elle avait noté qu'il affichait un air sombre. En chacune des occasions où elle se sentait observée, elle éprouvait une sensation étrange, comme si tous ses sens se trouvaient subitement en éveil. Elle avait tenté d'ignorer cet émoi, mais ses efforts étaient restés vains.

Elle tira doucement sur sa tresse serrée tout en regrettant de ne pas avoir suffisamment d'assurance pour faire à sa sœur une demande qui lui tenait à cœur, celle de pouvoir arborer une coiffure qui laisserait une plus grande liberté à ses cheveux.

— Le voilà qui approche, lança l'une des femmes derrière elle.

Linota reporta son attention sur les jongleurs pour ne pas sembler prêter trop d'intérêt à la présence d'Erik. Elle ne voulait pas qu'il sache que la façon qu'il avait de se mouvoir exerçait une véritable fascination sur elle. Avec ce corps massif et musculeux, il aurait dû sembler lourdaud. Au lieu de cela, il se déplaçait avec la grâce d'un chat traquant sa proie. Alors que les autres femmes, y compris Katherine, sa sœur aînée, paraient de tous les mérites le comte de Borwyn, le seigneur d'Erik, Linota, elle, ne s'intéressait qu'à son intendant. Contrairement à Borwyn, Erik n'occupait pas le devant de la scène, il se tenait un peu à la marge des choses. Elle ne lui avait jamais adressé la parole, mais elle avait l'impression qu'il était un peu comme elle, impatient de voir son existence réellement débuter, attendant son heure pour pouvoir prendre son envol.

— Damoiselle Leofric.

Linota sursauta quand un homme placé près d'elle lui adressa la parole. Elle avait été si occupée à penser à Erik Ward qu'elle n'avait pas remarqué que quelqu'un s'était approché.

— Comme il est plaisant de voir que vous, ainsi que votre sœur, avez quitté vos chambres ! Une jolie petite chose comme vous ne devrait pas être cachée loin de la lumière du jour.

Linota fut choquée de s'entendre désigner par le terme de « chose », mais Katherine avait ancré en elle cette idée selon laquelle il était nécessaire de se montrer polie envers toutes les personnes qui croisaient leur chemin. L'empreinte de la trahison avait accompagné leur famille comme une odeur indésirable pendant si longtemps… En ce jour, leur frère venait par son mariage d'entrer dans l'influente famille Ogmore. La cérémonie puis la fête organisée pour les noces avaient fourni à Linota et Katherine une formidable occasion : celle de rester exceptionnellement longtemps hors de leur chambre. Cela ne s'était pas produit depuis des années. C'était libérateur et excitant, mais Linota savait que tout pourrait prendre instantanément fin si elle commettait le moindre faux pas.

Elle se tourna donc vers l'homme pour lui sourire poliment avant de regretter aussitôt son mouvement. Les lèvres épaisses de l'individu luisaient de graisse, et des débris de nourriture parsemaient sa longue barbe. Il promena son regard lubrique sur son corps, et elle se sentit frémir de dégoût.

Instinctivement, elle eut un mouvement de recul qui lui fit heurter un mur. Un mur qui n'était pas là quelques instants plus tôt. Elle jeta un coup d'œil derrière elle et comprit aussitôt qu'elle venait de percuter le torse massif d'Erik Ward.

— Laisse la lady en paix, Mabon.

La voix grave d'Erik fit vibrer tout son corps.

Le nommé Mabon pâlit et n'attendit pas de se voir répéter l'ordre qu'il avait reçu. Il déguerpit à toute allure, sans prendre le temps de les saluer.

— Merci infiniment, sir.

Elle s'écarta et se retourna pour lever la tête vers son sauveur. Ses yeux rencontrèrent le regard bleu et pénétrant d'Erik, et elle sentit son cœur s'affoler dans sa poitrine.

— C'est tout naturel, dit-il.

Malgré la faible lueur qui régnait de ce côté de la salle, Linota pouvait voir son regard pétiller.

— Mabon n'est qu'un stupide petit crapaud. J'ai pris grand plaisir à le remettre à la place qui est la sienne.

Les coins de la bouche d'Erik se relevèrent en un demi-sourire, et Linota ne put s'empêcher de lui sourire à son tour.

— Je suis Erik Ward.

— Je le sais.

En voyant l'air surpris qui se peignit sur les traits du guerrier, Linota s'empourpra.

Elle ne voulait pas qu'il pense qu'elle l'avait remarqué, lui, en particulier, même si c'était bel et bien le cas. Il passait difficilement inaperçu. La plupart des autres hommes présents dans la salle affichaient une apparence soignée tandis qu'Erik semblait bien plus rude, avec sa chevelure ébouriffée retombant sur ses épaules.

— Le comte de Borwyn a causé une belle agitation en venant à Ogmore, parvint-elle péniblement à dire. Même en étant enfermée dans ma chambre, j'aurais difficilement pu ignorer l'enthousiasme que son arrivée en compagnie de son escorte a suscité.

La bouche d'Erik s'arqua de nouveau en un sourire.

— Je vous remercie, damoiselle, de me remettre à la place qui est la mienne.

Linota sentit ses joues devenir plus brûlantes encore. Elle n'avait pas l'habitude de converser avec des hommes. S'agissait-il d'une sorte de badinage courtois ? À en juger par la manière dont ces femmes en parlaient plus tôt, Erik disposait d'une expérience qu'elle ne possédait pas. Pas un des hommes l'ayant approchée au cours de la soirée n'avait provoqué en elle cette sensation d'estomac noué qu'elle éprouvait à l'instant. Prisonnière du regard perçant d'Erik, elle ne parvenait pas à se détourner de lui.

— Hum… Je suis Linota Leofric, dit-elle.

— Je le sais.

Elle ne put réprimer un petit rire. Erik Ward était connu pour être l'homme fort du comte de Borwyn, celui qui menait ses batailles et, à en juger par ses larges épaules, elle ne doutait pas un instant de la véracité de ces rumeurs.

Mais maintenant qu'elle conversait avec lui, elle pouvait déceler une étincelle d'humour dans son regard qui laissait supposer qu'il était bien plus que l'homme à la brutalité aveugle que renvoyait son image.

— Comptez-vous me demander comment je le sais ? demanda-t-il.

Elle eut un haussement d'épaules désabusé.

— Tout le monde sait qui je suis. Je suis la plus jeune enfant du tristement célèbre John Leofric, traître à la Couronne. L'une de ses deux filles, des filles qui ne sont presque jamais sorties de leur chambre parce que leur mère a perdu la raison après que nous avons été jetés à la porte de notre propre château lorsque j'étais enfant. Les noces auxquelles nous assistons aujourd'hui sont celles de mon frère, et même s'il n'est pas tristement célèbre il est sans doute fort bien connu en raison de l'affreuse cicatrice qui barre son visage. Je dirais qu'il n'y a pas une seule personne ici qui ne connaisse mon nom ou l'histoire de ma famille.

Erik afficha un air surpris.

— Ce n'est pas ce que j'allais répondre.

— Oh…

— J'allais dire que je savais qui vous étiez parce que vous êtes de loin la plus belle femme de la pièce.

Le souffle de Linota se bloqua dans sa gorge et elle resta un instant bouche bée sous l'effet du choc.

Elle avait entendu dire à de nombreuses reprises qu'elle était belle, mais chaque fois ces compliments étaient le fait de sa propre sœur. Recevoir un éloge similaire de la part d'un inconnu à la carrure puissante était une expérience bien différente… L'étrange sensation d'abord née dans son ventre commença à se diffuser à travers tout son corps, affolant les battements de son cœur et semblant mettre tous ses sens en alerte.

Le regard d'Erik se porta sur ses lèvres entrouvertes, et une expression qu'elle ne déchiffra pas se peignit sur ses traits. Le brouhaha ambiant cessa de lui parvenir. C'était comme s'ils étaient à présent seuls dans la grande salle.

Pendant un moment long et exaltant, Linota crut qu'il allait l'embrasser. Finalement, il sourit et dit :

— Mais je ne doute pas que vous entendiez en permanence des louanges au sujet de votre beauté. Alors dites-moi, Damoiselle Leofric, appréciez-vous cette soirée ?

Les bruits de la fête revinrent brusquement aux oreilles de Linota, et elle lut de l'amusement au fond des yeux d'Erik, comme si ce moment si intense n'avait jamais eu lieu. Peut-être était-ce le cas, en effet. Peut-être Erik avait-il pour habitude de dire à toutes les femmes qu'elles étaient les plus belles.

Ces dames, dont elle avait surpris la conversation, parlaient de passer la nuit avec lui, et elle n'était pas assez naïve pour ignorer ce que cela signifiait. Mieux valait ne pas se laisser aller au moindre badinage avec cet homme. Elle ne pouvait lui donner l'impression qu'elle éprouvait de la fascination pour lui, même si c'était la vérité. Sa famille comptait sur elle pour faire un bon mariage ; se livrer à des jeux de séduction avec un intendant était tout sauf une bonne idée. Il avait beau être doté d'un superbe physique, son rang n'était pas assez élevé comparé au sien. Il n'y aurait cependant rien de mal à se montrer polie.

— Tout me plaît à propos de cette soirée, répondit-elle avec franchise.

— Vous êtes-vous essayée à certains des divertissements vous-même ?

— Non ! Je ne crois pas que jouer avec du feu soit une bonne idée.

Il lui décocha alors un large sourire qui éclaira son visage et le fit paraître plus jeune.

— Je parlais plutôt du jeu de quilles ou du lancer de fer à cheval, ces jeux qui ont été organisés pour que les invités ne soient pas que de simples spectateurs.

La chaleur qui avait peu à peu quitté le visage de Linota se raviva brusquement. Bien entendu, il voulait parler des jeux. Gênée, elle se tordit les doigts sous les plis de sa robe.

— Non je n'ai pas essayé le jeu de quilles. Je n'ai jamais joué, et je n'ai pas la moindre idée de ce qu'il faut faire.

— C'est très facile, vous verrez. Venez. Allons donc faire une partie.

— Oh… Je…

Il lui fallait vraiment trouver sa sœur. Ou, si elle n'y parvenait pas, elle devrait au moins se tenir à l'écart de cet homme. Mais son corps ne semblait pas vouloir entendre ce que sa tête lui dictait, et elle suivit sa silhouette aux larges épaules à travers la foule. Les groupes se scindaient pour permettre au guerrier de passer, mais personne ne leur adressa la parole. Les gens se contentaient de les observer en affichant un léger mépris. Elle était habituée à ce genre de regards désobligeants, mais elle ne comprenait pas pourquoi ils se dirigeaient également vers Erik.

— C'est un jeu simple, dit ce dernier en arrivant près du jeu et en ramassant une petite balle de bois. Il faut lancer cela vers les quilles qui sont là-bas et voir combien on peut en faire tomber. Celui qui en fait tomber le plus gagne. Je jouerai en premier.

Linota battit des mains de ravissement lorsque la balle d'Erik renversa la totalité des quilles.

Il lui adressa un sourire avant de se diriger vers les pièces de bois tombées au sol.

— Je vais tout remettre en place, et vous pourrez essayer à votre tour.

Quand il la rejoignit, ses doigts effleurèrent les siens au moment où il lui remit la balle. Ce contact lui causa un tel choc qu'elle en eut le souffle coupé, mais Erik, lui, ne sembla rien remarquer. Sa main tremblait lorsqu'elle se mit en place. Elle tenta de se maîtriser au moment de viser, mais son corps la trahit, et elle lança la balle bien loin de sa cible.

Erik sourit et lui tendit une autre balle sans faire le moindre commentaire. Les trois tentatives suivantes se soldèrent par le même résultat. Le quatrième essai de Linota lui permit toutefois de faire tomber deux quilles, et elle bondit de joie, criant et battant des mains. Qui aurait imaginé que faire tomber des quilles de bois pouvait être si satisfaisant ?

Toujours d'humeur joyeuse, Erik se pencha pour ramasser une autre balle. Son mouvement provoqua la chute d'un paquet sommairement entouré d'étoffe qui était coincé dans sa ceinture. En tombant au sol l'emballage se défit, et un petit objet glissa jusqu'aux pieds de Linota.

Elle se baissa et le saisit.

— Oh ! comme c'est charmant ! Où l'avez-vous donc eu ? demanda-t-elle, tout en admirant un cheval miniature sculpté dans le bois.

Les détails, d'une exquise précision, donnaient l'impression que l'animal avait été saisi en plein mouvement. L'objet avait été percé, et une fine chaîne permettait de le porter en collier, mais c'était réellement la beauté de la sculpture qui retenait son attention. La pièce était petite mais d'une grande complexité. Elle s'apprêtait à approcher l'objet d'une bougie, toute proche, mais avant qu'elle ait pu l'examiner davantage, il lui fut arraché des mains.

Elle inspira profondément et leva les yeux vers Erik.

L'homme qui riait quelques instants plus tôt avait disparu pour céder la place au rude guerrier dont elle avait entendu parler. Ses lèvres ne formaient plus qu'une mince ligne, et ses mâchoires étaient fermement serrées. Dans ses yeux brûlait une émotion qu'elle ne parvenait pas à déchiffrer. Leurs regards se rencontrèrent, et elle recula d'un pas, les mains tremblantes.

Les yeux d'Erik, habités d'une absolue fureur, restaient

dirigés vers elle, mais semblaient ne plus la voir. Tout son corps était tendu à l'extrême, comme s'il s'apprêtait à se jeter sur un ennemi pour le tailler en pièces.

Linota ouvrit la bouche pour dire quelque chose puis se ravisa. Ce léger mouvement parut tirer Erik de son état de transe, et brusquement toute trace de colère disparut de ses yeux.

— Veuillez m'excuser, Damoiselle Leofric, il me faut partir.

Il la salua d'un bref signe de tête et, sans un mot de plus, s'éloigna à grands pas.

Linota resta immobile et regarda la foule se refermer sur lui, tout en s'interrogeant sur la nature de la scène qui venait de se jouer sous ses yeux. Elle porta la main à sa gorge et sentit sous ses doigts le battement affolé de son pouls.

Il lui semblait déjà que cet étrange tête-à-tête n'avait jamais eu lieu.

Chapitre 2

Erik passait la brosse sur la robe déjà luisante de son cheval. Cai ne manifestait pas le moindre mécontentement, même si Erik ne cessait de brosser le même endroit encore et encore.

Ce collier ! Cela faisait des années qu'il ne l'avait revu. Des images, depuis longtemps enfouies dans les tréfonds de sa mémoire, l'avaient assailli. Mary, sa douce petite sœur aux grands yeux bruns et au si délicat visage, adorait les chevaux. Dès qu'il disposait d'un moment de liberté, il prenait sa minuscule main dans la sienne et l'emmenait jusqu'aux écuries – tout était bon pour lire la joie sur son visage durant leur miséreuse enfance. Le maître de l'écurie n'était jamais gêné par la présence de ces deux enfants calmes, et quand il avait lui aussi un peu de temps libre, il soulevait Mary à bout de bras pour qu'elle puisse caresser le chanfrein d'une jument docile. Ces moments de paix et de quiétude constituaient les souvenirs de ces jeunes années les plus chers aux yeux d'Erik. Diable ! C'étaient même les seuls bons souvenirs qu'il gardait de toute cette époque !

Erik avait sculpté pour Mary le petit cheval de bois et avait réussi à réunir suffisamment de pièces de monnaie pour acheter une fine chaîne. Il lui avait offert le pendentif pour le Noël suivant, et elle n'avait cessé de le porter à son cou dès l'instant où il le lui avait donné jusqu'à celui où il l'avait vue pour la dernière fois. Créer cet objet ne lui avait pratiquement rien coûté, mais aux yeux de Mary la sculpture revêtait une valeur inestimable.

Il se pencha et appuya son front contre le flanc de Cai. Il avait juré à sa sœur qu'il la protégerait toujours. Et il avait échoué. Moins d'un an après le moment où il lui avait fait présent du petit cheval sculpté, Mary avait été vendue à un homme beaucoup plus âgé afin de devenir son épouse. Elle avait supplié Erik de venir la chercher dès qu'il le pourrait, et il avait promis qu'il le ferait. Mais c'était là un serment qu'il n'avait pas été en mesure de tenir. Malgré tous ses efforts, il n'était pas parvenu à la retrouver. Son fumier de père s'était assuré que le lieu où elle résidait resterait bel et bien inconnu. Jamais cet homme n'avait voulu le bonheur de son fils. À présent il était mort, et il était donc impossible à Erik, à son grand regret, de lui arracher la moindre information.

— Vous voici enfin, Erik Ward ! Savez-vous que vous êtes un homme difficile à trouver ?

Erik fit brusquement volte-face. En un éclair il tira un poignard de sa ceinture et en appuya la pointe contre la gorge de l'inconnu qui l'avait approché la veille.

— Où est ma sœur ? gronda-t-il.

La nuit qu'il avait passée sans pouvoir fermer l'œil n'avait en rien amélioré son humeur. Il mourait d'envie d'étriper l'homme pour le punir de s'amuser avec des questions si importantes à ses yeux. Son bras tremblait du désir de lui transpercer la gorge, mais il n'en fit rien. Il avait besoin de lui vivant pour l'instant.

Il ne reçut aucune réponse. Seul un léger pincement de lèvres laissa supposer que l'inconnu avait entendu la question d'Erik. Mais peut-être n'était-ce que la pression de la lame contre sa gorge qui l'avait fait réagir.

— Où est-elle ? Et que lui avez-vous fait ? Elle ne se serait jamais séparée de ce collier. Jamais !

— Vous n'obtiendrez aucune réponse de moi en me malmenant, Erik Ward.

Erik compta jusqu'à dix en silence pour s'empêcher de transpercer le scélérat qu'il tenait à sa merci. Puis, avant de céder à la tentation de lui ôter la vie, il le repoussa brusquement.

— Je vous écoute.

— Mon nom est Simon de Bevoir, dit l'homme, tout en lissant inutilement l'étoffe de ses vêtements, comme si Erik et lui en étaient venus aux mains.

Erik sentit un poids s'abattre sur son estomac. Il avait déjà entendu ce nom. Les espions envoyés au château de l'ennemi de Borwyn avaient évoqué ce de Bevoir. Il se disait qu'il se chargeait de toutes les sales besognes de Lord Garbodo, tout comme Erik se chargeait de celles de Jarin. L'unique différence entre eux était que Jarin était un homme respectable alors que Garbodo n'était qu'une misérable vermine.

— J'aurais dû m'en douter. Vous êtes le pitoyable crapaud qui travaille pour Garbodo, l'ivrogne aux cheveux graisseux qui convoite les terres de mon seigneur.

De Bevoir tressaillit mais soutint le regard d'Erik.

— Je ne crois pas que vous soyez en position de nous insulter, Garbodo et moi, Erik Ward. Nous savons tous deux d'où vous venez, après tout.

Une vive chaleur enflamma la nuque d'Erik à l'évocation de sa filiation inconnue, mais il sut maîtriser son arme.

— J'ignore ce que vous voulez, mais vous pouvez déjà ne plus y songer. Jamais je n'œuvrerai contre le comte de Borwyn. Ma loyauté envers lui est totale.

De Bevoir haussa un sourcil broussailleux en signe d'étonnement.

— Et envers Mary ?

Erik resta un instant silencieux. Sa loyauté était tout entière vouée à Jarin, mais… son seigneur était un chevalier parfaitement entraîné, maîtrisant à la perfection l'art de la guerre et de la stratégie. Mary était seule au monde et n'avait que lui pour veiller sur elle.

— Parlez-moi d'elle.

— J'ai bien peur de devoir vous annoncer que votre sœur est morte, dit de Bevoir.

L'oxygène déserta brusquement les poumons d'Erik. Il tomba à genoux et, tandis que la douleur transperçait peu à peu son corps, laissa choir son poignard sur le sol. Il avait échoué, échoué à protéger la seule personne sur laquelle il aurait dû veiller sa vie durant ! Son existence était vaine. C'est lui qui aurait dû mourir et non sa sœur, si douce et si fragile.

— Vous me pardonnerez cette annonce brutale, mais notre temps est précieux, poursuivit de Bevoir. Votre sœur avait une fille, Isabel. L'enfant a fêté ses six ans l'été passé. Son père est également décédé. À part vous, elle n'a personne d'autre au monde. J'aimerais beaucoup vous laisser vous charger d'elle, mais mon seigneur a certaines… Comment pourrais-je le dire ?

La main posée contre son cœur, de Bevoir marqua une pause théâtrale.

Jamais Erik n'avait ressenti une telle haine envers quiconque. Le dégoût brûlait avec tant de force dans ses veines qu'il semblait avoir pris la forme d'un monstre bien vivant.

Un léger sourire passa sur les lèvres de De Bevoir comme si la situation lui procurait un indéniable plaisir.

— Mon seigneur attend de vous une chose simple. Il s'agit d'une transaction équitable, je crois, étant donné que l'existence de votre nièce est en jeu.

Lentement, sans quitter un instant des yeux le visage de l'homme, Erik se releva. Il brûlait du désir de lui transpercer le corps de son poignard, mais il retint son souffle et patienta.

De Bevoir l'observait d'un air méfiant. Comme Erik ne disait rien, il poursuivit :

— J'ai cru comprendre que Borwyn et vous-même allez escorter les Damoiselles Leofric, accompagnées de leur frère et de sa jeune épouse, vers leur nouvelle résidence. Et que ce trajet prendra environ une semaine.

Erik hocha lentement la tête. Il s'agissait d'une semaine qu'il avait attendue avec impatience. Une semaine durant laquelle il espérait pouvoir faire naître plus de sourires encore sur les lèvres de la délicieuse Linota. Qu'elle lui soit interdite ne signifiait pas qu'il ne pouvait pas profiter de si innocents plaisirs.

Ce fut comme si une masse de plomb s'abattait au creux de son estomac quand il lui apparut soudain qu'il n'était même pas digne de ces simples moments de bonheur. Comment les envisager alors qu'il avait failli à tous ses devoirs envers la personne qu'il avait juré de protéger ?

De Bevoir reprit ses explications :

— Vous devez vous assurer que le trajet ne soit raccourci d'aucune façon. Il doit durer une semaine entière, ou même plus longtemps si cela est possible.

Erik ferma les yeux. Il s'agissait d'une demande relativement facile à satisfaire. Il était probable qu'ils ne regagneraient pas Borwyn au bout de cette durée de toute façon, et le voyage prendrait plus de temps si Jarin décidait qu'il désirait épouser l'une des deux sœurs Leofric. Cette demande masquait de manière évidente un complot de plus grande envergure. Garbodo devait prévoir de mener une attaque quelconque au cours de cette semaine, une attaque qui pourrait causer la perte de son ami et seigneur. Valait-il la peine de trahir un homme qu'il connaissait depuis si longtemps pour une enfant qu'il n'avait jamais vue ?

Il déglutit avec difficulté. Il lui fallait connaître la vérité.

— Que désirez-vous d'autre ?

De Bevoir fit jouer un instant entre ses doigts le bord de l'une de ses manches.

— J'aimerais également avoir le nom de quelques hommes de Borwyn qui ne refuseraient pas d'être soudoyés. Voilà ce que j'aimerais.

Erik inspira profondément. C'était donc cela qu'il visait. C'était à ce point que leur échange devait mener. Incapable de rester immobile, il commença à faire les cent pas à travers l'écurie avant de s'arrêter face à de Bevoir.

— Vous voulez que je trahisse Borwyn, mon seigneur et plus proche compagnon, pour une petite fille dont rien ne me prouve l'existence ?

— Je ne vous demande pas grand-chose.

De Bevoir lissa sa barbe hirsute et sourit.

— J'aurais pu vous mentir et vous dire que Mary vivait encore, mais je ne l'ai pas fait. Isabel existe bel et bien. Je lui ai demandé si elle avait entendu parler du frère de sa mère. C'est le cas. Sa mère disait toujours que vous viendriez les chercher, que vous leur offririez un endroit où vivre, un endroit loin de celui où vous avez tous deux grandi. Il semblerait que vous avez abandonné sa mère à son sort. Vous ne souhaitez certainement pas faire de même avec cette petite fille, n'est-ce pas ?

Erik se figea. Il avait évoqué l'idée d'un tel endroit avec Mary, un refuge dans lequel tous deux pourraient vivre. Même si ses recherches ne lui avaient pas permis de retrouver sa sœur, il avait acheté un lieu pour eux dès qu'il l'avait pu. Ce n'était qu'une simple maisonnette paysanne entourée de quelques terres cultivables. Elle n'avait rien d'une habitation luxueuse, même s'il l'avait meublée avec soin, mais elle devait constituer un lieu sûr, bien loin de l'endroit où ils avaient vécu leur enfance malheureuse. C'était son secret. Personne n'en connaissait l'existence. Pas même Jarin.

Il remit son poignard à sa ceinture et appuya son épaule

contre le flanc de Cai, la masse solide de l'animal l'aidant à se sentir plus calme.

— Vous partirez bientôt pour le château de Swein, dit de Bevoir. Il me faut une réponse. Et pour que les choses soient parfaitement claires entre nous, si votre réponse est « non », Garbodo conservera Isabel sous sa garde.

Il marqua une courte pause avant de reprendre :

— Cette petite fille promet d'être très belle, tout comme l'était sa mère. Je suis sûr qu'un bon nombre d'hommes de basse extraction seraient ravis de s'unir à une aussi jeune épouse.

Une rage impuissante coulait dans les veines d'Erik. Il avait échoué à épargner un tel sort à Mary – pourrait-il permettre que la même chose arrive à sa fille ?

S'il trahissait Jarin maintenant, il y avait un moyen grâce auquel il pourrait se racheter à ses yeux. Il pourrait œuvrer pour favoriser une union entre son seigneur et l'une des sœurs Leofric. La dot qui serait perçue, ainsi que l'alliance qui se nouerait avec Ogmore par le fait d'un tel mariage, feraient plus que compenser les conséquences du moindre complot que Garbodo avait pu envisager. Car Garbodo ne possédait pas la moitié de la fortune et de l'influence d'Ogmore.

Erik sentit son cœur se serrer dans sa poitrine. Il pouvait espérer que Jarin préfère épouser Katherine, il pouvait même prier pour qu'il en soit ainsi, il savait que Linota représentait le choix le plus évident. Elle était belle, mais ce n'était pas tout. Elle était également bien plus jeune que sa sœur et avait devant elle de nombreuses années au cours desquelles elle serait en mesure de porter des enfants. Jarin étant le dernier descendant de la lignée des Borwyn, il lui fallait s'assurer de disposer d'une descendance.

Avait-il un autre choix que d'accepter ?

Il pourrait ignorer de Bevoir et faire comme si Isabel n'existait pas. Il pourrait poursuivre le cours de son existence comme si rien ne s'était passé en cette matinée. Il serra fortement les poings. S'il ne faisait rien pour sa nièce, ce serait comme manquer à ses devoirs envers Mary une seconde fois.

Il y avait cependant une autre possibilité… Maintenant qu'il connaissait l'existence d'Isabel, il pourrait aller la récupérer par ses propres moyens.

— Je sais ce que vous avez à l'esprit !

Les yeux d'Erik croisèrent le regard amusé de De Bevoir.

— Vous imaginez que vous pourriez aller la chercher vous-même.

Erik pinça les lèvres.

— Votre tentative serait vouée à l'échec. Je ne suis pas stupide au point de garder Isabel dans un endroit facile à trouver. Et si jamais il vous prenait l'envie de vous aventurer sur les terres de Garbodo pour mener votre quête, je vous laisse imaginer ce qui se passerait si vous étiez pris.

Erik pouvait l'imaginer sans peine. Jarin ne pourrait alors rien faire pour lui venir en aide.

— Dans le meilleur des cas vous seriez pendu sans le moindre procès. Dans le pire…

Il était inutile que de Bevoir poursuive. S'il était capturé sur les terres de Garbodo, on supposerait qu'il menait une mission d'espionnage pour le compte de Jarin et cela pourrait déclencher une confrontation entre les deux hommes. Si le Roi prenait le parti de Garbodo, Jarin serait perdu.

La colère qui bouillait au fond de lui dut transparaître sur son visage, car de Bevoir recula instinctivement et faillit perdre l'équilibre. Voilà qui était bien, songea Erik. Il voulait que de Bevoir ait peur de lui.

L'homme tira doucement sur sa barbe.

— Je vous fais le serment que ce que j'ai prévu ne causera aucune blessure physique à Borwyn. Dans le pire des cas, il ne sera que légèrement incommodé.

Erik n'en croyait pas un traître mot mais, pour l'instant,

il allait se contenter d'acquiescer. S'il existait un moyen de contourner ce problème, il le trouverait. Il avança d'un pas vers de Bevoir.

— Si vous me doublez d'une manière ou d'une autre, je vous chercherai en tous lieux pour vous éventrer comme un porc.

L'homme pâlit mais ne vacilla pas. Cela lui déplaisait fortement, mais Erik sentait une forme de respect flotter à la marge de sa conscience. D'une certaine façon, de Bevoir était pareil à lui. Tous deux se trouvaient sous la coupe d'hommes puissants, tous deux étaient prêts à se salir les mains pour leur seigneur, ce qui était une bonne chose, car de Bevoir saurait, sans avoir le moindre doute à ce sujet, qu'il n'hésiterait pas à mettre sa menace à exécution. Malheureusement, Erik savait aussi que Garbodo ne manquerait pas de faire de même.

De Bevoir hocha la tête en signe d'acceptation.

— Je vous livrerai Isabel si vous faites ces deux choses pour moi. Je vous en fais le serment.

Erik inspira profondément pour tenter de calmer les battements anxieux de son cœur : il s'apprêtait à trahir son ami pour la première fois.

— John Parkins et Melwyn Cookson renieront leur allégeance à Borwyn pour une poignée de pièces.

Des gouttes de sueur dégoulinèrent le long de sa nuque. Aucun retour en arrière n'était désormais possible. Il venait de sceller un pacte avec le diable, et il ne lui resterait plus qu'à en subir les conséquences.

Linota prit une profonde inspiration et sourit en sentant l'air vif du matin emplir ses poumons. Elle chevauchait depuis seulement cinq jours, mais ces journées comptaient déjà au nombre des plus belles de sa vie.

Elle était en route pour sa nouvelle demeure. Un foyer

qu'elle partagerait avec son frère et sa belle-sœur, un foyer dans lequel leur mère violente et tyrannique n'aurait pas sa place. Pour la première fois en huit ans elle était libérée des entraves qui l'avaient forcée à passer pendant des mois le plus clair de son temps dans sa chambre.

Avant ce voyage, elle n'était jamais montée sur le dos d'un cheval. Elle avait présumé qu'elle trouverait ces grandes bêtes terrifiantes, ainsi qu'elles lui apparaissaient lorsqu'elle les observait depuis la fenêtre de sa chambre, mais elle s'était trompée. Contrairement à sa pauvre sœur, qui affichait un air misérable sur le dos de sa monture, Linota découvrait qu'elle était née pour être en selle.

Elle trottait avec entrain au milieu du groupe de cavaliers, tout en savourant la caresse du vent sur sa peau.

Elle jeta un regard coupable en direction de l'arrière du groupe. Bien loin d'elle, tassée sur sa selle, Katherine progressait péniblement.

Le front plissé, le comte de Borwyn, resté derrière elle, observait l'avancée laborieuse de Katherine. Il était difficile de déterminer s'il était contrarié par son absence de progrès ou par l'existence en général. C'était un homme dont les pensées étaient compliquées à deviner.

Unc autrc vague de culpabilité assaillit Linota, et elle reporta son attention vers l'avant, pour faire face au chemin. Elle avait commencé la journée en chevauchant au côté de Katherine jusqu'à ce qu'ils fassent une halte pour prendre un peu de repos. Ensuite, elle avait été heureuse de rejoindre le reste des cavaliers à l'avant du groupe. Ce n'était pas uniquement parce que Katherine chevauchait trop lentement à son goût, mais surtout parce qu'elle se sentait coupable en raison de sa réticence à engager la conversation avec le comte de Borwyn. Borwyn chevauchait toujours à l'arrière de la troupe, et les discussions qui s'établissaient entre eux trois étaient pénibles et guindées.

Avant leur départ Katherine n'avait rien caché de son désir de la voir lier son destin à celui de l'illustre comte.

Même avant qu'elles aient fait sa connaissance, Katherine avait d'une certaine façon voulu la mettre sur le chemin de Borwyn, convaincue qu'il serait immédiatement conquis par sa beauté. Lorsque Linota avait fait entendre qu'elle ne se croyait pas si belle que sa sœur le disait, et qu'elle ne comprenait vraiment pas toute cette agitation à propos du comte, Katherine lui avait répondu : « C'est un bon parti pour toi, Linota. Il est beau, il est riche et il occupe une position importante à la cour du Roi. Il est bien placé pour ramener notre famille au rang qui était le sien. Avec ta beauté tu seras capable de le séduire pour l'amener à te proposer le mariage. Tout ce qu'il te faut faire est de lui donner quelques encouragements. »

Peu importait le nombre de fois où Linota avait répété à Katherine qu'elle aussi était belle et qu'elle pourrait probablement attirer un bon prétendant, peut-être même le comte en personne. Sa sœur ne l'avait simplement pas crue. Katherine pensait qu'elle ressemblait à un garçon, et rien ne semblait pouvoir la faire changer d'avis.

Depuis que le voyage avait commencé, Katherine ne l'avait plus incitée à séduire Borwyn, ce qui avait eu l'étrange effet d'accroître la culpabilité de Linota quant à cette question. Elle savait à quel point Katherine voulait qu'elle fasse un bon mariage, et elle avait essayé à quelques reprises d'entamer un dialogue avec le comte.

Le problème était que… eh bien, le problème était que Borwyn était tellement sérieux ! Toutes les fois où elle essayait d'avoir une conversation enjouée avec lui, il lui répondait d'un ton poli, mais ses yeux ne pétillaient jamais d'amusement quand il la regardait ; et il ne la faisait pas non plus rire avec ses réponses.

Un élan de détermination monta soudain en elle : elle ferait mieux dès qu'ils s'arrêteraient à la prochaine auberge.

Elle sourirait, rirait, se montrerait aussi charmante que possible et n'aurait plus qu'à espérer que cela suffirait pour que l'homme se montre enfin plus ouvert. Peut-être, lorsqu'elle aurait réussi à briser sa réserve, découvrirait-elle quelqu'un dont elle apprécierait la compagnie ou, si c'était trop espérer, avec qui au moins elle pourrait cohabiter dans une ambiance suffisamment paisible. Au moins sa sœur ne pourrait-elle pas lui reprocher de n'avoir pas essayé lorsqu'elles constateraient que Borwyn ne formulait pas la proposition de mariage que Katherine attendait tant.

Rejetant la tête en arrière, elle leva le visage vers le ciel. Pour le moment, elle se contenterait de profiter des rayons du soleil hivernal.

— Vous semblez très contente de vous, lança une voix grave sur sa gauche.

Le cœur de Linota sauta un battement, et ses lèvres s'arquèrent involontairement en un sourire. Elle n'avait nul besoin de regarder pour savoir qui chevauchait à présent à son côté. Si Borwyn ne lui souriait jamais, les yeux bleus d'Erik n'étaient, eux, jamais dépourvus d'une lueur d'amusement. Tous les après-midi, il chevauchait près d'elle et lui tenait compagnie. Elle aimait la façon qu'il avait de toujours la faire rire et, elle devait bien l'admettre, ces instants de divertissement constituaient ses moments préférés de la journée.

— C'est parce que je le suis, répondit-elle d'un ton léger. Il y a à peine cinq jours je n'étais encore jamais montée à cheval.

— Et maintenant, on pourrait croire que, pour chevaucher avec tant d'aisance, vous avez suivi un entraînement complet de chevalier.

Elle laissa échapper un éclat de rire sincère. C'était ainsi que se déroulaient leurs échanges ; il la taquinait avec gentillesse, et elle entrait dans son jeu. Même si tout ce qui se passait entre eux semblait fait de légèreté et de détente, elle ne pouvait empêcher son cœur de s'emballer dès qu'ils parlaient ensemble. Si Borwyn pouvait être comme son intendant, elle l'épouserait sur-le-champ.

— J'ai bon espoir que Borwyn veuille me faire intégrer sa garde rapprochée, dit-elle en tentant sans succès de réprimer la note amusée qui teintait sa voix.

— Oh ! mais c'est exactement la réflexion qu'il se faisait hier soir…

Erik affichait un franc sourire tandis que ses yeux pétillaient de malice.

— C'est parfait. Je suppose qu'il ne me reste plus qu'à déposer ma sœur au château de Swein, et à retrouver le reste de votre groupe pour que nous regagnions ensuite la forteresse de Borwyn, où je prendrai mes nouvelles fonctions.

Cette idée fit battre son cœur plus fort. Comme il lui plairait que cela soit vrai ! Chevaucher vers la forteresse non pas en tant qu'épouse de Borwyn mais plutôt comme amie d'Erik. Un ami dont elle pourrait savourer la compagnie sans craindre de susciter blâmes et réprobation.

Linota jeta des regards autour d'elle pour observer les hommes qui voyageaient à leurs côtés. Elle était consciente du fait que sa manière de monter à cheval était loin de valoir la leur. Elle ne pouvait égaler leur air fier et dominateur, mais cela ne diminuait en rien son succès à ses yeux, car elle savait que même si elle avait été meilleure qu'eux tous, cela n'aurait pas fait la moindre différence. Elle ne serait toujours qu'une femme sans contrôle sur sa propre existence et qui ne pourrait jamais se joindre à eux en tant qu'égale.

Erik chevaucha à ses côtés en gardant le silence. C'était un moment de calme et de détente, bien loin de la crispation de ses échanges avec Borwyn qui la contraignaient à se creuser la tête pour trouver d'ennuyeuses banalités dans le seul but de combler le silence.

Au bout de quelque temps, elle tourna la tête vers Erik. Le regard perdu vers un point indéterminé à l'horizon, il paraissait profondément absorbé dans ses pensées. Une barbe naissante ombrait sa mâchoire, et l'éclat du soleil faisait ressortir de petits plis autour de ses yeux. Même s'il lui avait souri peu auparavant, elle ne pouvait se débarrasser de l'impression qu'il y avait, sous la surface des apparences, quelque chose qui le perturbait. Cette sensation était étrange ; elle ne le connaissait pas suffisamment bien en effet pour pouvoir établir des suppositions à propos de ce qui pouvait agiter son esprit.

Leurs conversations étaient légères, amicales et joyeuses, ce qui était exactement ce dont elle avait besoin au moment d'entamer cette nouvelle période de sa vie, qu'elle trouvait fort exaltante.

Au cœur de la nuit précédente, tandis que Katherine dormait profondément à ses côtés, elle s'était avoué qu'elle désirait le connaître davantage. Elle voulait savoir si ses cheveux seraient légers sous ses doigts, et si sa barbe naissante serait douce au toucher. Dans l'air froid du matin elle s'était rappelé que tout cela était impossible. Rien ne l'empêchait cependant d'être son amie, et n'était-il pas vrai que les amis s'aidaient mutuellement ?

Elle s'amusa à serrer les doigts sur ses rênes puis à les relâcher. À l'exception de sa sœur, elle n'avait aucun ami et ignorait donc s'il était bien ou mal de poser des questions à Erik à propos de ce qui pouvait lui peser. Dépasserait-elle en le faisant des limites invisibles dont elle ignorait tout ?

Machinalement, elle se mit à jouer avec sa tresse. Quelques jours plus tôt, elle avait fini par aborder avec Katherine la question de la porter moins serrée. Sa sœur avait accepté d'essayer, et il était indéniable qu'elle réussissait de mieux en mieux à lui natter les cheveux sans trop les lui plaquer sur le crâne. Linota éprouvait cependant toujours un véritable soulagement en défaisant sa coiffure à la fin de chaque journée et elle était prise en cet instant d'une folle envie de le faire. Comme il serait agréable de laisser ses cheveux flotter au vent derrière elle pendant sa chevauchée plutôt que de les garder prisonniers de sa natte !

— Êtes-vous à votre aise, milady ? demanda Erik.

Linota jeta un regard en direction du cavalier. Il ne semblait pas avoir détaché les yeux de l'horizon et pourtant il était conscient de son inconfort. Peut-être ressentait-il lui aussi l'étrange connexion qui existait entre eux…

Une fois encore elle tira sur sa tresse.

— Je ne peux supporter d'avoir les cheveux noués de façon si serrée. Je préférerais les porter détachés.

Elle patienta, attendant une réplique amusante, mais seul le silence accueillit sa remarque.

Erik se passa la main sur le visage avant de se caresser la mâchoire de ses longs doigts. Il était difficile de deviner ce qu'il avait en tête, mais il semblait vraiment contrarié. Alors que rien dans son commentaire n'avait été susceptible de l'irriter, elle ne pouvait en comprendre la raison.

— Imaginez que vous les portiez dénoués, dit-il quand elle eut renoncé à attendre une réponse. Ils voleraient partout, viendraient se coller sur votre visage, probablement même sur le mien. Le pauvre Alban, qui chevauche derrière vous, s'emmêlerait dedans et serait projeté à bas de sa selle.

Linota jeta un coup d'œil en arrière et aperçut Alban, un jeune page, qui la suivait de près. Il croisa son regard, et son visage s'empourpra.

— Je crois que vous avez fait là une conquête, ajouta Erik.

Ses mots étaient légers, mais quelque chose dans son ton donnait l'impression qu'il était absent.

Elle attendit quelques instants avant de reprendre la parole :

— Vous sentez-vous bien, Master Ward ?

Erik se tourna brusquement vers elle, et ses yeux d'un bleu éclatant rencontrèrent les siens. Linota sentit son souffle se coincer dans sa gorge. L'habituelle étincelle rieuse s'était évanouie. Tapie au fond de son regard elle lisait une chose d'un autre ordre, un mélange d'attention et de bienveillance. Son pouls s'accéléra. Toutes les richesses de l'Angleterre n'auraient pas suffi à lui faire détacher ses yeux de lui.

Il cligna alors des paupières, et le charme fut rompu. Elle détourna la tête et, confuse, se mordilla la lèvre.

— Tout va fort bien, Damoiselle Leofric. Pourquoi cette question ?

— Vous semblez…

Le mot qu'elle avait envie de prononcer était « triste », mais elle se dit qu'il ne lui plairait pas. Elle choisit donc un autre terme.

— … préoccupé.

Elle attendit sa réponse en retenant son souffle. Elle se demandait s'il se confierait à elle, s'il était possible que leur amitié gagne en profondeur.

— J'ai simplement faim et je réfléchis au temps qu'il nous faudra encore avant de pouvoir prendre notre repas ce soir. Je me suis déjà rendu dans l'auberge où nous devons passer la nuit. Je sais que vous appréciez les bonnes pièces de viande, et leur faisan rôti est particulièrement succulent. Je crois que vous aurez grande joie à déguster votre dîner, ce soir.

Luttant contre la douleur qui lui serra alors le cœur, Linota agrippa le pommeau de sa selle pour ne pas perdre contenance. Elle avait cru pendant un instant qu'il prendrait sa question au sérieux, et lui dirait ce qui causait son inquiétude, mais elle avait fait erreur. Qu'il n'ait pas agi comme elle s'y attendait ne devait toutefois pas avoir d'importance. Il n'y avait aucune raison d'attendre de sa part autre chose qu'une réponse polie. Elle avait néanmoins espéré qu'il serait différent des autres, qu'il la traiterait comme une adulte et non comme la jeune fille naïve qu'elle semblait être aux yeux de tous ceux qui l'entouraient. Alors qu'elle avait eu l'espoir de nouer une amitié, lui se contentait de lui tenir compagnie durant ce long voyage.

— Savez-vous que nous nous trouvons actuellement sur les terres de Borwyn ? demanda Erik d'un ton plaisant.

— Eh bien, non, étant donné que je n'ai aucun souvenir de ce qu'il y a au-delà des murs de la forteresse d'Ogmore, répliqua-t-elle vivement.

Erik ne réagit pas à son changement d'humeur, ce qui eut pour effet de lui faire serrer les poings de frustration. Il se contenta de poursuivre ses commentaires à propos des terres environnantes. C'était la cinquième fois qu'il agissait de la sorte en autant de jours.

Chaque fois qu'ils chevauchaient ensemble, il la taquinait gentiment pendant un moment, ce qui faisait palpiter son cœur d'une étrange façon, un phénomène qu'elle ne constatait que lorsqu'elle conversait avec lui. Puis il abordait le sujet du comte de Borwyn et vantait sa grandeur, en évoquant l'étendue de son territoire, sa richesse ou son influence.

Ces moments étaient étranges. La voix d'Erik se modifiait, il quittait alors le ton de la conversation pour adopter celui d'un prêtre récitant les prières du soir.

C'était presque comme s'il tentait de lui *vendre* Borwyn. Mais cela ne pouvait être vrai. Elle était la fille désargentée d'un père condamné pour traîtrise et d'une mère qui avait perdu la raison. Même si Katherine voulait qu'une relation se noue entre Borwyn et Linota, celle-ci ne voyait pas ce que le comte, qui jusqu'à présent ne lui avait témoigné qu'un intérêt poli, aurait à gagner avec une telle union.

Il était impossible qu'Erik tente de mettre en valeur les atouts du comte pour se rendre, *lui*, plus attirant à ses yeux.

Peut-être était-ce la façon qu'il avait imaginée pour passer le temps, mais cela sonnait un peu trop à ses oreilles comme le discours des marchands qu'elle avait entendus depuis la fenêtre de sa chambre, vantant leurs produits à des passants qui n'éprouvaient aucun intérêt pour eux. Malgré tous les efforts qu'elle faisait, elle était incapable de comprendre la raison de cette attitude.

Chapitre 3

Linota contemplait les flots tumultueux de la rivière tandis qu'il se ruait vers une destination inconnue. Le groupe avait interrompu sa chevauchée pour prendre un peu de repos et permettre aux montures de se désaltérer. Elle jeta une brindille dans les eaux tourbillonnantes et la regarda tourner vivement sur elle-même avant d'être soudainement engloutie.

Elle s'assit près du cours d'eau et observa les hommes qui l'entouraient. Certains semblaient simplement patienter, les bras croisés devant eux, tandis que d'autres paraissaient plus attentifs à la nature alentour. L'écho sourd des rires masculins auquel elle s'était accoutumée, au cours des jours précédents en chevauchant à leurs côtés, s'était éteint.

Cette journée était à n'en pas douter différente des autres, mais malgré ses multiples questions personne ne lui en avait livré la raison. Lorsqu'elle s'était réveillée au petit matin, dans la chambre de l'auberge où ils s'étaient arrêtés pour la nuit, elle avait constaté qu'elle se trouvait seule dans son lit, ce qui était inhabituel. Après avoir rapidement passé ses vêtements, elle avait descendu l'escalier pour aller dans la salle où les repas étaient servis. À peine en avait-elle franchi le seuil que Katherine s'était précipitée vers elle pour l'informer d'un changement de plan.

Plutôt que se diriger vers le château de Swein, la demeure

de leur frère, ils allaient poursuivre leur route vers la forteresse de Borwyn.

Jusqu'alors le voyage, effectué à un rythme paisible, avait été ponctué de fréquents arrêts. Mais la veille, ils n'avaient cessé de galoper, ne s'offrant que de courtes haltes, lorsque Katherine se trouvait en difficulté à cause de la toute nouvelle rapidité de leur course.

Ce changement de destination ne dérangeait pas Linota, bien au contraire. L'occasion lui était ainsi offerte de découvrir beaucoup plus du royaume que ce qu'elle aurait imaginé un jour possible. Mais il était évident qu'elle était la seule à ne pas être informée de la raison de ce changement de destination, et cela l'irritait grandement.

Même Katherine savait. Ses frêles épaules semblaient crispées par la tension, et son visage exprimait une préoccupation constante. Toutefois, lorsqu'elle lui avait demandé ce qui la tracassait, Katherine s'était contentée de lui dire de ne pas s'inquiéter, ce qui n'avait fait qu'exacerber son sentiment de frustration.

Une fois encore, Linota se sentait dans la peau d'une petite fille trop choyée qu'il fallait préserver des vérités désagréables. Elle savait pourtant qu'elle ne devait pas en être bouleversée, car Katherine l'avait traitée de la sorte depuis aussi loin qu'elle pouvait s'en souvenir. Cette réalité ne suffisait cependant pas à faire disparaître la sensation désagréable qu'elle éprouvait. Elle détestait être tenue dans l'ignorance et se sentait blessée de constater que sa sœur la considérait toujours comme une personne à protéger du moindre désagrément.

Que Katherine se montre protectrice n'avait rien d'inhabituel. Elle l'avait pratiquement élevée et s'était donné pour mission de la protéger des rumeurs blessantes, et de la violence croissante de leur mère. Linota éprouvait une sincère et profonde reconnaissance envers sa sœur pour la stabilité qu'elle avait créée autour d'elle, mais elles étaient hors d'atteinte de leur mère, à présent. Elles étaient libres, et Linota n'avait plus besoin que l'on veille sur elle. Elle voulait être l'égale de sa sœur.

Dirigeant son regard vers l'horizon, Linota plissa les yeux sous le vif éclat du soleil, à présent descendu bas dans le ciel. Elle vit alors Erik, et son cœur sembla cesser de battre un court instant. Elle avait beau se réprimander pour le vif émoi qu'il suscitait en elle, elle ne pouvait toujours pas détacher les yeux de lui. Il ne lui avait pas adressé la parole de la journée, et sa façon de la faire rire des choses les plus simples lui avait manqué. Elle comprit qu'elle se languissait terriblement de sa présence auprès d'elle, et cette pensée l'effraya. Il n'aurait pas dû lui apparaître comme différent des autres hommes voyageant avec eux, mais elle savait déjà qu'il comptait bien plus à ses yeux que quiconque évoluant en dehors de sa famille réduite.

Erik entama une discussion avec Borwyn. L'intensité de leurs échanges était perceptible, leurs visages étaient tendus et préoccupés, et ils semblaient prêts à se tourner le dos. Elle n'avait nul besoin d'entendre ce qu'ils disaient pour comprendre que la situation, quelle qu'elle soit, faisait naître la discorde entre eux.

Elle se détourna des deux hommes. Eux non plus ne l'informeraient pas de ce qui se passait. Elle devait se rendre à l'évidence : elle était seule.

Elle se releva et longea en flânant le cours d'eau. Le débit puissant formait un tourbillon avant de cascader par-dessus un amas de roches et de poursuivre sa course folle vers le lointain. Du bout de sa botte, elle poussa une pierre. Celle-ci tomba dans l'eau et disparut aussitôt. Linota dut lutter pour réprimer une soudaine envie de projeter en hurlant toutes les roches environnantes dans les obscures profondeurs – elle se sentait prête à tout pour attirer l'attention de quelqu'un sur elle. Elle serra les poings de toutes ses forces. Elle se comportait de manière stupide, comme l'enfant que tout le monde semblait apparemment croire qu'elle était. Au lieu de s'abîmer dans la contemplation des flots en affichant un air maussade, elle ferait mieux de rejoindre sa sœur et d'exiger des réponses de sa part. Elle n'était plus une petite fille vulnérable, mais bien une adulte qui pouvait et devait partager les fardeaux de ceux qui l'entouraient.

Elle tourna les talons et se figea aussitôt.

Des cavaliers sortaient des bois environnants. Des hommes qu'elle n'avait jamais vus et qui traversaient au galop leur campement sommaire, piétinant leurs sacs et manquant tout juste de percuter les hommes de Borwyn.

Linota eut le souffle coupé lorsque l'un d'eux passa si près de Katherine que celle-ci, le visage déformé par la surprise et la terreur, fut projetée au sol.

Comme Linota courait pour se porter à son secours, un cavalier, le visage obscurci par une épaisse barbe noire, posa les yeux sur elle. En une fraction de seconde, il sembla prendre une décision.

Il tourna bride pour se diriger vers Linota qui s'immobilisa. Le regard noir de l'homme s'arrima au sien, et ce qu'elle y lut ne lui laissa aucun doute quant à ses intentions.

Loin d'elle, les hurlements de Katherine déchiraient l'air du soir.

Se ressaisissant, Linota se retourna et se remit à courir. Malheureusement, sa robe s'enroula autour de ses chevilles. Elle trébucha et s'affala lourdement sur le sol.

Elle se redressa avec peine sur les genoux et voulut se lever, mais la boue glissante lui rendait la tâche difficile.

Le cavalier approchait. Elle pouvait sentir le sol trembler sous le martèlement des sabots du cheval.

Au loin Erik lui criait quelque chose :

— Levez-vous Linota ! Courez jusqu'à moi.

Elle tourna la tête en direction de sa voix. Il accourait vers elle, sautant par-dessus un tronc qui barrait son chemin. Il était si proche, à présent. Elle tendit la main vers lui.

— Levez-vous ! cria-t-il de nouveau.

Cette fois, elle parvint à se remettre sur ses pieds, juste au moment où une main puissante se refermait sur l'arrière de sa cape.

Terrorisée, elle hurla le nom d'Erik.

Elle fut soulevée du sol et jetée en travers d'une selle. Sa tête heurta l'encolure d'un cheval tandis que ses jambes, telles celles d'un pantin désarticulé, retombaient de l'autre côté de l'animal. La bête repartit au galop, et le sol se mit à défiler à toute allure sous ses yeux. Les cris de Katherine n'avaient pas cessé de résonner à ses oreilles.

L'infecte odeur de crasse dégagée par son ravisseur fit naître en elle une violente nausée. Le cheval bifurqua brusquement vers la gauche, et la tête de Linota se mit à tourner. De minuscules points noirs apparurent devant ses yeux. Son cœur battait douloureusement dans sa poitrine, comme s'il voulait jaillir hors d'elle.

Ils pénétrèrent dans les bois mais le cavalier, faisant fi des racines noueuses qui jonchaient leur chemin, ne ralentit pas. Derrière eux résonnait le tonnerre des sabots des chevaux des autres assaillants qui les suivaient de près.

Linota se sentit glisser et espéra qu'elle chuterait bientôt. Avoir la nuque brisée vaudrait toujours mieux que le sort que ces hommes devaient lui réserver.

Hélas, une main brutale saisit fermement le tissu de sa cape et tira d'un coup sec pour la ramener bien en place.

Elle éprouvait à la fois le désir désespéré de voir cette course prendre fin et celui que ce cheval ne s'arrête jamais. Elle ignorait tout de ce qui l'attendrait une fois les cavaliers arrivés à destination, mais la nausée devenait de plus en plus intense. Elle aurait tant aimé que sa tête cesse d'être secouée, pour que tout arrête de tourner follement autour d'elle !

Après ce qui lui sembla une interminable cavalcade au travers de cette si dense forêt, les cavaliers commencèrent à ralentir l'allure puis finirent par s'arrêter tout à fait. Linota fut soulevée dans les airs et brusquement posée au sol. Elle chancela et tomba à genoux, le corps secoué par de violents haut-le-cœur.

— Je t'ai dit de ne pas lui faire de mal ! lança une voix masculine pleine d'irritation.

— Elle n'est pas blessée, répondit une autre voix tout près.

Une main de fer saisit l'arrière de sa cape et la souleva pour l'obliger à se remettre sur pied.

Le monde sembla vaciller de nouveau autour d'elle, et elle se mit à tituber, mais la poigne puissante qui la tenait la contraignit à rester droite sur ses jambes.

À en juger par la puanteur qui flottait autour d'elle, elle devina qu'elle était soutenue par le même homme qui l'avait jetée sans la moindre peine en travers de sa monture. La nausée revint en force, et une vague de bile lui envahit la bouche. Elle se plia en deux et plaqua ses mains sur ses genoux pour tenter de se stabiliser et de recouvrer ses esprits.

Lentement, la réalité prit de nouveau forme sous ses yeux.

— On ne peut pas dire qu'elle soit dans la meilleure des formes, gronda la première voix.

L'homme semblait fâché, et Linota se cramponna à cette impression. Au moins une des personnes présentes tenait à son bien-être.

— Vous n'avez rien dit à propos du fait qu'elle devait être en bonne forme. Mais elle est en un seul morceau, pas vrai ? Je crois que mes hommes et moi avons réussi notre mission, si l'on considère que nous avons enlevé la fille sous les yeux du comte et de tous ses compagnons armés de leurs épées.

Autour d'elle, les hommes crièrent leur approbation.

Une fois sa nausée calmée, Linota se força à se redresser entièrement. Elle allait découvrir ses ennemis en les regardant bien en face. Et si c'était ici que sa vie devait prendre fin, elle affronterait la situation avec dignité. Aucun d'eux ne saurait avec quelle violence ses genoux tremblaient.

Lentement, elle parcourut les alentours du regard. Quatre cavaliers se trouvaient en selle. Un grand homme trapu se tenait près d'elle, la main fermement serrée sur l'étoffe de sa cape, et elle reconnut en lui celui qui avait chevauché dans sa direction quand elle avait tenté de rejoindre Erik. Il était évident que c'était en travers de son cheval qu'elle avait été jetée sans le moindre ménagement.

Elle s'écarta de l'individu d'un petit pas, mais il la ramena brutalement contre lui. Les relents âcres de sa sueur et la puanteur de son haleine soulevèrent le cœur de Linota. Elle détourna le visage, mais son estomac eut alors une brusque convulsion, et elle ne put s'empêcher de vomir.

À quelques pas de là, quelqu'un éclata de rire. Tout au désir de reprendre le contrôle sur les dérèglements de son corps, elle ferma les yeux.

Quand elle les rouvrit, elle les posa sur l'homme qui paraissait mécontent de l'état dans lequel elle se trouvait. Il n'avait pas l'air particulièrement menaçant, avec sa petite taille, sa silhouette replète et sa barbe hirsute – il suffirait probablement de le pousser avec force pour le mettre à terre. Cependant, malgré son apparence, il semblait être le meneur de ce ramassis de canailles.

Il planta son regard dans le sien puis s'inclina légèrement pour la saluer.

— Recevez mes excuses, Damoiselle Leofric, pour la dure manière dont vous avez été traitée. Je vous prie de me croire quand je dis que je ne vous veux aucun mal.

Linota passa la langue sur ses lèvres ; elles étaient terriblement desséchées. Son envie de boire était plus forte que tout, mais elle aurait préféré être pendue plutôt que de demander quoi que ce soit à ces hommes.

— Qui êtes-vous ?

— Je suis Simon de Bevoir, milady.

L'homme corpulent s'inclina de nouveau, et Linota faillit se mettre à rire. Son comportement était ridicule. Elle avait été enlevée, jetée sans le moindre égard en travers de la selle d'un cheval et avait été incapable de calmer ses haut-le-cœur depuis qu'ils s'étaient arrêtés sur ce camp, mais l'homme responsable de tous ses maux se comportait comme s'ils se rencontraient à l'occasion d'un prestigieux banquet.

De Bevoir l'observait en semblant attendre une réponse, et elle se demanda ce qu'il pouvait bien espérer qu'elle lui réponde. Peut-être s'imaginait-il qu'elle lui dirait être ravie de faire sa connaissance, mais elle n'allait certainement pas faire cela.

Il passa doucement la main sur sa barbe hirsute.

— Vous allez séjourner quelque temps à nos côtés, je le crains. Mais vous n'avez rien à redouter. Ni moi ni mes…

L'homme fit un geste vague en direction de ses hommes, comme s'il cherchait le terme convenant pour les décrire.

— Aucun d'eux ne vous fera le moindre mal. Je vous le jure sur mon honneur.

Les jambes de Linota tremblaient, mais elle se faisait violence pour rester parfaitement droite et immobile.

— S'il n'est pas question de me porter préjudice, pourquoi donc suis-je ici ?

De Bevoir claqua la langue.

— Cela, je ne vous le dirai pas. Vous n'êtes qu'une petite part d'un plan bien plus vaste. Vous feriez tout aussi bien de vous mettre à l'aise. Nous ne quitterons pas cet endroit avant demain. Gamel, ajouta-t-il à l'intention de l'homme qui la tenait en place, veillez au confort de Damoiselle Leofric.

Gamel referma sa main si fort sur le bras de Linota qu'elle dut réprimer un cri de douleur. Il la tira à sa suite en direction d'un arbre mort tombé au sol.

— Asseyez-vous là et venez pas traîner dans nos pattes, grogna-t-il.

Linota trébucha lorsqu'il la poussa brusquement devant lui. Elle parvint par bonheur à rétablir son équilibre et à éviter la chute. Quand elle se sentit parfaitement stable, Gamel s'était déjà éloigné d'elle et était occupé à dénouer les liens de sa sacoche de selle.

Maintenant qu'elle ne bougeait plus, Linota sentait l'air glacé transpercer ses vêtements. Elle frissonna et serra fort ses bras autour d'elle. Aucun des hommes ne regardait dans sa direction. Le remarquerait-on si elle s'enfuyait ?

Elle fit un petit pas pour s'écarter du tronc, mais se figea instantanément. Chevaucher le corps courbé par-dessus le cheval lui avait fait perdre tout repère dans l'espace. Si elle était livrée à elle-même dans les bois, elle mourrait certainement de faim ou de froid. De Bevoir lui avait promis qu'aucun mal ne lui serait fait… Fallait-il qu'elle soit la petite fille naïve que tout le monde pensait qu'elle était pour croire une chose pareille ?

Ses jambes étaient paralysées par l'hésitation. Même si elle restait immobile, il lui semblait que son cœur battait si fort que chacun dans la clairière devait être en mesure de l'entendre.

— Asseyez-vous, je vous prie, Damoiselle Leofric, dit de Bevoir qui avait soudain surgi près d'elle. Les deux prochains jours vont être longs. Il vaudrait mieux que vous ménagiez votre énergie.

Une fois cette décision prise pour elle, Linota se laissa tomber, presque avec gratitude, sur le tronc couvert de mousse.

De Bevoir hocha la tête en signe de satisfaction et s'éloigna, mais elle savait désormais qu'elle faisait l'objet d'une surveillance plus étroite que ce qu'elle avait tout d'abord cru.

Quand ils eurent fini de s'occuper de leurs chevaux,

les hommes semblèrent se détendre un peu, s'affalant sur le sol ou s'appuyant contre certains des arbres bordant la clairière. Au bout d'un moment, elle cessa de prêter attention à leurs conversations – il n'y avait rien à tirer de leurs échanges qui paraissaient se concentrer uniquement sur les femmes et les chevaux. Rien ne venait expliquer la raison de son enlèvement.

Les hommes firent circuler à la ronde un pichet de bière tandis que Linota, de plus en plus glacée, se mettait à claquer des dents. Ils l'avaient apparemment oubliée. À mesure que la soirée avançait et que l'alcool faisait son effet, les cavaliers commencèrent à se regrouper autour du feu. Même de Bevoir, qui tout d'abord était resté à distance des autres, avait fini par se joindre à leur beuverie.

Épuisée, Linota sentait que le sommeil voulait s'emparer d'elle. Elle lutta contre le besoin de dormir et s'efforça de garder les yeux ouverts coûte que coûte, de peur de ce qui pourrait lui arriver si elle n'était plus consciente.

— C'est une charmante petite personne qu'on a là, dit Gamel, plus proche d'elle qu'elle ne l'avait réalisé.

Elle se redressa brusquement et cligna des paupières. Elle s'était assoupie ! Pendant ce temps, de Bevoir et plusieurs autres hommes avaient succombé au sommeil.

La nuit était tombée, mais dans la lueur du feu, elle pouvait discerner la silhouette menaçante de Gamel, ses yeux comme deux flaques sombres surplombant sa barbe touffue.

— De Bevoir a dit qu'on devait pas la toucher, remarqua un autre homme.

— De Bevoir n'est pas qu'endormi, Fletcher, il a tourné de l'œil ! Cette fouine tient pas la bière. Dans l'état où il est, je crois pas qu'il se réveillerait si on jouait un peu avec notre nouvelle amie.

Le nommé Fletcher grogna.

— Ça fait bien longtemps que j'ai pas eu de femme.

— Et je parie que t'en as jamais eu d'aussi mignonne que celle-là, fit Gamel en la désignant d'un mouvement de tête et en la fixant droit dans les yeux.

Linota voulut prendre la fuite, mais ses jambes refusaient de répondre à sa volonté. C'était comme si elle n'était que spectatrice des événements qui se déroulaient en sa présence.

Gamel titubait dans sa direction. Derrière lui, Fletcher se tordait de rire.

— Tu s'ras capable de rien, mon pauvre vieux !

— Oh ! j'te jure que j'y arriverai. Je s'rai le premier à profiter de tout ça, répliqua Gamel.

La peur qui avait paralysé Linota jusque-là se mit soudain à animer un feu salvateur dans ses veines et la poussa à sortir de son état second. Elle se leva d'un bond et se rua dans la forêt environnante.

Hors de la clairière, l'obscurité régnait. Elle ne voyait rien, mais n'en avait que faire. Une seule idée l'occupait : fuir ces hommes au plus vite.

Derrière elle, elle entendit des jurons étouffés, et une course de pas lourds. Filant droit devant elle, la respiration rapide, affolée, elle trébucha sur des racines noueuses et perdit l'équilibre.

Lorsque son genou heurta le sol, elle laissa échapper un cri de douleur, mais se releva courageusement pour reprendre sa course. Il fallait absolument qu'elle s'échappe, aucune alternative n'était envisageable.

Sentant que son visage était trempé, elle essuya ses larmes du revers de la main. Elle ne pouvait se permettre de laisser ses émotions la submerger en cet instant ; les pleurs ne feraient que l'aveugler davantage. L'obscurité freinait sa progression, mais elle était également son alliée. Si elle ne pouvait rien voir, ses poursuivants n'y voyaient rien non plus. Elle devait simplement continuer à avancer.

Les bruits de pas semblaient se rapprocher, mais elle continua à courir sans se retourner.

Quelque chose agrippa soudain l'arrière de sa cape, et elle lâcha un cri d'effroi.

Tentant de s'arracher à la prise, elle partit désespérément vers la gauche. Ses poumons lui faisaient mal à présent, chaque respiration devenait difficile. Elle ne pouvait plus avancer, mais elle refusait de se résoudre à s'immobiliser.

Un poing se referma sur sa tresse et tira violemment sa tête vers l'arrière. Un éclair de douleur lui vrilla le crâne. Elle tendit la main derrière sa tête et tira de toutes ses forces pour tenter de libérer ses cheveux, tout en essayant de donner des coups de pied à son agresseur.

Une main rugueuse s'abattit soudain sur son visage, et elle chancela sous l'effet du choc. Elle essaya de se rattraper à quelque chose, mais il était trop tard. Sa chute était inexorable. Sa tête heurta violemment le sol, et tout devint noir autour d'elle.

Linota sentait qu'on la portait. Sa tête reposait contre un torse massif, tandis que des bras puissants la tenaient fermement. Une odeur vaguement familière et réconfortante lui parvenait.

Tout était flou autour d'elle. Ses membres lui semblaient brûlants, et le sang palpitait douloureusement dans son crâne, mais les bras qui la tenaient lui donnaient une impression de douceur et de sécurité.

Quelque chose de terrible s'était produit, mais elle ne pouvait se souvenir de quoi il s'agissait. Tout ce qu'elle savait, c'était qu'elle avait couru. Impossible de se rappeler ce qu'elle fuyait, sa seule certitude était que sa vie dépendait de cette fuite.

Sa cape glissa, et l'air glacé vint balayer ses chevilles, la tirant de sa somnolence. Elle sursauta lorsque les souvenirs affluèrent brusquement dans sa mémoire. Elle avait fui ces hommes qui voulaient lui faire subir des choses innommables. Et voilà qu'elle était de nouveau captive.

Il fallait qu'elle s'enfuie !

Elle tenta de se débattre, mais les bras qui l'entouraient ne firent que se resserrer autour d'elle, tandis que son ravisseur accélérait le pas. Une plainte s'échappa de ses lèvres. Elle était peut-être faible, mais jamais elle ne laisserait ces horribles personnages faire ce qu'ils avaient prévu. Elle repoussa l'homme avec plus de force.

— Êtes-vous réveillée ? demanda doucement une voix.

Cette voix lui était familière, mais elle n'appartenait ni à Gamel ni à de Bevoir. Elle cessa de se débattre pendant un instant et plissa les yeux dans les ténèbres. Les traits de celui qui la portait étaient impossibles à distinguer, car l'obscurité qui régnait dans la forêt était totale.

Percevant peut-être sa confusion, l'inconnu reprit la parole :

— Tout va bien, Linota. C'est moi, Erik. Je vous ai récupérée. Vous êtes en sécurité maintenant.

— Erik, lâcha-t-elle dans un souffle. Mais comment… ?

Elle tendit la main vers le visage du guerrier et trouva l'arrondi de sa mâchoire. Sa barbe naissante était plus douce sous ses doigts qu'elle l'avait imaginé au cours des longues heures passées à chevaucher à ses côtés. Elle toucha ensuite son menton et l'entendit inspirer un peu plus fort quand ses doigts se posèrent sur ses lèvres.

Le délicat baiser qu'il déposa sur sa main était si léger qu'elle n'en aurait pas pris conscience si toute son attention n'avait pas été dirigée vers ce point de contact entre eux.

Erik recula légèrement la tête, et Linota laissa retomber sa main, sans savoir ce qui lui était venu à l'esprit pour qu'elle le touche de façon si intime.

— Je peux marcher, dit-elle.

Erik s'arrêta net.

— En êtes-vous sûre ? Vous étiez inconsciente lorsque je vous ai trouvée.

— J'en suis certaine, répondit-elle, même si elle n'avait pas réellement envie qu'il la repose au sol.

Elle se sentait si bien, enveloppée dans ses bras, à l'abri des horreurs qui avaient peuplé sa soirée. Mais à présent qu'elle reprenait ses esprits il ne lui semblait pas juste d'obliger Erik à la porter. Ils avanceraient en outre bien plus vite si elle aussi marchait.

Il ralentit et s'arrêta.

— Nous allons devoir nous dépêcher, dit-il en la déposant lentement au sol.

Comme ses jambes semblaient vouloir se dérober sous elle, les bras d'Erik vinrent entourer sa taille et, reposant une fois de plus la tête contre sa poitrine, elle s'appuya contre cet homme qui incarnait tant la force.

— Je peux vous porter, murmura-t-il contre ses cheveux.

— Non, accordez-moi juste un moment.

Toujours entre ses bras, elle tenta de se redresser, mais ses jambes continuaient à trembler sans qu'elle sache si la peur ou une tout autre émotion en était la cause. Peu à peu ses forces revinrent, mais elle restait réticente à l'idée de s'écarter de lui.

— Linota, nous devons continuer à avancer, dit-il enfin.

Le rouge de la honte monta au visage de Linota. Voilà qu'elle s'accrochait à lui alors qu'ils tentaient de fuir pour sauver leurs vies. Il devait la trouver pitoyable.

— Je suis désolée, marmonna-t-elle. Je vais bien, à présent.

Elle s'écarta franchement de lui et entendit ses bras retomber le long de son corps.

— Où allons-nous ? demanda-t-elle au moment où ils reprenaient leur marche, Erik ouvrant la voie.

— Pour l'instant, j'essaye de mettre une bonne distance entre nous et ces hommes. Quand je serai certain qu'ils ne nous suivent plus, je tenterai de nous ramener jusqu'à mon cheval, Cai. À partir de là, je devrais être en mesure de retrouver le chemin et, je l'espère, de rejoindre les autres.

Dans le silence de la nuit que ne venaient troubler que le craquement des branchettes de bois mort sous leurs pas ou le hululement occasionnel d'une chouette, Linota laissa les mots d'Erik emplir son esprit. Ils étaient perdus dans les bois, dans le noir, et pendant l'une des saisons les plus froides qu'elle ait jamais connues.

— Comment m'avez-vous trouvée ? demanda-t-elle alors que le silence lui semblait insupportable et de plus en plus effrayant.

— Je suis parti à votre poursuite dès l'instant de votre enlèvement. Je vous ai suivie à travers bois, mais quand l'obscurité est tombée, j'ai perdu votre trace. Il m'était insupportable de penser que…

Il marmonna quelque chose puis reprit :

— Je voulais que vous restiez seule avec ces hommes le moins longtemps possible. Mais Cai a perdu un fer, il s'est mis à boiter, et j'ai dû m'arrêter. Je l'ai attaché et je m'apprêtais à poursuivre mes recherches à pied quand je vous ai entendue crier.

Ils avancèrent sans un mot pendant un moment avant qu'Erik ne reprenne :

— Après cela, vous retrouver n'a pas été difficile. Les hommes qui vous poursuivaient faisaient un tel vacarme qu'on les entendait de loin. Ensuite, je vous ai entendue tomber et j'ai pu distinguer dans l'obscurité l'un des hommes qui vous soulevait dans ses bras. J'aurais voulu le transpercer de ma lame pour avoir osé poser les mains sur vous, mais j'avais laissé mon épée avec Cai.

Linota l'entendit donner un coup de pied dans quelque chose et grommeler quelques paroles à voix basse. Il semblait maudire sa négligence, mais elle ne pouvait en être sûre.

— Je les ai suivis jusqu'à leur campement. Ils semblaient

s'inquiéter du fait que vous ne repreniez pas connaissance. Finalement ils vous ont allongée sur le sol et ont poursuivi leurs beuveries. Il a été assez facile de me glisser dans leur campement et de vous emporter pendant que leur attention était attirée ailleurs.

— Et comment leur attention a-t-elle été détournée ? demanda-t-elle, certaine à en croire le ton d'Erik qu'il devait avoir causé lui-même la diversion dont il parlait.

— J'ai fait preuve de négligence en oubliant mon épée, mais j'ai d'autres ressources. J'ai déclenché un feu de l'autre côté de la clairière, assez près de leurs chevaux pour les affoler, mais pas suffisamment pour qu'ils soient blessés. Pendant qu'ils s'occupaient de l'incendie je vous ai récupérée et je suis reparti. Avec un peu de chance, il faudra peut-être un certain temps avant que votre absence soit remarquée. J'espère qu'ils penseront que vous vous êtes échappée seule, et qu'ils commenceront par fouiller en premier lieu les abords immédiats du camp.

Quelque chose de doux et duveteux effleura soudain la joue de Linota. Elle fit un bond en avant et heurta le dos d'Erik.

Ce dernier se retourna vivement et l'attira entre ses bras. Elle sentit la rigidité de son corps contre le sien.

— Avez-vous entendu un bruit particulier ? murmura-t-il au-dessus de sa tête.

— Non, c'est juste que quelque chose… quelque chose a touché mon visage.

Malgré elle, elle se mit à trembler.

Les histoires de Katherine au sujet de fantômes arpentant inlassablement la surface de la Terre lui revenaient en tête. Sans plus redouter ce qu'il pourrait penser d'elle, elle se plaqua contre le corps puissant d'Erik.

— Une chose vous a touchée ?

Sa voix était douce dans l'air glacial de l'hiver.

— Oui.

— C'était sans doute une chauve-souris.

Elle laissa échapper un rire nerveux.

— Bien sûr, vous avez raison ! Je suis désolée. J'ignore pourquoi je suis ainsi. Je tremble et sursaute dès que je vois des ombres… Je ne sais comment mettre fin à cela.

Elle se serra davantage contre lui dans l'espoir qu'il verrait là le signe d'un besoin de réconfort et non d'une envie irrépressible de sentir ses mains sur elle.

La main d'Erik se mit à tracer de grands cercles rassurants dans son dos. Linota n'avait plus qu'une envie : rester là, blottie contre lui pour toujours, à respirer l'odeur de sa peau qui apaisait toutes ses peurs.

— Non, c'est moi qui devrais être désolé de vous faire avancer ainsi dans la nuit alors que vous venez de subir une si terrifiante épreuve. Je vais trouver un endroit où nous abriter, et nous pourrons prendre un peu de repos.

Il s'écarta légèrement. Ses mains glissèrent doucement le long des bras de Linota avant de se poser sur ses mains. Il noua alors ses doigts aux siens. Au contact de sa peau, Linota sentit son pouls ralentir. Ses mains, rudes et calleuses, semblaient géantes par rapport aux siennes.

— Venez, dit-il doucement.

Il garda l'une de ses mains dans la sienne, et ils reprirent leur lente progression à travers bois. Linota resta aussi près de lui que possible, en partie pour bénéficier de sa chaleur, mais aussi parce que c'était simplement ce qu'elle désirait.

À plusieurs reprises, ses paupières se fermèrent malgré elle. Erik passa un bras autour de sa taille pour la soutenir. Tout son corps la faisait souffrir, mais elle se força à poursuivre la route. Si elle s'arrêtait, Erik devrait la porter, et elle ne pouvait supporter l'idée de représenter un fardeau pour lui alors qu'il avait déjà tant fait pour elle.

Alors que faire un pas de plus lui semblait être devenu impossible, Erik s'arrêta enfin.

— Là, dit-il.

Elle cligna plusieurs fois des yeux, mais ne parvint pas à voir ce qui avait capté son attention.

— Qu'y a-t-il ?

— Un petit surplomb rocheux sous lequel nous glisser. Cela devrait nous fournir un abri suffisant pour la nuit et nous cacher si ces hommes essayent de nous pourchasser.

Il tira doucement sur sa main, et elle le suivit, le cœur plein de gratitude.

Il s'accroupit et tapota le sol pour lui signifier de s'asseoir. Elle se laissa tomber près de lui. Désormais, elle ne se souciait plus de voir une nuée de chauves-souris la frôler tout entière. Dormir était tout ce qu'elle désirait.

— Allongez-vous la première, dit Erik, tout en l'aidant à s'installer.

Elle lui était reconnaissante de lui offrir un tel soutien. Sa fatigue était telle qu'elle doutait d'avoir la force de repartir en cet instant, même si sa vie devait en dépendre. Erik s'étendit à côté d'elle. Elle ne pouvait distinguer que les contours massifs de sa silhouette. Il avait replié un bras derrière sa tête, et son visage était tourné vers le ciel. Elle mourait d'envie de tendre la main et d'explorer de nouveau les contours de son visage, de sentir sa douce barbe naissante sous ses doigts. Elle se demanda s'il la laisserait le toucher ainsi. Peut-être commencerait-il alors à la voir comme une femme… Ou bien serait-il choqué par son désir de vouloir le caresser, de sentir de nouveau ses lèvres sur sa peau, mais cette fois-ci avec une intention toute différente ?

Elle se garda finalement de faire quoi que ce soit. Elle n'avait nul besoin d'ajouter le sentiment d'embarras que lui causerait un rejet de la part d'Erik à toutes les sensations désagréables causées par les événements qui avaient marqué sa journée.

— Avez-vous assez chaud ? demanda Erik.

— J'ai un peu froid, à vrai dire.

Elle sursauta en sentant un bras s'enrouler autour de sa taille. Il fut retiré aussi rapidement qu'il s'était posé.

— Toutes mes excuses. Je n'avais aucunement l'intention de vous effrayer, dit Erik. Je ne vous ferai aucun mal. Je voulais simplement vous réchauffer.

Le cœur de Linota sembla pulser dans sa gorge, mais cela n'était en rien dû à la peur. Jamais au cours de sa vie elle ne s'était sentie moins apeurée qu'en cet instant. Ce contact furtif avait éveillé quelque chose à l'intérieur d'elle, quelque chose qu'elle n'avait jamais ressenti. Son corps tout entier ne se languissait que d'une chose : qu'il la touche de nouveau.

— Je… je ne suis pas effrayée à… à cause de votre bras, bafouilla-t-elle. J'ai sursauté parce que… j'ai craint qu'il ne s'agisse d'une autre chauve-souris.

Sentant un rire silencieux secouer le corps d'Erik, elle ferma les yeux, au comble de l'embarras. Pourquoi avait-elle donc parlé de chauve-souris ? Elle aurait dû choisir quelque chose de crédible.

Elle voulait que ce bras l'entoure de nouveau, et pas uniquement pour lui procurer un peu de chaleur.

Comme elle devait paraître jeune et naïve à ses yeux ! Quand ils se trouvaient dans la forteresse d'Ogmore, elle l'avait souvent épié depuis la fenêtre de sa chambre. Tenter de l'apercevoir avait même été l'un de ses passe-temps favoris. Elle avait observé la façon dont les femmes se pressaient toujours autour de lui. L'une d'entre elles ne ratait jamais une occasion de se coller contre son corps, que ce soit en s'agrippant à son bras ou en venant toucher sa poitrine, tout en riant à gorge déployée de façon engageante. Cette femme saurait exactement quoi dire en cet instant pour que le bras d'Erik s'enroule de nouveau autour d'elle. Linota, elle, n'avait pas la moindre idée. Elle se recroquevilla sur elle-même et poussa un soupir.

Elle ne se sentait plus fatiguée désormais. Seulement glacée et désespérément seule.

— Damoiselle Leofric, je ne suis ni une chauve-souris ni un hérisson, dit Erik d'une voix amusée. Puis-je vous entourer de mon bras pour vous réchauffer ?

Une vive chaleur monta au visage de Linota. Elle se réjouit que l'obscurité cache à Erik le ravissement que ses mots suscitaient en elle.

— Oui, s'il vous plaît, répondit-elle doucement. Et je crois que vous devriez m'appeler Linota. « Damoiselle Leofric » me semble un peu trop formel à présent que nous sommes allongés ensemble dans la boue.

Une fois encore, elle sentit un rire silencieux parcourir le corps d'Erik, et elle s'en trouva ridiculement satisfaite. Elle n'avait jamais vu la femme qui s'accrochait à lui recevoir le moindre rire de sa part en récompense de ses efforts.

Son bras puissant revint lui entourer la taille, et elle sentit qu'il resserrait sa cape autour d'elle.

— Êtes-vous certain d'avoir assez chaud ? demanda-t-elle.

— Oui, fit-il d'un ton bourru. Et sachez que vous n'avez pas à avoir peur de moi. Si vous souhaitez vous approcher davantage, je vous jure que je ne profiterai en rien de la situation.

La déception rivée au cœur, elle se glissa plus près de lui. Voilà qu'elle se trouvait ainsi, sensible jusqu'à l'extrême à la proximité de son corps, et qu'il n'avait absolument aucune vue sur elle.

Son front effleura la paroi solide du torse d'Erik, et elle s'installa à son aise. Elle ne ferait peut-être jamais s'affoler son cœur à sa vue, mais cette expérience pourrait malgré tout donner naissance à une belle amitié. Il lui faudrait apprendre à s'en contenter.

Chapitre 4

Quelque chose flottait à la lisière de la conscience de Linota. Elle essaya d'ouvrir les yeux, mais le poids du sommeil était tel qu'elle n'y parvint pas. Dans cet état à mi-chemin entre rêve et éveil, elle avait conscience du froid qui s'infiltrait en elle, gelant ses orteils et pénétrant profondément dans ses poumons. Elle bougea pour tenter de se recroqueviller davantage, de mieux s'enrouler dans sa cape afin de réchauffer ne serait-ce qu'une petite partie de son corps.

— Linota, fit une voix grave près de son oreille.

Elle ouvrit les yeux instantanément.

Erik était si proche que son visage touchait presque le sien. À si courte distance, elle pouvait voir quelques reflets roux parsemer sa barbe naissante, et de fines lignes marquer le coin de ses yeux.

— Erik, dit-elle dans un souffle.

Le regard d'Erik s'arrima au sien et sembla un instant plus intense, mais il afficha bientôt un air préoccupé.

— Nous ne devons faire aucun bruit, chuchota-t-il. Je crois que quelqu'un est tout près.

Elle retint son souffle et, instinctivement, se rapprocha de son protecteur.

Erik balaya du bout des doigts une mèche de cheveux qui s'était égarée sur sa joue et, sous l'effet de la douce caresse, elle sentit un frisson exquis courir tout le long de son dos. Elle plissa le front. Comment de telles sensations pouvaient-elles s'épanouir en elle alors que leur vie était en danger ?

Il posa un instant son regard sur elle avant de retirer vivement sa main.

— Désolé, marmonna-t-il avant d'ajouter : Ne vous inquiétez pas. Je ne laisserai personne vous faire le moindre mal.

L'esprit toujours fixé sur la délicate caresse du guerrier et sur la façon dont il avait si rapidement retiré sa main, elle hocha la tête. Qu'avait-elle fait pour l'amener à agir de la sorte ? Elle voulait qu'il la touche à nouveau, mais elle ignorait comment susciter un tel geste. Peut-être le plaisir qu'elle avait ressenti s'était-il lu trop clairement sur son visage, et que cela avait horrifié Erik. Quand lui n'avait voulu que la réconforter, elle avait donné un sens tout autre à son geste. Elle s'écarta légèrement de lui ; elle avait besoin d'un peu de distance pour réfléchir.

L'espace exigu ne lui permettait pas de beaucoup s'éloigner, et le minuscule écart qu'elle avait créé entre eux ne l'aidait en rien à éclaircir les idées.

Les larges épaules d'Erik remplissaient l'étroite cavité dans laquelle ils s'étaient glissés. Un rameau de lierre pendait au-dessus de sa tête. Elle fixa son regard sur la plante et tenta de faire disparaître toutes les pensées et les sentiments qui occupaient son esprit, tout en forçant son corps à retrouver son calme, et son pouls à s'apaiser.

Ils attendirent en silence. Seul le souffle calme d'Erik parvenait aux oreilles de Linota. Elle se concentra sur le rythme régulier de sa respiration, tout en poursuivant ses efforts pour obtenir un apaisement intérieur.

Elle y était presque parvenue lorsque le bruit de chevaux retentit. Au lieu de poursuivre leur chemin, les cavaliers s'arrêtèrent non loin d'eux. Linota recula tout au fond de la cavité. Leur cachette ne semblait pas assez vaste pour les soustraire entièrement aux regards.

— Je t'ai payé plutôt grassement, Gamel.

Linota tressaillit en entendant la voix nasillarde de De Bevoir s'élever dans l'air matinal. La main d'Erik se posa aussitôt sur sa hanche. Elle risqua un regard vers son visage. La sueur perlait sur son front, ses mâchoires étaient fermement serrées, et il fixait son regard sur la roche qui le surplombait. Un frisson de peur lui parcourut l'échine. Erik avait beau être un guerrier endurci, il estimait de toute évidence que de Bevoir et Gamel représentaient une menace sérieuse. La nuit précédente, elle avait certainement couru un danger bien plus grand que ce qu'elle avait imaginé.

— Vous aviez une tâche simple à accomplir, poursuivit de Bevoir. Enlever la fille et la garder. Cela n'avait rien de difficile, et pourtant vous avez échoué !

— Elle a dû avoir de l'aide, de Bevoir. Ce feu ne s'est pas allumé tout seul. Ils ne peuvent pas être allés très loin.

— C'est ce que tu as dit hier soir, mais nous ne les avons toujours pas retrouvés, elle et son prétendu complice.

— Une fille comme elle n'aurait jamais pu se débrouiller seule.

Si de Bevoir formula une réponse, ce ne fut pas d'une voix assez forte pour que Linota puisse l'entendre.

La veille au soir, elle avait trouvé le replet de Bevoir légèrement ridicule, avec ses manières polies et sa barbe hirsute. Elle avait commis une erreur d'appréciation. L'entendre évoquer sa froide machination lui glaça le sang, et elle ne put réprimer un frisson.

Comme les deux hommes ne disaient plus rien, elle tapota doucement l'épaule d'Erik. Elle fut surprise de découvrir qu'une sourde colère brûlait au fond de ses yeux.

— Pouvons-nous bouger, maintenant ? murmura-t-elle.

Il secoua la tête et articula silencieusement une réponse.

Elle fronça les sourcils pour lui signifier qu'elle n'avait

pas compris ses paroles. Il se pencha vers elle, et elle sentit alors sa barbe naissante effleurer sa joue, son souffle frôler sa peau. Malgré une brusque envie de se serrer contre lui, elle parvint à rester immobile.

Son murmure était aussi léger qu'une brise d'été.

— Je n'ai pas entendu leurs chevaux bouger. Je crois qu'ils sont toujours près d'ici.

La proximité d'Erik submergeait tous les sens de Linota. Sa peur s'était évanouie. Elle pouvait sentir le grand corps du guerrier contre le sien, la rudesse de ses muscles contre ses courbes. Sa main, toujours posée sur sa hanche, la rassurait profondément.

Quand il s'écarta légèrement d'elle, elle bougea machinalement pour coller de nouveau son corps au sien. Elle entendit son souffle rauque au moment où elle revenait tout contre lui. Il baissa les yeux vers elle, et elle constata que la colère avait cédé la place à autre chose. Une émotion qu'elle ne reconnaissait pas, mais qui provoquait une subtile tension dans tout son corps. Le regard d'Erik s'attarda un instant sur ses lèvres avant de se plonger de nouveau dans ses yeux. Elle sentait son cœur battre à tout rompre ; c'était comme s'il allait sortir de sa poitrine. Les doigts tremblants, elle posa une main sur son bras.

Il tressaillit, retira vivement la main de sa hanche et accrut la distance entre eux. Une vague de déception submergea Linota, et elle détourna la tête pour ne pas laisser son expression trahir son sentiment.

Elle avait été tellement certaine, quand son regard s'était posé sur ses lèvres, qu'il éprouvait des sensations aussi intenses que les siennes, qu'il ressentait le même désir de faire courir ses mains sur toutes les parcelles de sa peau et de découvrir les sensations que ferait naître l'union intime de leurs deux corps…

Mais bien sûr, ce n'était pas le cas. C'était un homme habitué à ce que les femmes se jettent dans ses bras. Peut-être leur proximité forcée avait-elle allumé en lui le feu d'une attirance passagère, jusqu'au moment où, lorsqu'elle avait posé la main sur son bras, il s'était rappelé qui elle était.

Cela valait probablement mieux ainsi. S'il l'avait embrassée comme elle l'avait désespérément désiré, ses sentiments pour lui auraient pu s'en trouver exacerbés, et tout cela n'aurait servi qu'à provoquer un profond déchirement, à briser un cœur. Le sien, pas celui d'Erik.

Elle s'étendit sur le dos aussi bien que possible et fixa le surplomb au-dessus de sa tête. Une araignée traversant rapidement la paroi rocailleuse provoqua en elle un frisson de répulsion.

Il lui fallait quitter cet espace minuscule et partir loin d'Erik dont la proximité mettait tous ses sens au supplice.

À mesure que le temps s'étirait, le désespoir et l'impatience qu'elle éprouvait se muaient en torture.

Finalement, après ce qui lui sembla une éternité, le bruit des chevaux s'éloignant de leur cachette résonna enfin.

Comme elle se redressait sur un coude, une main ferme vint aussitôt se plaquer contre son épaule pour l'immobiliser.

— Nous devons leur donner le temps de partir à bonne distance, dit Erik à voix basse.

Elle s'étendit de nouveau et attendit, les yeux rivés sur l'araignée, à présent occupée à tisser les motifs complexes de sa toile au-dessus de sa tête.

Elle ne tourna pas une seule fois le regard vers Erik.

Enfin, le temps écoulé depuis les dernières paroles prononcées par de Bevoir et Gamel sembla satisfaire le guerrier.

— Partons, lança-t-il soudain.

Il roula sur le flanc pour sortir de leur cachette et se mit rapidement sur pied.

Bien qu'elle ait désespérément désiré ne plus être près

de lui, sa chaleur et la sécurité offertes par son grand corps puissant lui manquèrent aussitôt. Luttant contre la raideur que la nuit passée dans l'espace exigu avait infligée à son corps, elle se contorsionna pour se dégager à son tour.

— Il fait si froid…, murmura-t-elle en laissant échapper de petits nuages de vapeur blanche.

— Nous nous réchaufferons en marchant.

Erik partit d'un pas assuré dans une direction qui semblait choisie au hasard, sans attendre de voir si elle le suivait.

Elle se hâta de se lever pour le rattraper.

— Où allons-nous ?

— J'espère retrouver Cai. Toutes mes affaires sont restées avec lui. J'ai bien une poignée de pièces de monnaie, mais cela ne suffira pas si nous mettons longtemps à rejoindre les autres. Il nous faudra acheter de quoi manger.

À l'évocation de la nourriture, Linota sentit son estomac gronder, ce qui lui rappela qu'elle n'avait rien avalé depuis plus d'une journée, à l'exception d'une galette d'avoine qu'elle s'était forcée à ingurgiter durant leur chevauchée. Elle avait été tellement fâchée contre Katherine parce qu'elle ne lui disait pas ce qui se passait réellement que cela lui avait coupé l'appétit. Comme cette colère lui semblait insignifiante, à présent !

Elle frotta son estomac affamé. L'une des punitions que sa mère préférait lui infliger, ainsi qu'à Katherine, avait été de les priver de repas. Elle ne savait donc que trop bien ce qu'avoir faim voulait dire. Du moins avait-elle cru le savoir. Cette sensation douloureuse causée par ce ventre si vide était quelque chose d'entièrement différent. La douleur lancinante la tenaillait et, tandis qu'elle suivait Erik à travers bois, il n'y avait rien qu'elle puisse faire pour la soulager.

Erik ne semblait pas remarquer son inconfort. Il marchait à grands pas devant elle, comme si le moment d'intimité qu'ils avaient partagé n'avait jamais existé.

Elle faisait de son mieux pour le suivre, tout en essayant

de ne pas prêter attention à la façon dont son regard ne cessait d'être captivé par la largeur de ses épaules ou l'aspect puissant de ses bras musclés. Elle se répéta qu'il vaudrait mieux qu'elle se souvienne que, même si elle le trouvait infiniment fascinant, elle n'était à ses yeux qu'une jeune fille qu'il était chargé de protéger. Elle ne serait jamais comme ces femmes raffinées qu'elle avait vu tourner autour de lui et qu'il semblait apprécier grandement si l'on pouvait se fier aux sourires qu'il leur adressait.

Lorsque le silence devint trop pesant pour elle, elle força le pas pour pouvoir marcher à son côté.

— Comment savez-vous où chercher Cai ?

— Le soleil était en train de descendre dans cette direction quand je l'ai laissé, dit Erik en pointant le doigt vers un mur infini d'arbres. Il me semble donc logique de partir dans ce sens.

Il désigna d'un mouvement du menton la direction vers laquelle ils avançaient.

— Avec un peu de chance, nous n'avons pas trop dévié de l'endroit où je l'avais attaché.

— Et si la chance nous fait défaut ?

Les mâchoires d'Erik se crispèrent.

— Eh bien, il nous restera à trouver comment sortir de ces bois et à gagner le bourg le plus proche. Les villages des alentours se trouvent tous sur les terres de Borwyn. Je me suis rendu dans la plupart d'entre eux à la demande du comte en de nombreuses occasions. Je pourrai trouver quelqu'un pour nous aider, je suis…

Il la saisit par le bras et l'attira prestement derrière un arbre.

— Qu… ? commença-t-elle avant qu'Erik ne plaque la main contre sa bouche.

— Quelqu'un approche, murmura-t-il à son oreille.

Elle avait une conscience aiguë de la pression que le corps dur et puissant d'Erik exerçait contre le sien, mais le guerrier, lui, semblait complètement insensible à la façon dont ils étaient plaqués l'un contre l'autre. Il fixait intensément quelque chose au loin, quelque chose qu'elle ne pouvait voir.

Linota sentit l'abattement l'envahir. Elle songeait à toutes les fois où Katherine lui avait dit qu'elle était l'une des plus belles femmes de la forteresse d'Ogmore. Mais ces louanges n'étaient sans doute rien d'autre que le type de jugement qu'une sœur émettait sans la moindre impartialité. C'était ce qu'elle avait toujours pensé, à vrai dire, et l'indifférence manifeste qu'Erik lui témoignait ne faisait que le lui confirmer. Il ne s'apercevait absolument pas qu'elle était une femme.

Elle avait beau se donner toutes les peines du monde et tendre l'oreille pour tenter de percevoir ce qui avait alarmé Erik, tout ce qu'elle put entendre fut le bruit d'un petit animal cheminant non loin d'eux dans un léger bruissement de feuilles mortes.

Elle attendit qu'Erik reconnaisse qu'il avait fait erreur, mais il restait concentré, en alerte. En se tenant à si faible distance de lui, elle pouvait voir la tension faire saillir les muscles de son cou tandis qu'il continuait à fixer un point dans le lointain. Elle ferma les yeux pour s'empêcher de l'étudier davantage. Cette observation attentive ne lui faisait aucun bien.

— Voilà…, finit-il par dire.

Elle inclina la tête, toujours aux aguets, mais elle ne put toujours rien entendre d'inhabituel.

— Bon sang ! bougonna-t-il. Ils ont Cai !

— Qui ça ? murmura-t-elle contre sa main.

— Je n'en suis pas sûr.

Quelle que soit l'identité de ces gens, ils se déplaçaient très silencieusement à travers la forêt. Ce n'était qu'à présent qu'ils s'étaient rapprochés que le bruit des branchages écrasés sur leur passage devenait perceptible. À mesure que la distance se réduisait, les sons devinrent plus nets. Linota entendit une conversation chuchotée entre deux hommes à la voix grave.

— De Bevoir va pas apprécier d'apprendre qu'on a été suivis après avoir enlevé la fille, fit l'une d'elles.

— Le cheval ne prouve pas que c'est ce qui s'est passé.

— Et qu'est-ce que tu crois, alors ? Que son propriétaire s'est juste envolé dans un nuage de fumée ? T'es rien qu'un fieffé imbécile ! Bien sûr qu'on a été suivis. Regarde donc cet animal. C'est pas un cheval banal, c'est celui d'un guerrier. De Bevoir va nous reprocher cette erreur, même si on a parfaitement suivi ses instructions. S'il pense qu'on a échoué, on sera pas payés.

— Alors, laissons partir le cheval et faisons comme si on l'avait jamais vu.

Il y eut un long silence.

Tandis qu'Erik concentrait toute son attention sur les paroles échangées par les inconnus, sa main se fit moins lourde contre la bouche de Linota. Ses doigts effleurèrent son cou et vinrent se poser à la naissance de sa gorge. Sentir ce délicat contact contre sa peau déclencha une onde de plaisir qui irradia dans tout le corps de Linota. Les grondements de son estomac vide, la dure morsure du bois dans son dos, le chant des oiseaux dans les branchages au-dessus d'eux, elle n'en percevait plus rien tant son corps était tendu vers sa caresse distraite.

L'un des inconnus reprit la parole, et elle sursauta, ce qui lui valut un regard perplexe de la part d'Erik. Elle sentit aussitôt le feu lui monter aux joues et se fit violence pour ne pas détourner les yeux.

— Ce cheval vaut sans doute plus que ce que de Bevoir nous aurait donné. Laissons les autres courir après la fille et son protecteur, et disparaissons avec ce butin.

Il y eut un autre silence, plus court cette fois.

— Oui, c'est d'accord. Mais tu me joueras pas de sale tour, hein ? On est tous les deux ensemble sur ce coup-là.

— Bien sûr.

En entendant leur échange, Linota ne put s'empêcher de lever les yeux au ciel.

Jamais elle n'accorderait pour sa part sa confiance aux hommes. Tous n'étaient intéressés que par ce qu'ils pouvaient tirer de la moindre situation et n'avaient que faire des vies qui étaient en jeu.

Erik lui décocha alors un sourire ravageur, et elle sentit tout l'air déserter ses poumons en un instant. Son charme était si puissant que ses jambes faillirent se dérober sous elle.

— Voilà qui simplifie les choses, dit-il tranquillement, tandis que les deux hommes s'éloignaient.

Tentant de fixer son attention sur ce qui l'entourait plutôt que sur les nouvelles sensations qui affluaient dans son corps, Linota fronça les sourcils.

— Comment cela peut-il être mieux pour nous ? Que ces hommes prennent Cai ne complique-t-il pas plutôt la situation ?

— Nous savons à présent que nous ne sommes pas poursuivis par tous les hommes. Nous allons suivre ces deux-là jusqu'à ce que je puisse mettre au point une embuscade correcte. Je récupérerai ensuite Cai, et nous pourrons reprendre la chevauchée.

— Comment allez-vous réussir ? Ils ont votre épée et les leurs.

Erik ne s'était pas détaché d'elle. Son corps pressait toujours doucement le sien contre le tronc. Il baissa les yeux vers elle, l'air surpris, tandis que son regard pétillait d'amusement.

— Vous pensez vraiment qu'il serait difficile de venir à bout de ces deux-là ?

Son assurance arracha un sourire à Linota.

— Si vous en êtes si certain, pourquoi ne pas reprendre Cai dès maintenant ?

L'amusement quitta aussitôt le regard d'Erik.

— Nous sommes trop proches des autres. Si j'échouais à les réduire au silence, ces deux-là pourraient faire rappliquer le reste de la bande à toute vitesse, et nous serions ramenés au point de départ. La situation serait même pire, pour ce qui me concerne, car il semblerait qu'ils veuillent vous garder vivante, ce qui veut dire qu'ils voudront très certainement ma mort. De cette manière, je ne serais plus là pour voler de nouveau à votre secours ou révéler à Borwyn et à ses hommes le lieu où vous vous trouvez.

Erik avait prononcé ces mots avec une certaine légèreté, mais Linota fut saisie d'effroi. Il était inconcevable qu'elle puisse être responsable de la mort d'Erik, pas après tout ce qu'il avait fait pour la protéger.

Il s'écarta enfin d'elle, et son corps se trouva aussitôt livré aux assauts de l'air glacial. Saisie de tremblements, elle serra sa cape autour d'elle.

Tandis qu'elle suivait Erik à travers la forêt, elle prit garde aux endroits où elle posait les pieds et à sa manière de se déplacer à travers les broussailles. Les deux hommes ignoraient qu'ils étaient suivis, et elle ne voulait en aucun cas être celle qui leur signalerait qu'Erik et elle avançaient sur leurs pas. Erik n'affichait aucune inquiétude quant au fait qu'il pourrait les défaire sans son épée, mais elle ne voulait pas causer la situation qui lui prouverait s'il avait raison ou tort.

Les hommes marquèrent une halte. Ils paraissaient en désaccord au sujet de la direction à prendre. L'un semblait désireux de conduire le cheval jusqu'au village le plus proche pour conclure rapidement une vente, tandis que l'autre voulait poursuivre encore leur route afin d'obtenir un meilleur prix.

— Que préfèreriez-vous qu'ils fassent ? chuchota Linota à l'oreille d'Erik tandis qu'ils observaient l'altercation.

— J'aimerais qu'ils se rendent au bourg le plus proche. J'aimerais en avoir fini avec eux au plus tôt. Les suivre encore plus loin nous amènerait à rester plus longtemps à découvert.

Linota frissonna. Elle n'avait pas la moindre envie de croiser de nouveau la route de Gamel.

— Avez-vous froid ? demanda Erik, tournant ses yeux d'un bleu profond vers elle.

Elle secoua la tête pour lui signifier que non. Elle avait froid, certes, mais ce n'était pas insupportable. La chair de poule qui hérissait sa peau était avant tout causée par le souvenir du regard lubrique que Gamel avait posé sur elle. Mais avant qu'elle ait pu réfléchir à ce qu'elle faisait, elle acquiesça. Elle désirait plus que tout qu'il l'entoure de ses bras, l'attire contre lui, et la réchauffe de son corps comme il l'avait fait pendant la nuit.

Il l'observa un long moment, ses yeux parcourant son visage comme s'il tentait de déchiffrer la moindre de ses pensées. Elle retint son souffle. Les mains du guerrier s'ouvraient et se fermaient nerveusement contre ses cuisses. Le cœur de Linota sembla interrompre ses battements, dans l'attente du moment où Erik se rapprocherait d'elle.

En face d'eux, les deux hommes se remirent en route. Le regard d'Erik se détacha brusquement d'elle pour se porter sur eux.

— On dirait qu'ils ont pris une décision.

Sans lui accorder le moindre regard supplémentaire, il se remit en marche. Aux prises avec une sourde déception, elle lui emboîta le pas. Elle avait tant voulu qu'il la tienne contre lui ! Elle avait beau savoir que tout cela était ridicule, elle se sentait flouée.

S'ils parvenaient à récupérer Cai au prochain village, il ne faudrait pas longtemps pour rejoindre le reste de leur groupe. Linota savait qu'elle devrait se réjouir à cette idée. Le temps passé auprès de ses ravisseurs avait été terrifiant, et être sous la protection des redoutables gardes de Borwyn lui garantirait de se retrouver une parfaite sécurité. Mais cela signifiait également que sa vie reprendrait son cours habituel et, dans cette vie, Katherine comptait sur elle pour faire un bon mariage avec un seigneur fortuné. Avec un peu de chance, il s'agirait de Borwyn lui-même. Elle ne pourrait pas dormir entre les bras de l'homme qu'elle aurait choisi, en particulier si c'était un intendant dont il se murmurait qu'il s'agissait d'un enfant illégitime que son père n'avait jamais voulu reconnaître.

Elle savait qu'elle faisait preuve d'égoïsme. Katherine devait être folle d'inquiétude à cette heure. Jamais au cours de leur existence elles n'avaient été séparées. Lorsqu'elles seraient réunies, sa sœur ne voudrait certainement plus jamais la quitter des yeux.

Tout au fond d'elle, Linota savait qu'être aimée à ce point était un cadeau précieux. Mais, parfois, tant d'amour pouvait se révéler étouffant. C'était comme si elle avait passé son enfance entière le corps entouré de rubans serrés et qu'elle commençait tout juste à découvrir à quoi ressemblait le fait de vivre avec des rubans plus lâches. Elle n'était pas sûre d'être capable d'endosser de nouveau son rôle de sœur docile.

Comme souvent, elle se demanda en quoi sa vie aurait été différente si son père n'avait pas été exécuté pour trahison. Braedan et Katherine se seraient certainement mariés avant elle, et auraient fait de bons mariages. Peut-être cela lui aurait-il laissé la liberté, en sa qualité de dernière-née, de se marier par amour.

— Je déteste les traîtres, lança-t-elle soudain d'un ton ferme, les mots qui trahissaient le fil de ses pensées ayant soudain franchi ses lèvres.

Erik lui jeta un coup d'œil. S'il était surpris par cet éclat, il n'en dit rien.

— Est-ce à cause de votre père ? demanda-t-il.

— Mon père n'était pas un traître, répliqua-t-elle aussitôt.

Il ne répondit rien.

Dans un mouvement instinctif, les poings de Linota se serrèrent avec force. Depuis la mort de son père, elle se savait être l'unique personne à croire en son innocence. Elle ne s'était pas attendue à ce que, sans explication de sa part mais seulement parce qu'il commençait à la connaître, Erik considère lui aussi son père innocent. Mais elle avait espéré que ce soit le cas.

Elle voulait qu'Erik sache qui était véritablement son père, qu'il ne le voie pas sous les traits de l'homme décrit par toutes les personnes médisantes et malintentionnées dont les commérages ne cessaient de bruire autour d'elle et de Katherine dans les rares occasions où elles se promenaient autour de la forteresse.

— Croyez-vous qu'il était coupable simplement parce que le Roi a dit qu'il en était ainsi ?

Elle savait qu'il était déloyal de lui poser une telle question. Lord Leofric avait été reconnu coupable de trahison, et prétendre le contraire constituait un crime contre la Couronne.

Erik passa lentement sa main sur sa mâchoire.

— Je crois… qu'un homme peut être placé dans une situation impossible. Une situation dans laquelle il doit prendre une décision qui, quel qu'en soit le résultat, fera du mal à quelqu'un. Il a peut-être fait des choix apparaissant déloyaux aux yeux de certains, mais que d'autres auraient considérés comme tout à fait respectables. Parfois les choses ne sont pas simplement noires ou blanches mais grises…

Linota enjamba une racine noueuse. Les arbres étaient plus espacés à présent, ce qui pouvait laisser supposer qu'ils approchaient de la lisière du bois. Le temps passé seule en compagnie d'Erik n'allait pas tarder à prendre fin. Pour une raison qu'elle ne s'expliquait pas, il était important à ses yeux qu'Erik comprenne son point de vue. Maintenant. Elle voulait qu'il sache la vérité à propos de sa famille.

— Mon avis est tout autre, commença-t-elle. Je crois fermement qu'il existe uniquement une bonne et une mauvaise décision. Je *sais* que mon père ne s'est pas rendu coupable de trahison. Il était le plus loyal, le meilleur des hommes qui aient jamais vécu. Il a été trahi par ses prétendus alliés qui ont répandu toutes sortes de mensonges à son sujet. Le Roi les a écoutés plutôt qu'il n'a cru mon père, et il a été assassiné.

Jusqu'alors, elle n'avait jamais parlé de son père, pas même avec Katherine. Mais à présent les paroles coulaient en un flot ininterrompu. Les idées et les pensées qu'elle n'avait jamais partagées, les sentiments qu'elle avait gardés enfouis tout au fond d'elle pendant des années trouvaient enfin le moyen de s'exprimer.

Même si personne n'évoquait plus désormais Lord Leofric, elle se souvenait de l'homme qui lui racontait des histoires lorsqu'elle allait s'asseoir sur ses genoux. Elle se rappelait comment il la protégeait de sa mère qui avait commencé à montrer des signes de folie bien avant qu'il soit exécuté.

— Mon père était un homme remarquable. Ce n'était pas un traître. Ce sont ceux qui l'ont trahi qui se sont rendus coupables de trahison, pas lui.

Erik écarta quelques ronces pour lui permettre d'avancer.

— Comment pouvez-vous en être aussi sûre ? demanda-t-il. Vous deviez être très jeune lorsqu'il est mort, n'est-ce pas ?

— Il a été pendu, Erik, devant mes yeux. Je n'étais pas assez jeune pour ne pas me souvenir du moindre abominable détail de cette scène. Je peux encore entendre le son qui s'est échappé de ses lèvres lorsque la trappe s'est ouverte sous ses pieds. J'étais âgée de dix ans, je n'étais pas un bébé, contrairement à ce que tout le monde semble supposer.

Erik s'arrêta un instant et, l'air préoccupé, s'adossa à un arbre.

— Je suis désolé, Linota. Aucun enfant ne devrait être témoin d'une chose pareille.

— Non, en effet, dit-elle en le dépassant, avant de s'arrêter à quelques pas de l'arbre et de se tourner vers lui. Mes souvenirs les plus heureux me ramènent aux moments où il se trouvait chez nous et m'emmenait me promener sur son cheval. Nous chevauchions à travers la campagne, et il me serrait fort entre ses bras. Il me narrait les histoires les plus extraordinaires. Je me souviens encore de chacune d'elles, et quiconque les aurait entendues aurait eu la certitude qu'il savait faire la différence entre le bien et le mal. Lorsque j'aurai des enfants, je leur raconterai ses histoires pour qu'ils sachent qu'ils doivent toujours prendre la décision juste.

Erik se détacha de l'arbre et reprit sa marche.

— Au lieu de ressasser le souvenir de la mort de votre père, peut-être devriez-vous rendre grâce au destin pour avoir été aimée par cet homme. Certains d'entre nous n'ont pas autant de chance.

Ce fut au tour de Linota de s'arrêter brusquement.

— Vous savez qui est votre père ?

Le rouge de la honte lui monta aux joues au moment où elle prit conscience des mots qu'elle venait de prononcer. Elle avait reconnu par ses paroles qu'il était un enfant illégitime, que son père n'avait jamais voulu reconnaître pour fils. Même si elle n'avait pas d'amis, et était donc peu coutumière de ce genre d'échanges familiers, elle savait qu'il ne s'agissait pas de la chose la plus aimable à dire. Katherine serait déçue par son comportement, si elle l'apprenait.

Erik se tourna vers elle, et elle lut un rictus amer sur ses lèvres.

— Oui. Je sais qui il était. Il est mort, à présent. Venez, je crois que nous sommes presque arrivés.

— Qui était-il ? demanda Linota, que la curiosité poussait à oublier ses bonnes manières.

Les épaules d'Erik eurent un tremblement.

— Je n'aborderai pas ce sujet avec vous. Je me contenterai de dire qu'il n'était pas un homme bon.

— Pourquoi ne me le diriez-vous pas ? S'il n'est plus de ce monde, cela ne peut causer aucun mal.

— Vraiment ?

— Je n'en dirai mot à personne. Je suis capable de garder un secret.

— Combien de secrets avez-vous eu à garder jusqu'à aujourd'hui ? demanda Erik, une lueur de malice dansant au fond des yeux.

Elle laissa un instant son pied suspendu au-dessus du sol. Voilà qui était une fort bonne question. Si l'on mettait de côté son intime conviction au sujet de l'innocence de son père quant aux crimes dont on l'accusait, elle n'avait pas réellement eu le moindre secret à préserver. Après que son père était tombé en disgrâce et que leurs terres et leur fortune leur avaient été retirées, le frère de Linota s'était rendu chez le comte d'Ogmore, chez qui il avait servi en tant que page, et avait supplié le seigneur d'accueillir ses sœurs et sa mère. Ogmore avait accepté à la condition que Braedan lui voue une loyauté sans faille.

Linota était infiniment reconnaissante d'avoir eu un foyer, une réalité qu'elle s'était souvent remémorée au fil des ans lorsque la morosité de son austère existence menaçait de la submerger.

Parce qu'elle avait été incapable d'affronter les gens, ou parce qu'elle s'était refusée à le faire après que sa famille était tombée en disgrâce, leur mère avait gardé la plupart du temps les deux sœurs enfermées dans leur chambre pendant huit longues années.

Si elle avait alors eu des amis, Linota leur aurait certainement caché le fait que sa mère était proche de la folie. Cela aurait donné une mauvaise image d'elle et de Katherine, et aurait sans aucun doute compromis leurs chances de conclure de bons mariages, un point auquel sa sœur accordait une immense importance. Elle n'aurait raconté à personne les coups que Katherine avait dû subir ou les moments où elles avaient connu une faim extrême, mais toutes ces considérations étaient sans objet. À part Katherine, qui connaissait de toute façon toute l'histoire, elle n'avait ni amis ni confidents.

— Fort bien, admit-elle. Je n'ai pas eu à garder de secrets jusqu'à ce jour. Mais je sais que j'en suis capable et que je garderai le vôtre.

Erik sourit et le cœur de Linota se fit plus léger.

— Vous avez ma confiance, Linota, mais il s'agit d'une longue histoire sur laquelle je ne souhaite pas m'attarder. Et ce n'est certainement pas une chose à laquelle je veux penser juste avant de mettre au point une attaque contre ces deux bouffons.

— Les attaquerons-nous bientôt ? lança-t-elle d'un ton plein d'impatience.

Ils marchaient depuis si longtemps qu'elle avait presque oublié le but qu'ils poursuivaient.

— *Nous* n'allons attaquer personne. *Je* vais trouver une auberge confortable où vous pourrez m'attendre, et ensuite *je* ferai en sorte de récupérer mon cheval.

— Mais…

— Non. Je ne vais pas vous faire courir le moindre danger, et il est inutile de discuter.

— Savez-vous où nous nous trouvons ? demanda-t-elle alors qu'ils arrivaient en vue d'un petit bourg entre les maisons duquel les deux hommes disparurent.

— Il s'agit d'Afon qui, malheureusement, n'est pas un endroit où j'ai eu des raisons de m'arrêter jusqu'à aujourd'hui. Je sais qu'il y a une auberge, mais j'ignore où elle est située. Elle ne doit pas être difficile à trouver, le village n'est pas bien grand.

Au moment où ils approchaient, deux jeunes garçons cessèrent de jouer avec un chien pour les observer.

— Où se trouve l'auberge ? leur demanda Erik.

Le plus grand des deux garçons, la joue maculée de boue, pointa un doigt vers la gauche.

— Merci, mon garçon, lui dit Erik tout en lui lançant une petite pièce qu'il avait tirée d'une bourse pendue à sa ceinture. Tu en auras une autre si tu me dis où je peux acheter un cheval.

— C'est drôle, fit en zozotant le garçon auquel manquaient les deux dents de devant. Deux hommes viennent juste de nous parler de chevaux. J'leur ai dit d'aller aux écuries de Murry. Il veut toujours acheter ou vendre des bêtes.

— Et où trouverai-je ce Murry ?

— Près de l'auberge. C'est le propriétaire des deux.

— Merci, petit.

Erik lui lança une pièce d'une bien plus grande valeur, et l'enfant se jeta dessus. Il était probable qu'il n'avait encore jamais eu autant d'argent durant sa courte existence.

Linota était dans le même cas que lui.

— Dois-je vraiment rester à l'auberge ? demanda-t-elle alors qu'ils s'engageaient dans une ruelle étroite. Les hommes ne s'attendront pas à vous voir, il sera donc facile de récupérer votre cheval.

— Je me réjouis que vous ayez tant foi en moi, dit Erik d'un ton pince-sans-rire. Mais, oui, il faut que vous restiez à l'auberge. Il vaut mieux qu'ils ne nous aperçoivent pas ensemble. Je ne veux pas qu'ils retournent ensuite auprès de ce bougre de De Bevoir et lui disent qu'ils vous ont vue en chair et en os à Afon.

— Oh ! je…

Elle s'éloigna.

— Qu'y a-t-il ? dit-il en s'arrêtant soudain.

— Je m'imaginais que vous alliez les tuer.

Erik parut surpris.

— Au beau milieu du bourg ? Je ne crois pas que ce serait sage. À tout bien considérer, je n'ai nulle envie d'être pendu. Je suis sûr que je trouverai une solution moins violente, mais je serais plus tranquille si je vous savais en sécurité.

Il croisa les bras devant lui, et à la façon dont il serrait les mâchoires Linota comprit qu'elle ne pourrait pas le faire changer d'avis. C'était entendu, elle se plierait pour cette fois à sa volonté, mais uniquement parce qu'elle mourait de faim, et qu'en restant à l'auberge elle serait enfin en mesure de manger quelque chose.

— Très bien, je resterai cachée cette fois-ci, dit-elle.

Les épaules d'Erik se détendirent, et il lui adressa un bref signe de tête.

Comme il prenait de nouveau la direction de l'auberge d'un pas décidé, Linota le suivit. Elle savait qu'il était plus raisonnable qu'elle l'attende à l'intérieur. C'était pour sa sécurité qu'il devait en être ainsi, mais elle éprouvait une sensation dérangeante, l'impression qu'il y avait plus que cette raison, que quelque chose lui échappait.

Au moment où ils arrivaient à l'auberge, elle était incapable de chasser une désagréable impression. Il lui semblait qu'elle venait de commettre une grave erreur.

Erik s'adossa contre le mur de l'auberge et laissa échapper un long souffle régulier. Il était inconcevable qu'il renonce à présent, pas après avoir accompli tant de choses.

Linota était saine et sauve. Il devait se concentrer sur ce point. Mais aussi longtemps qu'il vivrait il ne pourrait oublier sa voix hurlant son nom tandis qu'elle était emmenée au loin. Son cri avait transpercé son âme et failli fendre son cœur en deux.

S'il n'avait pas été si distrait la veille, ces misérables n'auraient pas pu réussir leur raid. Mais son esprit était alors entièrement tourné vers les conséquences qu'aurait pour lui le changement de destination voulu par Jarin, et il avait dû s'employer à réfléchir à une solution pour empêcher le comte de rejoindre sa propre forteresse.

De Bevoir lui avait donné une petite tâche à accomplir pour pouvoir récupérer sa nièce – tenir Jarin à l'écart de sa forteresse pendant une semaine. Cependant, sans qu'Erik puisse déterminer comment, Jarin avait découvert qu'une sorte de complot se tramait contre lui. Erik avait essayé tous les arguments auxquels il pouvait penser pour empêcher Jarin de rentrer chez lui, mais ses efforts avaient été vains. Jarin fonçait tout droit vers le sort que de Bevoir avait prévu de lui réserver, et il ne semblait y avoir aucun moyen pour qu'Erik puisse l'arrêter.

Les chances pour qu'il voie un jour sa nièce diminuaient donc à vue d'œil.

Il avait fébrilement cherché à élaborer un nouveau plan, puis Linota avait été enlevée, et il n'avait plus accordé la moindre importance à ce qui concernait Jarin. Il s'était dit que de Bevoir pourrait bien agir comme bon lui semblait. Tout ce qui avait compté à ses yeux avait été de retrouver Linota avant que ces hommes puissent lui faire le moindre mal.

Jarin lui avait crié des instructions au moment où il s'était élancé au triple galop avec Cai, mais pour la première fois de sa vie il ne s'était pas arrêté pour écouter ce qu'avait à lui dire son seigneur. Son esprit était entièrement concentré sur l'idée de soustraire Linota aux mains de ses ravisseurs ; il était inconcevable qu'une personne si pure et si belle passe ne serait-ce qu'une seule seconde auprès d'aussi vils individus.

Il avait perdu la trace des hommes dans les bois et avait failli sombrer dans le désespoir. Peu après, Cai avait perdu un fer.

Lorsque le cri de Linota avait retenti dans l'obscurité, il s'était senti frappé en plein cœur, comme si une flèche venait de le transpercer de part en part. Le son de sa voix hanterait pour toujours ses cauchemars, mais il lui avait permis de la retrouver.

Tout en lui s'était figé quand il l'avait vue étendue inanimée sur le sol, avec ses vermines de ravisseurs debout autour d'elle. Il avait voulu se précipiter dans la clairière et les tuer de ses propres mains.

Il s'était calmé quand il avait compris que Linota n'était pas morte. Cela n'avait rien changé à son envie de les massacrer tous, mais il s'était raisonné, décidant d'attendre le moment propice pour éviter un bain de sang. Le groupe d'hommes s'était ensuite dispersé sur le campement, tous étant apparemment soulagés de s'apercevoir que leur captive était simplement inconsciente. À ce moment-là, Erik avait découvert la présence de Simon de Bevoir, et les questions s'étaient bousculées dans son esprit. Pourquoi de Bevoir avait-il enlevé Linota ? Qu'espérait-il obtenir ? Savait-il à quel point Erik la convoitait ? Avait-il voulu disposer d'un autre moyen de chantage pour le forcer à agir ?

Erik espérait que la raison de cet enlèvement n'avait rien à voir avec lui car, dans le cas contraire, cela signifiait que les sentiments qu'il éprouvait pour Linota étaient bien plus évidents aux yeux de ceux qui l'entouraient qu'il le croyait.

Il se frotta nerveusement le front. Il lui fallait garder la tête froide et réfléchir, mais il disposait de bien peu de temps. Sa priorité absolue était de mettre Linota en sécurité. De Bevoir devait avoir un plan dans lequel elle entrait en jeu, et Erik préférerait être pendu que de laisser cet homme poser de nouveau ses sales mains sur elle.

Et il lui fallait également veiller à ce que de Bevoir reste aussi loin que possible de Borwyn. Si Jarin venait à découvrir qu'Erik était de mèche avec le bras droit de son ennemi, c'en serait fini de leur amitié. Jarin ne le lui pardonnerait jamais, et nul ne pourrait le lui reprocher.

Quant à Linota, il avait entendu ce qu'elle avait à dire à propos des traîtres. Elle les avait en horreur et avait très clairement dit qu'elle pensait que rien ne justifiait jamais de trahir ses amis. Il était en train de trahir Borwyn, et le fait que ses intentions soient des plus respectables était sans importance. Il se précipitait vers l'enfer bien plus vite qu'il l'avait imaginé.

Il inspira profondément et tenta de remettre un peu d'ordre dans ses idées. Il s'écarte du mur de l'auberge contre lequel il était resté appuyé. Il fallait qu'il récupère Cai sans éveiller les soupçons de ces hommes à propos de son identité. Il espérait, plus qu'il n'en était convaincu, qu'il ne serait pas nécessaire de verser de sang.

Il lança un dernier regard en direction de l'auberge. Linota avait accepté d'y rester, et il en était heureux. Il s'était attendu à ce qu'elle discute sa décision, mais elle n'en avait rien fait. Il l'avait donc installée dans une pièce qu'elle pouvait fermer de l'intérieur. Elle était en sûreté et disposait de nourriture. Il n'avait pas à s'inquiéter d'elle pour le moment.

Il longea le mur du bâtiment et découvrit bientôt que les informations données par le garçon étaient exactes. Les écuries se trouvaient à deux pas de l'auberge. L'odeur insupportable qui assaillit ses narines à mesure qu'il avançait laissait supposer qu'elles étaient dans un état de grande saleté.

Un peu de la tension qui crispait ses épaules s'envola quand il tourna au coin de la rue et vit Cai qui agitait sa longue queue sombre. Il ne semblait pas avoir subi de blessures.

Erik se prépara à entrer dans la peau du personnage qu'il offrait aux yeux de tous depuis qu'il était devenu un homme. Feindre d'avoir plus d'assurance qu'il n'en éprouvait produisait généralement le résultat qu'il visait. Si cela ne fonctionnait pas cette fois-ci, il aurait à user de ses poings. À deux contre un, il avait des chances raisonnables de remporter le combat.

— Mes braves amis, lança-t-il en entrant d'un pas décidé dans les écuries. On dirait qu'il y a eu un malentendu. C'est mon cheval que vous avez là.

Cai l'accueillit d'un hennissement et tendit la tête vers lui comme pour confirmer ses dires. Sans laisser aux deux hommes le temps de dire quoi que ce soit, Erik saisit les rênes et caressa le chanfrein de Cai.

— Attendez un peu, on l'a trouvé…, commença l'un des individus.

— Dans les bois, oui, je sais, fit Erik d'un ton serein, comme si la situation était la plus naturelle qui soit. Cai a perdu un fer, hier soir. Je l'ai attaché dans la forêt pendant que j'allais chercher de l'aide en ville, mais je me suis perdu et j'ai passé une nuit très désagréable dans le froid. Merci de l'avoir conduit jusqu'ici pour moi. Tenez, voilà pour votre peine.

Il lança une pièce à chacun des deux hommes. Cela ne rivalisait pas avec la somme qu'ils auraient pu obtenir s'ils avaient réussi à vendre Cai, mais comme il n'exigeait pas que les deux compères soient châtiés pour avoir volé son cheval, il espérait qu'ils s'en iraient sans créer de problèmes.

— Monsieur, reprit-il en s'adressant à Murry comme si les deux comparses avaient naturellement accepté la situation et étaient déjà repartis vaquer à leurs occupations. Je ne doute pas que vous pourriez fournir un nouveau fer à Cai. J'ai des affaires urgentes qui m'attendent… dans le Middlesex et je dois reprendre la route dès que possible.

Murry marmonna qu'il était tout à fait capable de se charger de cette tâche. Apparemment il acceptait sans difficulté l'idée que Cai était bel et bien son cheval. Même si les vêtements du guerrier n'étaient pas taillés dans la plus soyeuse des étoffes, ils étaient de meilleure qualité que ceux des hommes de De Bevoir. Et Cai était de toute évidence la monture d'un homme plutôt aisé. Murry comprenait probablement qu'il serait plus intéressant pour lui de faire affaire avec Erik plutôt qu'avec ces deux hommes crasseux qui avaient tenté de lui vendre un cheval d'origine douteuse.

Les deux hommes s'éloignèrent en traînant des pieds et restèrent quelques instants à l'écart. Quand il leur apparut de manière évidente que ni Erik ni Murry n'allaient plus leur accorder la moindre attention, ils disparurent parmi les gens qui s'activaient dans la rue principale.

Murry grommela quelque chose à propos de la mauvaise graine, mais Erik n'ajouta aucun commentaire. Il se contenta de se réjouir que cette affaire se soit réglée sans affrontement.

Maintenant, il avait besoin de temps et d'espace pour réfléchir à la suite qu'il donnerait aux événements, et il savait exactement où il trouverait ce qu'il cherchait.

Chapitre 5

— Êtes-vous à votre aise ? murmura Erik dans les cheveux de Linota.

— Mmm…, fit-elle en bougeant légèrement sur la selle. Oui, tout va bien.

Sa réponse ne donnait toutefois qu'un aperçu partiel de la réalité. Linota était en vérité très à son aise, et même plus qu'il ne le fallait. Les bras solides d'Erik l'entouraient, et elle était blottie contre sa poitrine, sa cape les enveloppant tous deux. Elle adorerait rester ainsi pour toujours, à sentir la chaleur de son corps se diffuser lentement à l'intérieur du sien.

— Vous n'avez pas mis longtemps à récupérer Cai, dit-elle dans l'espoir de détourner son esprit de ses pensées inappropriées.

Un rire puissant secoua le corps d'Erik et provoqua un exquis frisson en elle.

— Cela n'était pas chose ardue. Ces deux-là n'étaient pas les plus malins qui soient.

Erik retomba dans le silence.

Il était différent, en cet après-midi. Bien moins enclin à converser. Ce changement ne la dérangeait pas. Erik avait visiblement besoin de réfléchir à un grand nombre de choses, mais l'absence de conversation avec lui favorisait le déchaînement de ses pensées. Quand ils avaient quitté le petit bourg ensemble, elle s'était demandé s'ils ressemblaient à un couple marié qui chevaucherait vers sa demeure, et cette idée l'avait fait délicieusement frémir.

Sa raison lui rappelait sans cesse qu'elle devait lutter contre ce genre d'idées et les sentiments que lui inspirait Erik. Il n'existerait jamais pour eux deux un avenir dans lequel se trouver entre ses bras serait chose naturelle. Hélas ! son corps refusait d'écouter sa tête. Elle sentait ses doigts fourmiller, avides de courir le long des bras d'Erik pour sentir la dureté des muscles qui la maintenaient si fermement.

Il chevaucha à vive allure, sans s'arrêter pour prendre de repos et ne lui parla qu'une seule fois, pour lui demander si elle avait assez chaud. Pour tenter de détacher ses pensées de lui, elle essaya de se concentrer sur le paysage qui les entourait, mais elle se trouva vite lassée. Elle aurait à passer le reste de sa vie loin d'Erik, alors pourquoi ne pas plutôt savourer la sensation de ses bras autour d'elle en cet instant ?

Elle laissa les muscles de son dos se détendre et s'appuya davantage contre le torse du guerrier. Elle retint son souffle, s'attendant à ce qu'il s'écarte d'elle. Comme il ne bougeait pas, elle ne songea à plus rien d'autre qu'à lui.

Le soleil entamait sa descente dans le ciel quand Erik quitta le chemin caillouteux qu'ils suivaient.

— Nous pourrons bientôt nous arrêter, annonça-t-il.

— Où allons-nous ?

Elle avait supposé que leur destination serait la forteresse de Borwyn. L'excitation qui la gagna en découvrant qu'il n'en était rien la troublait profondément. Quoi qu'il puisse arriver par la suite, cette soirée lui offrait la possibilité de passer plus de temps encore seule en compagnie d'Erik.

— Je…

Il s'éclaircit la voix.

— Je possède un endroit. Ce n'est pas grand. Je… c'est… Personne n'en connaît l'existence.

Elle se contorsionna sur la selle pour se tourner vers lui. En constatant qu'une légère rougeur lui était montée aux joues, elle sentit son cœur se serrer.

— Ce que j'essaye de dire, c'est que cet endroit n'a rien de luxueux, dit-il, en évitant de poser les yeux sur elle. Je l'ai acheté… je l'ai acheté pour avoir quelque part où résider lorsque la vie dans la forteresse se fait… trop pesante.

Linota se détourna de lui. Sa confession avait mis Erik mal à l'aise, et elle ne voulait pas que ses yeux rivés sur lui le fassent se sentir stupide. Jamais elle n'avait imaginé qu'il puisse être homme qui ait besoin d'un refuge. Il semblait toujours tellement à son aise, qu'il chevauche à travers la forêt ou qu'il s'exerce au combat avec les hommes, au sein de la forteresse d'Ogmore ! Il apparaissait à ses yeux comme un homme assuré et insouciant, une personne dont les yeux pétillaient quand il prenait la parole. Étant le bras droit de Borwyn, il avait la réputation d'être intrépide et redoutable, quelqu'un qu'il valait mieux ne pas provoquer. L'idée d'un refuge paraissait donc bien surprenante quand elle songeait à celui qu'elle commençait à connaître.

Elle brûlait d'envie d'en savoir davantage, mais son malaise évident la poussa à tenir sa langue. Le temps des questions viendrait plus tard.

Il ne fallut pas longtemps avant qu'ils arrivent en vue d'une chaumière paysanne.

Ils ralentirent avant de s'arrêter devant. Linota fit de son mieux pour rester impassible. La simplicité de l'habitation constituait une nouvelle surprise. Même en ayant appris qu'il possédait un lieu où trouver refuge, elle ne s'était pas attendue à ce que le guerrier endurci ait fait le choix d'une habitation rustique.

— Je vais conduire Cai à l'écurie. Vous pouvez entrer, en attendant.

Erik sauta à terre et l'aida à descendre de selle.

Une fois qu'il fut assuré que ses deux pieds étaient bien ancrés sur le sol boueux, il s'éloigna à grand pas en tirant Cai derrière lui, sans se retourner pour voir ce qu'elle faisait. Il entra à l'une des extrémités de la bâtisse et disparut de sa vue.

Linota observa les environs, dans l'espoir de comprendre l'utilité du bâtiment. L'atmosphère n'était chargée d'aucune odeur trahissant la présence d'animaux et, du reste, il ne semblait pas non plus y avoir alentour de présence humaine.

Il était certain qu'Erik n'utilisait les lieux ni pour élever des bêtes, ni pour y cacher une armée. Elle s'avança vers une porte de bois située à l'extrémité opposée de l'écurie dans laquelle Erik s'était engouffré et l'ouvrit.

Elle ne savait pas à quoi elle s'était attendue – sans doute un endroit enfoui sous la poussière ou baignant dans des relents d'humidité –, mais la pièce qu'elle découvrit était rangée et propre, et la seule odeur perceptible était celle d'anciens feux de bois. Le foyer de cheminée, vide et parfaitement nettoyé, ne semblait pas avoir été utilisé récemment. Une longue table occupait un côté de la pièce. Elle s'en approcha et caressa le doux plateau de bois. Il s'agissait d'une table magnifiquement exécutée que venait accompagner un long banc témoignant du même excellent savoir-faire.

Elle se figea en les regardant, et son cœur se mit à battre douloureusement dans sa poitrine quand une affreuse pensée lui vint. Se pouvait-il qu'Erik soit marié ou fiancé ? Cette maison avait-elle été aménagée pour la femme qu'il aimait ? Pas une fois elle n'avait pensé à lui demander s'il avait une épouse, et personne autour d'elle n'avait mentionné ce sujet. Elle l'avait vu se montrer charmeur avec les femmes mais, bien sûr, cela ne voulait rien dire. Beaucoup d'hommes étaient infidèles. La sensation de vertige qu'elle éprouvait dès qu'il se trouvait près d'elle lui sembla soudain ridiculement naïve.

Plus elle regardait autour d'elle, plus en était convaincue. Il ne s'agissait pas d'un endroit qu'Erik avait acheté sur un coup de tête. Il y avait de petits détails dans la maisonnette qui révélaient des attentions pleines d'amour et d'intention sincère.

Comme elle avait été stupide de s'être sentie si à son aise entre ses bras ! Ce qu'elle découvrait lui confirmait que cet agréable jeu de séduction auquel il s'était livré n'avait été rien de plus que l'expression de sa gentillesse à son égard. Elle avait si peu d'expérience de la vie qu'elle s'était imaginé des choses et cru que la considération dont il faisait preuve était en réalité tout autre chose. Et même si elle avait toujours su que jamais ils ne pourraient être ensemble, elle avait rangé soigneusement dans ses souvenirs le moindre compliment qu'il ne lui avait adressé. Comme elle avait été sotte !

Elle crispa les mains sur l'étoffe de ses jupes. Elle ne voulait pas qu'il entre dans la pièce, et la voie hésitante et dévastée à cause de ce qu'elle avait compris. Elle devait se montrer absorbée par une occupation, donner l'impression qu'elle n'accordait pas la moindre importance au fait qu'il ait une femme dans sa vie, une femme qui n'était pas elle.

Un petit tas de bois se trouvait près de la cheminée. Elle s'en approcha et commença à empiler les branchages dans l'âtre comme elle avait vu sa sœur le faire. Il ne devait pas être très difficile d'allumer un feu, et cela lui donnerait une occupation sur laquelle se concentrer pour oublier les serrements douloureux de son cœur.

— Voilà que tu te comportes comme une idiote, murmura-t-elle tout en choisissant les plus petites bûches. Même s'il t'adorait, tu ne pourrais de toute façon pas l'épouser. Alors arrête toutes ces sottises et fais ce que tu as à faire !

— Vous avez dit quelque chose ? demanda Erik.

— Oh ! s'écria-t-elle en sursautant, et en laissant tomber les morceaux de bois qu'elle avait soigneusement rassemblés entre ses bras.

— Je suis désolé, dit-il en s'avançant vers elle. Je ne voulais pas vous faire peur. Attendez, laissez-moi vous aider.

Elle recula d'un pas pour laisser Erik ramasser les bûches, les disposer dans l'âtre, puis placer du petit bois à leur base.

— Passez-moi la pierre à briquet je vous prie, reprit-il. Elle se trouve juste au-dessus de votre tête.

Linota se tourna vers l'étagère située derrière elle un peu plus haut sur le mur. Il n'y avait qu'un seul objet dessus, ce qui était heureux car elle ne voulait rien laisser voir de son ignorance. Elle ne savait pas en effet de quoi il parlait. Jamais elle n'avait allumé de feu et, à présent, elle regrettait d'avoir laissé Katherine se charger de tout. Si seulement elle avait acquis quelques aptitudes essentielles, peut-être ne se serait-elle pas entièrement retrouvée à la merci de ces hommes… Et, maintenant, elle ne se sentirait pas si terriblement jeune et naïve. La femme d'Erik devait certainement très bien savoir comment allumer un feu et se défendre contre les maraudeurs.

Quand il lui prit la pierre à briquet, ses doigts l'effleurèrent, et elle sentit un délicieux picotement parcourir sa peau. Elle retira vivement sa main. Jusque-là, elle avait pris plaisir aux moments furtifs où leurs corps se frôlaient, même si ces gestes avaient été totalement innocents. Mais s'il avait quelqu'un de spécial dans sa vie…

Elle ne vit pas ce qu'il fit pour démarrer le feu, mais bientôt de petites flammes naquirent, et la flambée démarra dans l'âtre. En sentant la caresse d'une première onde de chaleur, elle poussa un soupir de soulagement et tendit les mains vers le foyer où les flammes étaient encore un peu timides pour la réchauffer véritablement.

Erik alluma ensuite deux bougies qu'il plaça sur la longue table.

— Je n'ai pas beaucoup de nourriture ici, mais je peux sans doute trouver une ou deux galettes d'avoine dans les sacoches de selle de Cai, si vous avez encore faim.

— J'ai suffisamment mangé à l'auberge, je vous remercie.

Elle ne s'imaginait pas capable d'avaler la moindre bouchée. L'effet de ses dernières découvertes maintenait toujours son estomac noué.

— Ah, très bien. Et si nous nous réchauffions près du feu, alors ?

Erik approcha deux sièges du foyer. Il disparut dans un coin de la pièce et revint muni d'une couverture qu'il installa sur l'un d'eux.

— Asseyez-vous dessus, et je l'enroulerai autour de vous.

La délicatesse de son attention fit palpiter plus vivement le cœur de Linota.

Il est soit marié, soit fiancé, se rappela-t-elle. *Ne prends pas son geste pour autre chose que l'expression d'un peu de sollicitude envers une invitée.*

Elle s'assit, réarrangea la couverture autour de ses épaules et plongea son regard dans les flammes tout en faisant distraitement courir ses doigts sur le bras du fauteuil. Le bois était doux comme de la soie.

Près d'elle Erik s'agita dans son fauteuil.

— Êtes-vous bien à votre aise ? demanda-t-il.

— Oh oui ! ce fauteuil est incroyablement confortable. Votre épouse à des goûts très sûrs.

Son cœur manqua un battement. Elle n'avait pas eu l'intention de s'exprimer aussi ouvertement, mais les mots étaient sortis de sa bouche sans qu'elle puisse les contrôler.

Erik eut un petit rire.

— Je n'ai pas d'épouse.

— Oh ! vous êtes fiancé, alors ?

Linota lui jeta un regard furtif. Il observait les flammes avec un petit sourire aux lèvres.

— Je ne suis fiancé à personne. Et pour ce qui est des fauteuils, je les ai fabriqués moi-même.

— Vraiment ? s'exclama-t-elle en se redressant et en touchant de nouveau le bois si doux. Ils sont splendides.

— Je ne suis pas uniquement la brute sans cervelle qui travaille pour Borwyn.

Erik lui sourit, mais elle eut l'impression qu'il faisait seulement semblant de se moquer de lui-même.

— Je n'ai jamais cru que vous étiez cela. Je croyais seulement que le travail que vous effectuez pour Borwyn vous occupait presque constamment. J'ai du mal à imaginer comment vous avez pu trouver le temps pour des créations si belles.

Elle n'en dit rien, mais elle s'était figuré qu'il consacrait son temps libre à se battre ou à jouer les espions pour le compte de Borwyn. Tout le temps qui lui restait ensuite devait selon elle être passé à séduire les veuves qui y étaient disposées, comme celle qui s'était accrochée à son bras à la forteresse d'Ogmore et dont Linota avait plus souvent qu'elle ne voulait l'admettre eu envie d'arracher les yeux pleins d'adoration.

— Travailler le bois, faire naître une forme à partir de rien, est une chose qui m'apaise beaucoup.

Linota caressa de nouveau les bras du fauteuil, tout en songeant au travail nécessaire à la réalisation d'une pièce si parfaite. Elle tenta de chasser de son esprit l'image qu'elle avait de lui, occupé à travailler le bois, les muscles puissants de ses bras jouant sous sa peau quand il se livrait à son travail de sculpture. Même si elle savait qu'il n'avait pas d'épouse, de telles pensées étaient inappropriées.

— Avez-vous sculpté ce petit cheval ? Celui que j'ai vu le jour des noces de mon frère ? finit-elle par demander.

Elle ne se rappelait pas avec précision à quoi ressemblait le petit animal, mais qu'il avait été créé avec le même soin attentif.

Il y eut un long silence. Elle se remémora l'étrange réaction d'Erik après que le petit cheval sculpté était tombé de sa ceinture. Préoccupée, elle tourna son regard vers le feu.

Pour une raison mystérieuse, ce petit objet semblait compter énormément pour lui.

— Oui, confirma-t-il après un silence si long qu'elle avait cru qu'il ne lui répondrait pas.

Il n'ajouta rien de plus. Mille questions assaillaient l'esprit de Linota, mais elle resta muette.

Erik jeta une autre bûche dans le feu, et les vives étincelles éclairèrent soudain la moitié de son visage. Linota mourait d'envie de toucher sa joue. Elle voulait également savoir ce qui occupait ses pensées. Sa personnalité était si diverse et si riche ! Il était l'homme de main et le bras droit de Borwyn, celui qui n'hésitait pas à accomplir les basses besognes, tandis que Borwyn restait bien à l'écart de toutes ces questions. Il était l'homme aux yeux rieurs, qui ne prenait rien au sérieux et l'avait divertie durant les longs après-midi passés à chevaucher. Mais il était également doté d'un talent incroyable pour le travail du bois, une part de lui qu'il cachait entièrement aux yeux de tous.

Linota regarda autour d'elle. La plus grande partie de la pièce était plongée dans l'obscurité, mais la lueur dispensée par le feu et la flamme vacillante des chandelles montrait un lieu bien entretenu.

— Pourquoi posséder un tel endroit si ce n'est pour y accueillir une épouse ? demanda-t-elle une fois que le silence lui fut devenu insupportable.

Erik ne put retenir un rire amer.

— Si j'avais une femme, croyez-vous qu'elle voudrait vivre ici plutôt que de profiter du luxe de la forteresse de Borwyn ? En outre, qui voudrait épouser un bâtard tel que moi ? Je ne dois ma survie qu'aux bonnes grâces de mon… de Borwyn. Si jamais il devait perdre son pouvoir, il ne me resterait rien.

Linota voulait protester, lui dire qu'elle serait là pour lui. Qu'elle serait honorée qu'un homme tel que lui soit son mari, mais elle savait que Katherine et Braedan penseraient la même chose qu'Erik. À leurs yeux, il n'avait pas assez de valeur pour devenir son époux et ce malgré le fait que, jusqu'à une période très récente, leur propre famille ait été dans une situation aussi peu enviable que la sienne. À présent que les siens connaissaient un retour en grâce, son frère et sa sœur n'auraient qu'une idée en tête : qu'elle épouse un homme issu des plus nobles familles et non un enfant illégitime, et rejeté par son père.

Elle sentit sa gorge se nouer douloureusement sous l'effet de tous ces mots qu'elle ne pouvait prononcer, et du lourd silence qui s'était installé entre eux.

Les épaules d'Erik s'affaissèrent, et elle se demanda s'il avait attendu qu'elle exprime les pensées enfouies en elle.

— Il se fait tard, dit-il doucement. Laissez-moi vous montrer l'endroit où vous pourrez dormir.

Elle sentit son cœur se mettre à battre plus fort.

La nuit précédente ils avaient dormi l'un près de l'autre. Feraient-ils la même chose ce soir ?

Erik prit sur la table l'une des chandelles et se dirigea vers le fond de la pièce, et elle le suivit à pas lents. Son pouls battait fortement dans sa gorge. Un escalier sombre les mena à un petit grenier où un lit étroit était plaqué contre le mur du fond. Il n'était pas assez grand pour les accueillir ensemble et, en le constatant, elle eut l'impression qu'un grand vide se creusait en elle.

Erik fouilla dans un coffre placé au pied du lit.

— Voici quelques couvertures, dit-il en les lui tendant.

Elle les prit et serra la douce étoffe contre elle.

— Je vous souhaite bonne nuit, alors, ajouta-t-il.

Emportant avec lui la chandelle qui les avait éclairés, il partit en direction de l'escalier.

Linota se sentit suffoquer. C'était une situation horrible à laquelle elle ne s'était pas préparée.

— Je ne peux…

Erik s'arrêta et se tourna vers elle.

— Qu'avez-vous dit ?

— Je ne peux rester seule dans le noir. On ne m'a jamais laissée seule. Ce que je veux dire, c'est que Katherine a toujours été à mes côtés. Je ne peux pas… Mes cauchemars… ils sont si affreux !

Elle ne voulait pas lui décrire les horreurs auxquelles elle se trouvait confrontée dès qu'elle fermait les yeux. Nuit après nuit, les images de la pendaison de son père défilaient de nouveau devant elle. Les mauvais rêves n'étaient pas si violents quand Katherine lui racontait une histoire avant qu'elles sombrent toutes deux dans le sommeil. Mais si jamais elle s'éveillait et découvrait que sa sœur n'était pas près d'elle dans le lit, la panique s'emparait d'elle. Tout son corps se mettait à trembler, ses poumons n'accueillaient plus d'air, et elle suffoquait. Cela s'était produit si souvent qu'elle savait qu'elle n'allait pas mourir de ce lent étouffement, mais chaque fois que cela arrivait, elle avait réellement l'impression que sa dernière heure était venue.

Erik revint vers elle et posa la bougie sur le coffre. Il croisa les bras et fixa le plancher.

— Je vais rester avec vous jusqu'à ce que vous vous endormiez.

La solution n'était pas parfaite, mais elle pouvait difficilement lui demander davantage sans donner l'impression qu'elle désirait lui offrir quelque chose, une chose qu'elle n'était pas prête à lui donner, quelle que soit la force de son désir pour lui.

— Merci, murmura-t-elle.

Erik s'assit par terre et appuya son dos contre le coffre tandis qu'elle disposait les couvertures sur le lit. Elle s'allongea sans quitter ses vêtements puis se tourna vers le mur et se roula en boule.

La nuit était calme, les seuls sons qui venaient troubler le silence de la petite pièce étaient le souffle régulier d'Erik et les légers craquements et sifflements du feu à l'étage inférieur.

— Parlez-moi, dit-elle d'une voix douce.

Erik remua sur le sol, et ses bottes raclèrent le plancher.

— À propos de quoi ?

— Parlez-moi de cet endroit.

Il y eut un long silence. Elle commençait à s'habituer à le voir réagir de la sorte. Il n'était pas avare de plaisanteries et aimait les conversations légères, mais lorsque le sujet était sérieux il prenait toujours le temps de réfléchir avant de parler.

Elle attendit patiemment qu'il soit prêt.

Il s'éclaircit la voix.

— Je vous en parlerai si vous me promettez que vous ne répéterez à personne ce que je vous dirai ce soir.

Dans l'espoir de les réchauffer, Linota enfouit les mains dans les plis de sa robe.

En posant sa question à Erik, elle n'avait nullement cherché à ce qu'il lui révèle le moindre secret ; elle espérait simplement découvrir ce qui l'avait amené à acheter cet endroit. Cependant, à présent que l'occasion s'offrait d'en savoir plus à son sujet, elle ne pouvait résister à la tentation.

— Je jure sur mon honneur de ne jamais répéter à quiconque ce que vous me direz ce soir.

Il bougea, et ses bottes raclèrent de nouveau le sol. Lorsqu'il reprit la parole elle eut l'impression qu'il s'était tourné vers elle, mais l'obscurité l'empêchait de distinguer ses traits.

— J'ai acheté cette chaumière pour ma sœur, Mary.

Elle s'était attendue à toutes sortes d'explications, mais certainement pas à celle-là. Une histoire de contrebande, peut-être, ou alors quelque chose qui aurait été vaguement aux marges de la légalité. Cette chaumière aurait pu servir par exemple pour torturer les ennemis de Borwyn, ou pour accueillir les femmes mariées qu'Erik désirait séduire. Que cet endroit soit tout simplement destiné à sa sœur était si banal que Linota se retrouva presque sans voix.

— Je vois, finit-elle par dire. L'idée de vivre ici ne lui plaît-elle donc pas ?

Peut-être sa sœur appréciait-elle davantage la vie opulente menée au château de Borwyn… Peut-être était-elle tombée en disgrâce, avait-elle dû s'exiler et n'était-elle plus autorisée à revenir fouler les terres de Borwyn avant d'avoir accompli une sorte de pénitence…

Une foule de possibilités tournoyaient dans l'esprit de Linota. Elle se mordilla la lèvre afin de se contraindre à ne pas assaillir Erik de questions.

— Elle n'en connaît pas l'existence, dit-il à voix basse.

Linota plaça l'un de ses bras derrière sa tête. Elle commençait à avoir de plus en plus chaud sous l'amas de couvertures.

— Et pourquoi cela ?

Erik s'éclaircit deux fois la voix. Pour avoir déjà remarqué cette habitude, Linota y reconnut la preuve qu'il ne souhaitait pas vraiment parler. Elle commençait réellement à le connaître, et plus elle en savait sur lui, plus elle prenait conscience de la difficulté qu'il y aurait à être séparée de lui.

— Elle l'ignore parce que… eh bien, en partie parce qu'elle n'est plus de ce monde… Mais elle ne savait pas non plus de son vivant que cette maison existait.

Pendant un moment, Linota garda le silence. Ses mots étaient si âpres ! Il avait parlé sans émotion, mais cette chaumière où tous les détails avaient été soignés témoignait de la profondeur de ses sentiments fraternels. La beauté du mobilier et le confort du lit prouvaient qu'il avait fait tout ce qu'il pouvait pour fournir à sa sœur un lieu confortable où elle se sentirait chez elle.

Elle eut envie de se lever et d'aller l'entourer de ses bras. Erik était peut-être un guerrier, mais cela ne l'empêchait pas de souffrir. Elle ne pouvait imaginer la douleur causée par la perte d'une sœur ou d'un frère. Selon Katherine, leur mère avait donné naissance à plus d'enfants qu'aux trois qui avaient survécu jusqu'à l'âge adulte. Tous étaient morts avant la naissance de Linota, et comme elle était la dernière-née, elle ne ressentait pas l'absence de ces bébés qui étaient partis bien avant son arrivée sur Terre.

Katherine disait souvent qu'elle croyait que c'était ces morts qui avaient peu à peu fait changer leur mère jusqu'à ce qu'elle devienne cette femme cruelle et rancunière qui semblait prendre plaisir à muer l'existence de ses deux filles en un véritable enfer.

— Toutes mes condoléances. Braedan et Katherine sont les seuls de mes frères et sœurs que j'aie connus. Je ne connais pas très bien Braedan, à vrai dire. Il a quatorze ans de plus que moi et il avait quitté la maison de notre père bien avant que j'aie l'âge de le connaître. Mais Katherine… S'il arrivait la moindre chose à Katherine, cela m'anéantirait.

Elle prit une longue inspiration pour retrouver son calme.

— Votre sœur est-elle décédée récemment ?

Erik poussa un lourd soupir qui lui apprit tout ce qu'elle désirait savoir. Quels que soient ses efforts pour le cacher, il ressentait vivement la douleur de cette perte.

— La vérité est que j'ignore quand elle est morte. Je ne l'ai découvert que récemment. Ma sœur et moi étions deux enfants illégitimes et rejetés dans une forteresse où l'on n'appréciait guère de se charger d'inutiles fardeaux. J'ai tenté de la protéger aussi bien que possible, mais je n'étais ni très grand ni très fort lorsque j'étais enfant, et je ne pouvais être à ses côtés en permanence. Il me fallait travailler pour que nous puissions manger. J'acceptais tous les travaux que je réussissais à trouver. Comme notre mère ne nous permettait pas de rester auprès d'elle, nous mangions et dormions donc là où nous le pouvions. Nous nous déplacions sans cesse, pour trouver un endroit sûr où loger.

Linota n'avait jamais songé à l'enfance d'Erik. Il avait fait son apparition à la forteresse d'Ogmore sous les traits d'un combattant, d'un guerrier à qui personne ne viendrait chercher querelle. Ses larges épaules, son corps superbement musclé lui donnaient l'apparence d'un homme qu'il fallait craindre et respecter. Elle ne pouvait l'imaginer sous les traits d'un petit garçon en quête de nourriture pour sa sœur et lui.

— Que s'est-il passé ?

— Je ne sais pas si nous avions le même père.

Il partit d'un rire amer.

— L'homme qui m'a engendré n'a pas voulu me reconnaître comme son fils, en dépit de ma ressemblance frappante avec lui et ses enfants légitimes. Cela ne l'a cependant pas empêché de… eh bien, disons qu'il voulait que je sois puni comme si j'étais son fils légitime. C'était un homme cruel qui se réjouissait de la souffrance des autres. Il ne prêtait pas la moindre attention à Mary, ce dont je rendais grâce au ciel. Je n'ose imaginer ce qu'il aurait fait subir à sa fille… Elle ne lui ressemblait pas du tout, et on disait de ma mère qu'elle avait connu plusieurs hommes. Ma mère a toujours soutenu qu'elle était de lui, mais ce n'était pas une personne honnête, alors…

La douleur dans la voix d'Erik était si manifeste que des larmes commencèrent à noyer le regard de Linota. Comment pouvait-on traiter si durement deux pauvres enfants ? Si jamais elle avait la chance de devenir mère un jour, elle s'assurerait de rappeler chaque jour à ses enfants combien elle les aimait.

— Et Mary, comment était-elle ?

— Elle était douce et pleine de gentillesse.

La voix d'Erik s'était à présent radoucie, et son ton débordait d'amour.

— Elle adorait les animaux, en particulier les chevaux. J'ai sculpté pour elle le cheval que vous avez vu et j'en ai fait un collier. Elle ne l'a jamais retiré de son cou.

En percevant la fierté qui teintait les paroles d'Erik, Linota sentit son cœur saigner pour lui.

— Malheureusement pour Mary, elle ressemblait beaucoup à notre mère. Même moi, qui pourtant n'aimais pas cette femme, je ne pouvais que constater qu'elle était extraordinairement belle. Les hommes étaient attirés par elle comme les nuées d'abeilles le sont par les fleurs les plus éclatantes. Si elle changeait la couleur de ses tenues, cette couleur était instantanément adoptée par les autres dames de la forteresse. Quand Mary a commencé à avoir un corps de femme, les hommes se sont tournés vers elle. L'attention qu'ils lui portaient était intense et permanente. Ils supposaient qu'elle serait comme notre mère et qu'elle accorderait ses faveurs au plus offrant. Mary sortait tout juste de l'enfance et était terrifiée par l'intérêt qu'elle suscitait. C'est en repoussant les hommes qui voulaient l'approcher que j'ai appris à me battre.

Linota n'y tenait plus : il fallait qu'elle quitte son lit pour le rejoindre. Il y avait tant de souffrance dans sa voix… Elle se força malgré cela à ne pas bouger. Non seulement elle n'était pas sûre que le guerrier endurci accepterait sa compassion, mais elle ne pouvait garantir qu'à la faveur de l'obscurité elle ne chercherait pas à chasser sa douleur en le couvrant de baisers.

— Quand ma mère s'est rendu compte que sa fille suscitait plus d'attention qu'elle, elle est allée voir mon père et lui a demandé d'arranger un mariage pour Mary. Mon père n'appréciait pas d'être importuné et, peu après, j'ai été amené devant lui parce que je m'étais battu en défendant

Mary. J'ignore s'il a voulu satisfaire ma mère ou me faire souffrir, mais un mariage a ensuite très vite été arrangé pour elle. Elle m'a imploré de venir à son secours. J'ai promis que je le ferais, mais je l'ai abandonnée à son sort.

— Non, c'est faux. Vous n'avez failli en rien. Vous ne deviez être encore qu'un enfant. Comment auriez-vous pu contrer la volonté de votre père ?

— J'aurais pu faire quitter la forteresse à Mary et la conduire en lieu sûr, loin de mon père et de ma mère malveillante.

— Et où seriez-vous allés ? Deux jeunes enfants seuls au monde n'auraient pas pu vivre longtemps livrés à eux-mêmes. Vous vous seriez fait tuer, et Mary se serait retrouvée dans une situation bien pire qu'un mariage arrangé.

Il eut un rire sans joie.

— Vous faites preuve envers moi de plus de gentillesse que je n'en mérite. Il est peut-être vrai que je n'aurais pas pu la sauver lorsque nous étions enfants, mais j'aurais dû la retrouver depuis bien longtemps et la ramener ici, dans cette maison où elle aurait été en sécurité.

— Savez-vous quelque chose à propos de l'homme qu'elle a épousé ? demanda Linota.

— Je ne sais rien de lui, ni de ce qui est arrivé à Mary depuis le moment où je l'ai vue pour la dernière fois. Comme je vous l'ai dit, je l'ai abandonnée.

— Vous n'avez rien fait de tel. Vous n'étiez qu'un jeune garçon. Et son mariage n'a pas forcément été malheureux…

Elle était déterminée à lui montrer qu'il n'avait rien à se reprocher. C'était à ses parents haineux d'être accablés par la honte d'avoir abandonné à leur sort leurs deux enfants.

Erik secoua la tête et grogna.

— Mon père n'aurait pas voulu que Mary soit heureuse en mariage. Il n'était pas ce genre d'homme.

— Il a tout l'air de quelqu'un d'horrible. Je suis sûre qu'il passera l'éternité en enfer pour tous ses péchés. Qui voudrait voir ses enfants si malheureux ? Et, dans ce cas particulier, qui aurait assez de pouvoir pour organiser une telle situation ?

Erik ne répondit rien, et un long silence s'installa entre eux.

Soudain Linota sursauta et laissa échapper une exclamation de surprise. L'identité du père d'Erik lui semblait brusquement évidente. Seul l'étonnait le fait qu'il lui ait fallu tant de temps pour s'en rendre compte.

— Le sait-il ? chuchota-t-elle dans l'obscurité.

— De qui et de quoi parlez-vous ? lança Erik, une nuance de prudence dans la voix.

— Je parle de l'actuel comte de Borwyn. Sait-il qui était votre père ? Sait-il que vous êtes demi-frères ?

Placé face à cette vérité qu'il ne pouvait nier, Erik prit une profonde inspiration.

— Il ne vous a pas fallu longtemps pour arriver à cette conclusion… Le saviez-vous déjà ?

— Bien sûr que non ! Comme je l'ai déjà dit, je n'ai guère quitté ma chambre au cours des huit dernières années. Et les rares fois où je l'ai fait, des commérages parvenaient à mes oreilles, certes, mais ils ne concernaient que mon père et moi, pas vous. Comment aurais-je pu l'apprendre ? Tout le monde le sait-il ?

Erik frappa le sol du talon.

— Je ne crois pas que Jarin sache que je suis son demi-frère. Il n'y a jamais fait allusion. J'ai voulu lui poser la question, mais je n'ai jamais réussi à trouver les mots. C'est un homme bon, attentionné et bienveillant, mais il a ses propres problèmes et il se concentre sur sa personne, et la résolution des questions qui l'occupent. Je ne crois pas que l'idée que je puisse être son demi-frère pourrait lui traverser l'esprit, mais j'ai surpris des commentaires sarcastiques me concernant – comme je l'ai dit, je ressemble beaucoup au feu comte. Rien ne m'a été dit directement, et certainement pas lorsque Borwyn se trouvait à proximité. C'est un homme puissant, désormais.

— Comment se fait-il que vous et le comte soyez amis, dans ce cas ?

Linota n'aurait pas pu être plus loin de trouver le sommeil qu'en cet instant. Maintenant qu'Erik lui avait accordé sa confiance en lui révélant son secret, elle brûlait d'envie de tout savoir.

— Vous semblez très proches.

— Après le départ de Mary, j'ai voulu connaître le reste de ma fratrie. Mes deux frères plus âgés, des enfants légitimes qui ne sont plus désormais de ce monde, étaient aussi mauvais que notre père commun, cruels et égocentriques. Jarin était différent d'eux et il l'est resté. Il est sensé et aimable. Les deux autres aimaient régler les problèmes en utilisant leurs poings. Ils n'hésitaient pas à faire leurs les femmes qu'ils désiraient, qu'elles le veuillent ou non. J'ai fait la connaissance de Jarin par hasard, un jour où il se cachait de notre père. Il venait de faire les frais de sa colère et était couvert de bleus à cause des coups qu'il avait reçus. Je l'ai aidé à trouver une cachette où il pourrait se remettre du choc. Au fil du temps nous sommes devenus des amis proches.

Le coffre craqua au moment où Erik changea de position.

— J'aurais dû parler de mon ascendance au tout début, mais maintenant que le temps a passé, c'est un sujet qui me met… mal à l'aise. Cela ne fait pas de différence. Je suis loyal envers lui et le considérerais comme un frère même si nous n'étions pas nés du même père.

— Mais si vous étiez reconnu comme fils de Borwyn, vous pourriez posséder votre propre domaine. Vous n'auriez pas à…

— Comment pourrais-je être reconnu comme tel à présent que notre père est mort ? répliqua sèchement Erik.

Linota se figea. Elle se montrait bien trop intrusive.

Erik lui avait accordé une si grande confiance… Elle ne devait pas être trop insistante à propos d'un sujet tellement sensible. Elle attendit en silence qu'il recouvre son calme.

Après quelques instants, il reprit la parole, d'un ton plus apaisé cette fois.

— Je mentirais si je disais ne pas avoir parfois envie de posséder ne serait qu'une partie de ce que détient Jarin, mais… il a plus de responsabilités à assumer que vous et moi pouvons l'imaginer. Je n'aimerais pas prendre sa place pour tout l'or du royaume. Eh bien, je crois que nous avons suffisamment évoqué mon passé. Je crois qu'il vaudrait mieux que nous essayions de trouver le sommeil, maintenant.

Linota entendit un craquement lorsque Erik appuya de nouveau le dos contre le coffre, puis un raclement sur le plancher lui indiqua qu'il étendait les jambes. Il y avait une foule de questions qu'elle mourait d'envie de lui poser, mais elle admit que le temps des confidences était fini. Il était arrivé à la fin de son histoire, et elle devait se montrer reconnaissante pour tout ce qu'il avait déjà partagé avec elle.

Le tourbillon de ses pensées était tel qu'elle crut qu'elle ne réussirait jamais à s'endormir. Heureusement, elle avait bien chaud et se sentait en parfaite sécurité. Il ne lui fallut pas longtemps, finalement, pour sombrer dans le sommeil.

Chapitre 6

Le souffle de Linota adopta enfin un rythme régulier, signe qu'elle dormait à présent profondément. Erik se leva lentement, tout en prenant soin de ne pas faire de bruit. Il ne voulait surtout pas risquer de la réveiller. Il avait beau avoir apprécié de lui parler, ses questions l'avaient amené à livrer bien des détails. Si la conversation s'était poursuivie, il lui aurait confié absolument tout, même les secrets qu'il gardait enfouis en lui depuis des années.

Avant d'atteindre l'escalier, il s'arrêta et se tourna vers le lit. Malgré tous ses efforts, son regard était irrésistiblement attiré vers Linota endormie. Son corps était si adorablement recroquevillé qu'elle ressemblait à un petit loir en pleine hibernation. Un sourire s'esquissa sur ses lèvres. Il regrettait de ne pas pouvoir la regarder dormir de plus près. Il brûlait d'envie de voir ses cheveux se déployer en longues mèches d'or sur l'oreiller, et ses doigts se courber avec grâce dans l'abandon du sommeil. Mais il ne méritait pas d'accéder à ce plaisir si simple.

Il avança à pas feutrés, en prenant soin d'éviter de faire craquer le plancher, et descendit l'escalier.

Il n'avait pas eu l'intention de lui raconter tant de choses, de lui ouvrir son âme comme à ce point, mais il avait voulu que quelqu'un sache qui il était. Bon sang, il ne se montrait pas sincère en pensant cela ! S'il ne l'était envers les autres, pourquoi ne pas être honnête au moins envers lui-même ? La vérité était qu'il avait désiré qu'*elle* sache qui il était.

Il avait tenu à ce qu'elle sache de quoi avait été faite son enfance, qu'elle connaisse les privations et les épreuves qu'il avait dû endurer, afin qu'elle puisse le comprendre, qu'elle sache pourquoi il se donnait tant de mal pour mettre sa nièce en sécurité. Il secoua la tête. Jamais il ne pourrait lui parler d'Isabel. S'il le faisait, il apparaîtrait comme un traître envers son demi-frère, son ami le plus proche, et Linota ne le lui pardonnerait jamais. Elle avait très clairement dit qu'à ses yeux les choses étaient soit bonnes soit mauvaises, et lui-même savait, malgré les bonnes intentions qui avaient motivé ses actions, que son comportement vis-à-vis de Borwyn appartenait sans conteste à la seconde catégorie.

Le feu, dans la cheminée, n'était plus que braises. Il mit quelques bûches dans l'âtre, remua les tisons, et fit de nouveau s'élever de belles flammes dans le foyer. Installé dans le fauteuil qu'avait occupé Linota, il enroula sa couverture autour de lui. Tout en espérant retrouver son odeur sur l'étoffe, il se laissa aller contre le dossier et ferma les yeux. La journée à venir serait longue, il lui fallait prendre un peu de repos. Le bois dur du fauteuil ne rendait pas sa position très confortable. Il s'efforça de ne pas y penser. Habituellement, lorsqu'il peinait à trouver le sommeil, il s'imaginait occupé à sculpter une pièce de bois jusqu'à en faire naître une forme d'une absolue pureté. Mais cette nuit, son esprit ne parvenait pas à se fixer sur ce type de pensée. Une seule image s'imposait à lui : celle de Linota dormant à l'étage, dans son lit. Et il ne pouvait qu'imaginer à quel point son corps devait être doux et chaud sous ses couvertures.

Il ouvrit les yeux et fixa le plafond sombre. Il était en train de tomber amoureux de Linota. Non, à quoi bon se mentir ? Il l'était depuis longtemps déjà. Elle avait dérobé son cœur dès l'instant où il avait posé les yeux sur elle, et il n'y avait rien qu'il puisse faire contre cela. La voir épouser Borwyn lui porterait un coup fatal, mais il devait à son frère d'encourager cette union. Même si Linota n'était pas pourvue de cette dot conséquente, elle ferait une épouse parfaite pour Jarin ; elle était belle, intelligente, et d'une grande bonté. Elle serait une comtesse pleine de sagesse, une personne qui représenterait un atout incontestable pour le comte, que ce soit dans ses relations avec les habitants de son domaine ou lors de ses visites à la Cour.

Même avant l'enlèvement de Linota par de Bevoir, il avait eu à se rappeler constamment cette réalité. Chaque fois qu'il parlait à Linota, il se laissait emporter par ses sentiments, incapable d'arrêter de se livrer à un tendre badinage amoureux avec elle, cherchant à tout prix à la faire rire. Mais il le faisait en sachant qu'il avait tort. S'il devait trahir Jarin, le moins qu'il puisse faire pour ce dernier était de s'assurer que Linota soit disposée à devenir son épouse. La dot et l'alliance nouée avec Ogmore étaient d'une importance vitale pour l'avenir de Jarin en tant que comte. Le petit jeu de séduction auquel il se livrait avec Linota constituait une double trahison.

Il comprit qu'il devrait aussi s'habituer à l'idée de Borwyn et Linota partageant le même lit.

À cette pensée, un terrible poids s'abattit sur sa poitrine, l'empêchant soudain de respirer. Il se leva, se dirigea à grands pas vers la porte et sortit dans la nuit. Un froid mordant l'enveloppa instantanément. Il prit une profonde inspiration, savourant la brûlure de l'air glacé dans ses poumons.

Soudain, il y eut un craquement de bois sec non loin de lui.

Puis un autre.

Il tira son poignard de son étui et le tint devant lui, plissant les yeux pour tenter de distinguer quelque chose dans l'obscurité.

— Je suppose que vous avez la fille.

La main d'Erik se crispa sur son arme.

C'était la voix nasillarde de De Bevoir ! Comment avait-il su où le trouver ? Avaient-ils été suivis pendant tout ce temps ?

— Où sont vos hommes ? gronda-t-il.

S'ils se trouvaient à proximité, il se ferait un plaisir de les étriper pour avoir osé toucher Linota.

Un grognement de dégoût s'éleva sur sa droite.

— Je me suis débarrassé de ces imbéciles dès que j'ai compris que vous aviez emmené la fille Leofric. Je sais que vous croyez que tout le monde ignore l'existence de votre chaumière, mais mon travail consiste à savoir ce genre de choses. Je me suis séparé de ces hommes. Tout est plus simple ainsi.

— Qu'entendez-vous par « plus simple » ? Ne voyez-vous pas que la situation est déjà hors de contrôle ? Vous n'aviez rien dit de l'implication d'une innocente femme dans votre complot insensé.

Il eut à peine le temps d'entendre de Bevoir se mouvoir que l'homme apparut devant lui. Il pouvait seulement distinguer les contours de sa silhouette dans l'obscurité.

— D'après notre accord, vous deviez empêcher Borwyn de regagner sa forteresse durant une semaine.

De Bevoir marqua une pause.

— Vous avez échoué ! Borwyn atteindra la forteresse dans quelques jours, ce qui ne me convient pas *le moins du monde*. J'ai dû prendre une mesure préventive. Linota Leofric fait partie de ce plan.

Erik serra plus fort son poignard. Sa main tremblait.

— Linota Leofric n'a rien à voir avec Borwyn, grogna-t-il. Elle est parfaitement innocente.

Le silence s'étira entre eux.

— Ce n'est pas tout à fait vrai, n'est-ce pas ?

Erik serra les mâchoires et ne dit rien.

— Oh ! je sais bien que cette fille n'est qu'une innocente ! poursuivit de Bevoir. Je suis sûr que nous pouvons tous deux convenir de la pureté de son corps et de la beauté de ses traits. Elle est presque un exemple de vertu. Mais il n'est pas vrai qu'elle ne représente *rien* pour Borwyn, n'est-ce pas ?

Cette fois, Erik se figea. Comment de Bevoir pouvait-il connaître l'existence de la dot de Linota ? Voilà qui semblait tout à fait impossible.

Jarin et Erik avaient été les seuls à se trouver dans la pièce lorsque Ogmore avait formulé son offre aussi généreuse que surprenante. Ni lui ni Jarin n'en avaient dit mot à quiconque. Jarin tenait à ce que personne ne soit informé de sa situation délicate. Seul Erik connaissait certains détails à ce sujet, mais même lui ne disposait pas de toutes les informations. C'était la gravité de cette situation qui avait rendu l'offre d'Ogmore si attrayante aux yeux de Jarin, et il n'aurait jamais voulu que cette histoire s'ébruite. Erik, loyal envers Jarin, n'en avait rien dit non plus.

Il était donc impossible que de Bevoir sache que Borwyn pourrait envisageait d'épouser Linota Leofric pour cette raison même.

Dans l'obscurité, il entendit de Bevoir rire doucement. Mais il s'agissait d'un rire froid, sans la moindre gaieté.

— Pour que nous ne perdions pas un temps précieux, Erik, il faut que je vous apprenne que j'ai, tout comme vous, des espions en tous lieux. Bien que je sois prêt à parier que les miens sont mieux informés que les vôtres... Vous manquez d'une certaine... expérience. Disons que je sais qu'Ogmore a offert d'attribuer une dot considérable à chacune des sœurs Leofric, et que Borwyn a besoin de cet argent et de ce soutien. Plusieurs seigneurs, dont le mien, n'ont cessé dernièrement de provoquer de petits affrontements aux frontières des terres de Jarin.

La poitrine d'Erik se contracta. Il vivait un cauchemar éveillé.

De Bevoir savait tout.

— Borwyn a dû intervenir partout en même temps sur son territoire. Il doit être proche du point de rupture, à présent.

De Bevoir éclata de rire et, cette fois, il paraissait sincèrement amusé.

— Le jeune comte est très différent de son père. Il n'est pas assez impitoyable pour survivre en tant que seigneur et maître d'un territoire aussi vaste. Il ne s'écoulera pas longtemps avant que tous ceux qui ont été dépouillés d'une part de leurs terres par le défunt comte commencent à tirer parti des faiblesses de son fils. Lord Garbodo veut récupérer ce qui lui appartient avant que la véritable bataille se déclenche.

Erik dut lutter pour ne pas vaciller. Jarin et lui avaient combattu et manœuvré pendant des mois pour tenter de faire respecter un semblant d'ordre au niveau des frontières. Solliciter Ogmore pour qu'il leur accorde son soutien avait constitué leur dernier recours. De Bevoir avait raison : sans l'assistance d'Ogmore, Jarin serait incapable de réussir. Il perdrait tout ce dont il s'était efforcé de préserver l'unité.

Jarin n'avait pas été préparé à hériter du vaste domaine sur lequel il devait désormais veiller ; cette responsabilité aurait dû revenir à son frère aîné. Avec la perversité qui le caractérisait, le comte ne s'était soucié que de ce fils-là. Du moins avait-il partagé avec lui ce qu'il y avait à savoir du fonctionnement de leur domaine. Tous deux avaient eu une passion commune pour la chasse et les jeunes femmes.

Leur tempérament était l'exact opposé de celui de Jarin, qui était attentionné et bienveillant.

Lorsque son fils aîné et le deuxième de ses garçons dans l'ordre de succession avaient trouvé la mort, le comte était resté avec le fils qu'il méprisait et Erik, qu'il détestait plus encore. Jarin avait essayé d'être à la hauteur des attentes de son père, mais à ce moment-là il était déjà trop tard.

L'animosité entre les deux hommes était immense et irréparable. Le vieux comte avait gâché ses dernières années en créant toutes sortes de difficultés à Jarin et en s'amusant à l'accabler de tâches inutiles.

Dans le même temps, il n'avait pas fait le moindre cas d'Erik.

Quand il avait hérité de tout ce que possédait son père, Jarin aurait dû nommer un intendant expérimenté. Quelqu'un qui aurait senti venir la machination ourdie par Lord Garbodo plusieurs mois à l'avance et aurait pu lui conseiller une stratégie solide pour sauver son héritage. Mais il ne l'avait pas fait. Il avait désigné son ami le plus proche en qualité de bras droit, et voilà qu'Erik avait abandonné son frère sur tous les plans.

Erik se passa la main sur la poitrine. Cela fut sans effet sur les tensions qui s'y accumulaient ; une intense sensation d'étouffement l'assaillit.

— Pourquoi ne pas prendre les deux filles ? demanda-t-il.

Il devait continuer à faire parler de Bevoir. S'il parvenait à gagner un peu de temps, il pourrait peut-être élaborer un plan pour régler le problème une fois pour toutes.

— Allons, Erik, nous savons tous deux que Borwyn ne va pas choisir la sœur aînée ! Elle a l'air d'un garçon. Il ne supporterait pas de partager sa couche avec une femme pareille.

De Bevoir se tut un instant. Le cœur d'Erik venait de basculer dans le désespoir. L'homme avait confirmé ce qu'il soupçonnait déjà. Personne ne voudrait épouser Katherine Leofric si la main de Linota était également disponible. Il leva les yeux et découvrit que de Bevoir le regardait avec attention. L'espoir que son visage n'ait pas trahi ses émotions fut balayé lorsque de Bevoir ajouta malicieusement :

— Je sais que vous préférez la plus jeune des sœurs, vous aussi.

— Ce n'est pas…

Erik s'interrompit. Nier son attirance pour Linota ne lui serait d'aucune aide.

De toute évidence, de Bevoir avait des espions partout, et Erik ne s'était peut-être pas montré aussi discret qu'il l'aurait cru lorsqu'il s'était laissé aller à admirer Linota. Ou peut-être de Bevoir tentait-il de glaner des informations ? Quel que soit le jeu auquel ce dernier se livrait, mieux valait pour Erik garder ses sentiments cachés. Personne ne devait connaître la force de ce qu'il éprouvait pour Linota – ni de Bevoir ni Jarin, et certainement pas Linota elle-même. Il avait vu le désir irradier son visage. Il savait que s'il l'embrassait, elle lui répondrait avec passion. Mais alors, il ne ferait qu'aggraver sa trahison envers Jarin.

En outre, s'il l'embrassait, ses sentiments envers elle s'en trouveraient renforcés. Il deviendrait encore plus difficile de renoncer à elle lorsqu'elle épouserait Borwyn.

— Je promets de ne faire aucun mal à cette jeune femme, Erik, dit de Bevoir, changeant brusquement d'attitude. Je ne ferai que demander contre sa liberté une rançon équivalant à ce que je pensais prendre dans les coffres de Borwyn. Cela entraînera le comte vers la ruine. Lorsque mon seigneur reprendra les terres qui lui appartiennent, Borwyn n'aura pas les moyens de lever une armée pour les reconquérir. Aucune vie ne sera perdue dans une bataille pour une parcelle de terre qui, par le passé, appartenait de toute façon à Garbodo. Vous rendrez presque service à Borwyn.

De Bevoir avait l'art de rendre son explication raisonnable. À l'exception toutefois d'un point sur lequel Erik n'entendait pas transiger.

— Je ne vous remettrai pas Linota.

— Vous ne m'appréciez peut-être pas, Erik, mais je suis un homme de parole. Aucun mal ne sera fait à Damoiselle Leofric.

— Je refuse.

— Eh bien, dans ce cas, vous pouvez dire adieu à l'idée de faire un jour la connaissance de votre nièce.

— Vous n'avez que faire d'Isabel.

— En effet, mais je détiens le pouvoir de décider qu'elle ait un avenir heureux ou… moins enviable. Je suis un homme sensé, mais je n'aime pas que l'on me double. Si vous me rendez les choses difficiles, je vous rendrai la pareille. Tout au fond de nous, vous et moi sommes semblables. Tout comme moi, vous savez ce qu'il vous faut faire pour survivre. Pour le moment, votre nièce est le meilleur outil de négociation dont je dispose, et je ferai en sorte que les choses restent ainsi jusqu'à ce que notre affaire soit réglée.

Erik rengaina son poignard. Même s'il en mourait d'envie, il ne comptait pas faire le moindre mal à de Bevoir, du moins pas tant qu'il n'aurait pas arraché Isabel à ses griffes. Ensuite, l'homme aurait tout intérêt à se hâter de trouver un lieu où se cacher, car rien n'empêcherait Erik de le pourchasser.

Il se frotta la mâchoire et constata que sa barbe était à présent bien fournie. Il avait besoin de temps pour réfléchir, mais le temps était l'une des nombreuses choses dont il ne disposait pas.

— Je cacherai Linota pour que Borwyn ne sache pas où elle se trouve.

— Je ne vois pas comment cela pourrait fonctionner.

Erik ferma les yeux. Il était sur le point de sceller un pacte encore plus terrible avec le diable, mais en agissant de la sorte il pourrait assurer la sécurité de deux personnes. Il s'inquiéterait du sort de son âme plus tard.

— Je connais un endroit où elle peut aller. Je peux la cacher pour la garder loin de Borwyn. Je ne dirai pas au comte que je l'ai sauvée, et je serai votre intermédiaire.

— Vous lui transmettrez le message de demande de rançon et vous assurerez qu'il fournit le montant que je réclame ? fit de Bevoir d'un ton dubitatif.

Erik inspira profondément.

— Je le ferai. Je le jure sur l'âme éternelle de ma sœur.

Même au cœur de l'obscurité, Erik pouvait sentir le regard de l'homme peser sur lui.

— Ne me trahissez pas, Erik. La vie de votre jeune nièce dépend de vous.

Erik acquiesça.

— Je ne vous trahirai en rien.

De Bevoir l'observa pendant un long moment avant de hocher la tête.

— Très bien. Retrouvez-moi dans l'ancienne tannerie quand vous arriverez à Borwyn. Nous discuterons alors de notre prochaine action.

Là-dessus, de Bevoir tourna les talons et s'évanouit dans les ténèbres. Quelques instants plus tard, Erik entendit le claquement des sabots de son cheval qui s'éloignait de la chaumière.

De dépit, il donna un violent coup de pied dans le mur. Il avait eu l'occasion de faire rendre l'âme à de Bevoir, de le transpercer de son poignard. Il aurait facilement caché sa dépouille dans les broussailles entourant sa maisonnette, et personne n'aurait jamais découvert ce qu'il avait fait. Mais s'il avait agi de la sorte, jamais il n'aurait retrouvé sa nièce et il n'y avait rien qu'il ne ferait pas pour l'enfant de sa sœur.

Si jamais il découvrait que cette petite fille n'existait pas, il déchiquetterait le corps de De Bevoir de ses propres mains.

Il fit quelques pas pour s'éloigner de la chaumière et choisit un endroit où s'asseoir. Le silence de la nuit l'enveloppait tout entier tandis que l'obscurité se dressait autour de lui comme les murs d'une prison. Il s'enfonçait de plus en plus dans cette terrible situation. Comment pourrait-il s'en extirper en gardant son honneur intact ?

Après un moment, il se releva et se frotta de nouveau la poitrine. À la vérité, cet espoir était vain.

Il était pratiquement impossible que sa trahison demeure secrète. Il perdrait très certainement sa position privilégiée et le respect de son seul ami. Ce n'était cependant pas ce qu'il redoutait le plus. Linota, avec son cœur si pur, serait terrassée par sa déloyauté. Il prit une profonde inspiration. Si ce qu'il avait fait permettait qu'elle soit toujours en vie une fois que tout serait fini, alors le jeu en valait la chandelle, même si elle devait le considérer ensuite comme un menteur et un traître, et lui vouer le plus profond mépris. Car le monde serait pour lui un endroit bien trop sombre si elle n'y vivait pas.

Il retourna dans la chaumière et lâcha un cri étouffé quand quelque chose le percuta avec force.

— Linota ?

Des bras minces s'enroulèrent aussitôt autour de sa taille et s'accrochèrent fermement à lui. Malgré toutes ses résolutions, les bras d'Erik se nouèrent autour des épaules de Linota, et il l'attira contre lui.

— Je me suis réveillée, et vous n'étiez plus là. Il faisait si sombre…, dit-elle.

Elle tremblait contre lui.

— J'ai descendu l'escalier, et vous n'étiez pas là non plus.

Ses courbes douces épousaient parfaitement son corps, tout comme il l'avait imaginé tant de fois. Elle était si belle, si pleine d'innocence… Il ne méritait pas sa confiance, mais cela ne l'empêcherait pas de tout faire pour la protéger. Il était certain que de Bevoir tenterait de l'enlever à nouveau, mais il ne permettrait pas que cet homme pose encore la main sur elle.

— Tout va bien. Je suis là, maintenant.

Erik inclina la tête et posa la joue contre la chevelure soyeuse de Linota.

Il avait voulu se montrer réconfortant, mais il comprit bientôt qu'il avait commis une terrible erreur. Le désir qu'il tentait de réprimer depuis si longtemps se libéra dans ses veines, intense et brûlant. Tout son corps se tendit, et ses doigts furent pris de tremblements. Il devait lutter de toutes ses forces contre l'envie de les enfouir profondément dans l'épaisse chevelure de Linota.

— Je suis désolé que vous ayez eu peur, dit-il, tout en s'acharnant à garder son désir sous contrôle.

Même à ses propres oreilles, sa voix avait pris des accents rauques.

Il devait se détacher d'elle avant de commettre un acte insensé. Il relâcha lentement son étreinte et fit doucement glisser ses mains le long des bras de Linota dont les doigts, si petits et gracieux, se refermèrent sur les siens. Malgré toute sa volonté, il ne put s'empêcher de nouer à son tour ses mains aux siennes. Sa peau était si douce… De son pouce, il traça un petit cercle sur le dos de la délicate main de Linota et sentit aussitôt son petit sursaut d'étonnement.

Il avait déjà possédé nombre de femmes, même s'il n'avait pas partagé la couche de toutes celles qui s'étaient offertes à lui. Il faisait preuve de discernement dans le choix de celles qui passeraient la nuit à ses côtés. Il savait que certaines trouvaient sa rudesse attirante, mais aucune d'elles n'avait jamais fait battre son cœur ainsi en posant simplement sa main sur lui. Linota était si innocente. Elle ne devait avoir aucune idée de ce qu'elle suscitait en lui, de la façon dont sa seule vue le terrassait de désir. Comme il haïssait son demi-frère en cet instant, lui qui était en mesure de l'épouser s'il le désirait.

— Erik, murmura-t-elle.

En l'entendant dire son nom, il sentit ses dernières défenses s'effondrer.

— Linota, gronda-t-il tout en la pressant contre lui.

Ses lèvres effleurèrent le front de Linota puis la douce courbe de sa joue. S'attendant à moitié à ce qu'elle s'écarte de lui, il s'approcha ensuite lentement de ses lèvres. Puis, délicatement, pour ne pas l'effrayer, il déposa le plus doux des baisers sur sa bouche.

Il constata avec bonheur qu'elle ne le repoussait pas, ne poussait pas de cris outrés.

Il l'embrassa de nouveau, plus longtemps cette fois, mais avec tout autant de douceur. Il sentit les lèvres de Linota s'animer pour répondre à la délicate invitation de sa bouche.

Quand il s'écarta légèrement, ce fut elle qui vint vers lui pour lui rendre son baiser. Le léger tremblement de ses lèvres trahissait son inexpérience. Erik savait qu'il était pire qu'un traître, qu'il se comportait comme le plus abominable des hommes en ne mettant pas fin à leur étreinte, mais il était incapable de s'y résoudre. La douceur de Linota exerçait sur lui un attrait irrésistible, envoûtant son âme qui lui intimait d'en obtenir davantage.

Il leva la main vers le visage de Linota et suivit la ligne de sa mâchoire du bout des doigts. Il pouvait sentir l'emballement de son cœur résonner dans la veine qui battait follement sur son cou. Il s'inclina de nouveau vers elle, et elle laissa échapper un gémissement exquis quand il traça le contour de sa bouche du bout de la langue.

Elle entrouvrit les lèvres, et il s'empara de sa bouche sans pouvoir réprimer le grognement de plaisir que cette victoire lui arrachait. Quand il posa la main sur sa nuque, il sentit ses cheveux de soie ruisseler le long de ses doigts.

— Linota, grogna-t-il de nouveau, comme sur le ton de la supplication.

Ses lèvres quittèrent sa bouche, et elle se mit à haleter lorsqu'il enfouit finalement le visage dans son cou.

Elle le désirait avec autant de force que lui la désirait. Cette pensée menaçait de faire tomber toutes les résistances du guerrier. Son corps lui criait de la faire sienne tandis que son esprit lui rappelait avec force qu'elle était innocente.

Les doigts de Linota voletèrent jusqu'à sa nuque, avec une infinie douceur.

La bouche d'Erik prit alors ardemment possession de la sienne.

Ce baiser ne ressemblait en rien à ceux qu'il avait connus jusqu'alors. Il avait pensé tout savoir à propos du plaisir, mais il s'était lourdement trompé. Embrasser Linota le plongeait dans un tout autre monde. Il pourrait s'abandonner totalement aux plaisirs de l'amour avec elle, et passer sa vie à se bercer de ses doux gémissements de plaisir.

Il y avait toutefois une raison pour laquelle il ne devait pas céder à son élan. Cette raison, embusquée à la lisière de sa conscience, venait de sa petite voix le tourmenter en ce moment si parfait. Il serra Linota davantage encore, la pressant fiévreusement contre lui. La voix se faisait plus forte dans sa tête à présent, tentant de lui rappeler la loyauté qu'il devait à Jarin, lui rappelant qu'il valait mieux que la situation dans laquelle il se trouvait.

À regret, il détacha ses lèvres de la peau brûlante de Linota et vint reposer sa tête contre son front. Le son de leur respiration, profonde et saccadée, résonna dans le silence de la pièce. Il devait s'éloigner d'elle. Il allait le faire, dans un instant, dès qu'il s'en sentirait la force.

— Toutes mes excuses. Je n'aurais pas dû…

Il laissa sa phrase en suspens. Il ne voulait pas s'excuser pour ce qu'ils venaient de partager. Ce moment avait été le plus pur qu'il lui ait jamais été donné de vivre, et même si profiter d'elle n'était pas chose dont il pourrait se vanter, il ne pouvait se résoudre à le regretter.

Au lieu de cela, il aurait plutôt voulu lui demander pardon parce qu'il lui mentait et tirait profit de son innocence.

Mais il ne pouvait lui parler de l'accord qu'il avait passé avec de Bevoir. Elle avait fait très clairement savoir qu'elle considérait la trahison comme le pire crime imaginable. Elle avait précisé qu'aucune excuse ne justifierait de trahir quelqu'un. Si elle découvrait la vérité à propos de ce qu'il avait accepté, elle ne ressentirait plus que haine à son égard, et il ne pourrait l'en blâmer.

Il était décidément qu'une vermine de la pire espèce.

Laissant retomber ses bras, il s'écarta d'elle.

— Erik ? fit-elle d'un ton inquiet.

Il détestait entendre de la vulnérabilité dans sa voix. Une vulnérabilité qui était entièrement causée par ses propres actions. Il ne lui restait plus qu'à espérer ne pas avoir complètement détruit leur bonne entente amicale. Il adorait la façon dont le regard de Linota s'éclairait chaque fois qu'il la faisait rire, et c'était une chose qu'il ne voulait pas perdre.

— Je suis désolé… je… je regrette de vous avoir laissée seule.

Il se passa les mains dans les cheveux en réalisant avec consternation à quel point tous deux demeuraient troublés.

— Je vais aller à l'étage avec vous et j'attendrai que vous vous rendormiez.

La sentant hésiter, il dut mobiliser toutes ses forces pour se montrer impassible. Il savait qu'il serait incapable de s'arrêter si elle franchissait la distance qui les séparait et reposait sa bouche sur la sienne. Il lui restait à espérer que son manque d'expérience avec les hommes les sauverait tous deux de ce qui ne pourrait finir que par un désastre.

— Venez ! lança-t-il vivement.

Il traversa la pièce à grands pas et monta rapidement l'escalier menant au grenier.

Tandis qu'elle s'installait lentement sur sa couche, il fit semblant de fouiller le coffre au pied du lit. Quand il fut certain qu'elle était étendue, il referma le couvercle d'un coup sec.

— Vous devez vous reposer, à présent, dit-il. La journée de demain sera longue.

— Et vous, qu'allez-vous faire ? demanda-t-elle doucement.

— Une fois que vous aurez trouvé le sommeil, je redescendrai et prendrai moi aussi du repos.

Il devait absolument s'éloigner d'elle avant que la tentation devienne trop grande.

— Je vous en prie, restez, murmura-t-elle.

Il devait impérativement regagner le rez-de-chaussée. Voir Linota étendue là, lovée entre les couvertures et sa cape, se remémorer la façon si parfaite dont leurs corps s'épousaient était un véritable supplice. Repenser à la douceur de ses lèvres contre les siennes ne faisait qu'augmenter son tourment. Toutefois il pouvait sentir à la tension dans sa voix qu'elle était réellement effrayée à l'idée de rester seule dans le noir, et il faudrait être le dernier des vauriens pour la laisser affronter sa peur dans la solitude.

— Je ne serai pas loin, dit-il doucement, dans une dernière tentative désespérée de maintenir un minimum de distance entre eux.

— Je fais des cauchemars. De terribles cauchemars. Mon père… il est… c'est…, bafouilla-t-elle. Mon esprit rejoue sans cesse le moment de sa mort… dans le meilleur des cas. Les autres fois, je le vois avec Katherine et tous deux ont un nœud coulant autour du cou. Je ne pourrai… Je vous en prie, ne me laissez pas.

Erik ferma les yeux. Dormir si près d'elle tout en étant dans l'impossibilité de la rejoindre dans le lit… Cette nuit allait être pour lui une longue torture, mais il lui devait ce réconfort. C'était par sa faute qu'elle était là, et qu'elle avait subi la douloureuse épreuve de se retrouver entre les griffes de ses ravisseurs. En outre, il avait survécu à la nuit qu'il avait passée près d'elle la veille. Il pouvait le faire de nouveau.

— C'est entendu, je vais rester.

— Merci, murmura-t-elle.

Il sortit une couverture du coffre et l'entendit sur le sol, non loin du lit.

— Bonne nuit, Linota, dit-il d'un ton ferme.

Il ne voulait plus lui parler. Plus ils conversaient plus il l'appréciait, et il courait déjà le risque de l'aimer bien trop pour son propre salut.

— Bonne nuit, répondit-elle d'une petite voix.

Il ferma les yeux en grimaçant.

Pourvu que tout cela prenne fin bientôt pour que ma vie reprenne son cours normal !

Mais alors qu'il formulait cette prière, il sentit monter en lui une peur sourde. Celle d'affronter le moment où le monde ne se résumerait plus à elle et lui, le moment où ils ne seraient plus sans personne pour venir s'immiscer entre eux.

Chapitre 7

Linota s'éveilla lentement. Les réminiscences d'un rêve exquis, peuplé d'étreintes et de doux baisers, l'invitaient à replonger dans le sommeil. Les yeux toujours clos, elle se blottit plus encore sous les douces couvertures, mais les chants incessants des oiseaux l'empêchèrent de sombrer de nouveau.

Elle se sentait bien et n'avait pas froid, chose qui ne lui était pas arrivée depuis fort longtemps. Elle n'avait aucune envie de se réveiller et d'affronter le jour.

Près d'elle s'élevait le son caractéristique d'un profond souffle masculin. Elle ouvrit peu à peu les yeux et tendit une oreille attentive. Maintenant qu'elle était complètement réveillée, elle pouvait percevoir nettement la respiration régulière d'Erik. Il devait être resté à ses côtés toute la nuit… Cette pensée fut comme un baume sur son cœur, mais elle se sermonna aussitôt : il ne fallait pas accorder trop d'importance à ce geste de sa part. Elle devait toutefois admettre que quand il avait dit qu'il lui tiendrait compagnie, elle avait imaginé qu'il la quitterait une fois qu'elle se serait endormie.

Elle se tourna sur le côté. L'aube devait commencer à poindre mais, étant donné l'obscurité qui régnait dans la maisonnette, il était difficile d'apercevoir les premières lueurs du jour. Près d'elle, sur le sol, Erik dormait, un bras étendu au-dessus de sa tête. Elle regrettait de ne pouvoir distinguer nettement son visage ; elle aurait aimé savoir à quoi ressemblait le guerrier dans le doux abandon du sommeil.

Instinctivement, elle porta la main à ses lèvres. Elle pouvait encore sentir l'empreinte de la bouche d'Erik sur la sienne et la façon dont sa douce barbe naissante avait frotté la peau sensible de son cou lorsqu'il l'avait embrassée. Ce moment, merveilleux, avait pris fin trop vite.

Elle avait déjà vu des hommes et des femmes ensemble. Parfois s'embrassant, parfois faisant plus que cela.

Une fenêtre des appartements qu'elle et Katherine partageaient dans la forteresse d'Ogmore surplombait l'enceinte du château. N'ayant que peu d'occupations, sa sœur et elle passaient beaucoup de temps à regarder au dehors les allées et venues de gens et la façon dont ils se comportaient entre eux sans se douter qu'ils étaient observés depuis un point placé en hauteur. Toutes deux avaient été témoins de bien des choses de la vie depuis leur univers si restreint.

Elles avaient pu apercevoir des couples qui croyaient être discrets en se cachant dans divers recoins, leurs corps serrés fort l'un contre l'autre. L'acte auquel ils se livraient apparaissait à leurs yeux à la fois fascinant et répugnant. Les mouvements gauches et frénétiques donnaient presque l'impression que chacun voulait dévorer l'autre. Bien souvent, elles n'avaient su y réagir que par des gloussements désemparés. Elles n'avaient pas réussi à comprendre comment ni pourquoi on pouvait vouloir se livrer à pareille activité.

Vivre cela par elle-même avait été bien différent. Les lèvres d'Erik étaient fermes et sèches. Elles avaient parcouru sa bouche comme la plus douce des caresses, et cela ne lui avait pas suffi. Son corps tout entier avait imploré qu'on lui en donne davantage, même si elle ne savait pas exactement ce qu'il pouvait désirer.

Erik l'avait embrassée de nouveau, avec plus de fermeté

cette fois. Contrairement à ce qu'elle avait imaginé, elle n'en avait pas été rebutée. Au lieu de cela elle avait eu la sensation que tout son corps s'était réveillé. Comme s'il était fait pour embrasser Erik Ward entre les murs de sa chaumière.

Elle se laissa rouler sur le dos et fixa le plafond sombre. La nuit précédente avait changé son univers, et les baisers n'en étaient pas l'unique cause. Erik lui avait accordé sa confiance en lui révélant un secret si grand qu'elle se demandait comment elle réussirait à le garder. Pourtant, elle savait que c'était ce qu'elle devait faire. Trahir sa confiance ferait d'elle le type de personne qu'elle méprisait.

Lors des rares occasions où elle s'était trouvée en contact avec les habitants de la forteresse d'Ogmore, elle n'avait jamais entendu dire qu'Erik et Borwyn avaient des liens de parenté. Cela ne signifiait pas que personne ne le savait, mais peut-être seulement que la rumeur ne s'était pas largement répandue.

Maintenant qu'elle connaissait la vérité, cela lui paraissait si évident ! Les deux hommes se ressemblaient tant, avec leur haute stature, leurs larges épaules, leurs cheveux blond foncé et leur saisissant regard bleu. Pour elle, cependant, Erik était le plus séduisant des deux. Il avait ce pétillement dans les yeux dès qu'il disait des choses amusantes, et cette façon de relever les coins de sa bouche lorsqu'elle usait du même ton léger… Il y avait aussi la manière dont il se mouvait, faite d'assurance et de détermination. Il se déplaçait comme un chat traquant sa proie, mais dès qu'une menace survenait, il savait faire preuve d'une vitesse et d'une précision implacables.

Son cœur se serra lorsqu'elle pensa à la sœur d'Erik. Il avait acheté cette chaumière pour elle, pas uniquement pour qu'elle soit en sécurité, mais aussi pour l'aider à fuir son existence dans la forteresse de Borwyn. Linota avait beau éprouver une grande admiration envers son propre frère, jamais ce dernier n'avait rien fait d'aussi généreux pour Katherine ou elle.

La personnalité d'Erik Ward offrait tant de facettes. Elle voulait consacrer le temps qu'il faudrait pour apprendre à les connaître toutes, pour comprendre véritablement l'homme que les gens voyaient uniquement comme le bras droit de Borwyn et parfois comme son homme de main.

Elle roula de nouveau sur le côté pour le regarder. Il n'avait pas bougé d'un pouce. Elle eut envie de se glisser hors du lit et de le rejoindre sur le sol. Pour l'embrasser, bien sûr, mais aussi pour laisser reposer sa tête sur son torse puissant, pour entendre son cœur battre, et sentir de nouveau ses bras se refermer sur elle.

Il s'éveilla en grognant et se frotta le visage avant de se tourner vers elle.

Pendant un long moment il garda le silence et se contenta de l'observer dans la pénombre.

— Bonjour, finit-il par dire, d'une voix mal réveillée et un peu rauque.

— Bonjour, répondit-elle.

Elle se sentit soudain rougir de confusion. Comment deux amants se saluaient au réveil ? Que pourrait-elle dire qui ne la ferait pas paraître gauche et naïve ?

Le doute la paralysait et la rendait incapable d'articuler la moindre parole.

La veille au soir, ils s'étaient embrassés et avaient partagé des secrets mais, dans la faible lueur du petit matin, cela semblait tout aussi irréel que la vague réminiscence d'un rêve.

Erik repoussa sa couverture et s'assit.

— Je crois bien que je me fais vieux, dit-il en se frottant le bas du dos. Me voilà perclus de douleurs.

Linota ne put s'empêcher d'éclater de rire en voyant son expression contrariée.

— Je crois que votre état tient plus au fait d'avoir dormi sur le sol qu'à votre âge.

Elle pencha la tête sur le côté tout en observant les contours puissants de son corps.

— Quel est votre âge ?

Il passa la main dans ses cheveux ébouriffés.

— Je crois avoir connu vingt-neuf étés, mais on ne peut pas dire que ma mère faisait attention à ces questions-là. Je suis peut-être légèrement plus jeune ou plus âgé.

L'estomac de Linota se tordit dans l'instant. En lui posant cette question, elle n'avait pas voulu ramener à son esprit de mauvais souvenirs.

— Oh ! mais quel est donc cet air sur votre visage ? demanda Erik, avec un petit sourire espiègle. Je ne suis pas contrarié, n'ayez pas l'air si peinée. Ne pas connaître mon âge n'est pas chose si importante à mes yeux. À vrai dire, je n'y accorde pas la moindre importance.

Linota ne répondit pas. Leur mère avait eu beau se comporter de manière terrible envers Katherine et elle, elle ne s'était jamais montrée si négligente. Linota n'avait jamais eu le sentiment qu'elle ne voulait pas d'elle. Il était plus qu'évident qu'elle ne l'appréciait pas, mais malgré tout ce que leur famille avait enduré, leur mère leur avait transmis la fierté de leur appartenance à la famille Leofric.

— S'il vous plaît, Linota… Il est inutile d'être si attristée. Je suis content de mon sort, je vous l'assure.

Elle hocha la tête et lui adressa un petit sourire pour lui faire croire qu'elle n'avait pas de peine pour lui. Mais comment aurait-elle pu ne pas en ressentir ? Elle imaginait sans peine la douleur qu'il devait éprouver tout au fond de lui. Et comment pouvait-il dire qu'il était content de son sort alors que sa propre sœur, à laquelle il tenait visiblement tant, était morte ?

Erik se leva, plia sa couverture avec soin et la rangea dans le coffre.

— Je vais voir si je peux trouver quelque chose à manger,

et ensuite nous devrons partir. J'espère que nous pourrons regagner Borwyn aujourd'hui.

Linota se leva à son tour et entreprit de plier ses propres couvertures.

— Pensez-vous que les autres y seront déjà ? demanda-t-elle.

Erik s'immobilisa dans l'escalier, et Linota tourna les yeux vers lui. Il semblait fixer intensément un point situé sur une poutre de bois courant le long du toit bas.

— Je l'espère, finit-il par murmurer.

Les sourcils froncés, elle rangea ses couvertures dans le coffre.

La réaction d'Erik avait été quelque peu… étonnante. C'était presque comme s'il ne désirait pas que le reste du groupe soit arrivé à Borwyn.

D'un haussement d'épaules, elle chassa cette impression. Elle devait se faire des idées. Il n'y avait aucune raison pour qu'il ne veuille pas rejoindre les autres.

Elle fit courir ses doigts le long de sa tresse et regretta de ne pas disposer d'un miroir. Il ne faisait pas le moindre doute dans son esprit qu'elle devait avoir une coiffure épouvantable. Pendant quelques instants, elle s'en inquiéta puis le rouge lui monta aux joues quand elle s'aperçut qu'elle voulait paraître séduisante aux yeux d'Erik.

Voilà qui était tout à fait ridicule ! Dans sa robe élimée, vieille déjà de plusieurs années et raccommodée en maints endroits elle aurait été incapable de rivaliser avec les femmes qui papillonnaient autour d'Erik. À quoi bon accorder à sa coiffure ne serait-ce qu'un semblant d'efforts ? Elle descendit les marches en tentant malgré tout d'arranger les petites mèches qui échappées de sa tresse, tout en se répétant qu'il lui fallait cesser de se comporter de façon aussi absurde.

— Avez-vous trouvé de quoi manger ? fit-elle en arrivant au bas de l'escalier.

Une belle flambée crépitait dans l'âtre, et elle s'en approcha.

— Quelques pommes.

Erik les leva vers elle pour qu'elle les voie.

— Elles ne sont plus très fraîches, je le crains. Je les ai cueillies juste avant que Jarin et moi partions pour Ogmore, mais je n'ai pas encore trouvé la meilleure méthode pour les conserver sans qu'elles pourrissent trop vite.

Il lui tendit un fruit ; elle sentit sa peau fripée sous ses doigts avant de mordre dedans. Le fruit était mou, mais il avait encore du goût. Son estomac grondait tant qu'elle l'aurait mangé même s'il avait été pourri.

— Y a-t-il des pommiers près d'ici ? demanda-t-elle tout en essuyant du revers de la main le jus qui coulait sur son menton.

— Oui, quelques-uns. Je réfléchis à en planter davantage, mais…

Il haussa légèrement les épaules.

Pendant qu'ils mangeaient en silence, Linota réfléchit à ce qu'il avait dit, et à ce qu'il avait tu.

— Venez-vous souvent ici ?

La maison était trop propre pour ne pas être occupée régulièrement, mais s'il n'avait pas retrouvé sa sœur pourquoi se préoccupait-il de son entretien ?

— Dès que mes obligations me le permettent.

— Et vous amenez des femmes ici ?

— Comment ? s'exclama-t-il en manquant de s'étrangler avec son morceau de pomme.

Une sensation étrange et déplaisante s'immisça dans le cœur de Linota. Maintenant qu'elle y réfléchissait, elle ne pouvait accepter d'imaginer Erik assis à sa table si admirablement fabriquée, occupé à parler et rire avec une femme inconnue. Elle détestait la façon dont cette pensée venait lui nouer l'estomac. Que lui arrivait-il ? Pourquoi cela importait-il tant à ses yeux ?

— Avez-vous un peigne ? demanda-t-elle abruptement.

Un tel objet prouverait la présence d'une femme.

— J'ai bien peur que non. Et…

Il plongea les doigts dans la masse de ses cheveux en soupirant.

— Je n'ai jamais amené personne ici à part vous.

Il leva la tête vers elle. Leurs regards se croisèrent, et ils restèrent ainsi, les yeux dans les yeux. Linota sentit son cœur se mettre à battre douloureusement dans sa poitrine. Que se passait-il ? Quoi que cela puisse être, il ne pouvait s'agir d'une bonne chose.

Il cligna des paupières, et elle parvint à détacher son regard de lui. Elle se rapprocha du feu, comme si elle souhaitait se réchauffer les mains.

Quand Erik monta à l'étage, elle ne se retourna pas pour le regarder. Elle termina son fruit et lécha le jus qui restait sur ses doigts.

En entendant le bruit sourd de ses bottes lorsqu'il redescendit l'escalier, elle prit une profonde inspiration. En aucun cas elle ne lui laisserait voir l'effet que sa présence avait sur elle.

— Êtes-vous prête à partir ? demanda-t-il tout en commençant à étouffer le feu dans l'âtre.

— Bien sûr, dit-elle en lissant inutilement les pans de sa robe et en jetant un dernier regard tout autour d'elle.

Elle voulait se souvenir du moindre détail de la pièce pour pouvoir y imaginer Erik une fois que leurs routes se seraient définitivement séparées.

Le froid, à l'extérieur, était mordant. Linota serra plus fort sa cape autour d'elle, mais cela n'empêcha en rien le vent glacial de transpercer ses vêtements. Elle frissonna et eut envie de retourner dans la chaumière, de ranimer le feu, et de se pelotonner devant l'âtre.

Erik, qui se dirigeait vers la grange où il avait installé Cai, s'arrêta net en constatant qu'elle ne le suivait pas.

Il revint sur ses pas et se campa face à elle. Son regard parcourut tout son corps, et elle sentit alors qu'elle se tendait tout entière. Son cœur commença à s'affoler. Elle éprouva le désir irrépressible de glisser les doigts dans les boucles douces de ses cheveux.

Erik se pencha vers elle et prit le bord de sa cape entre ses doigts. Immobile, espérant qu'il glisserait la main sous l'étoffe pour l'attirer vers lui, elle retint son souffle.

— Je n'avais pas compris que cette cape était si fine, dit-il en palpant délicatement le tissu. Laissez-moi voir si je n'ai pas quelque chose de plus chaud dont vous pourriez vous vêtir.

Tandis qu'il retournait dans la chaumière, Linota laissa échapper un long souffle.

Une fois de plus, elle venait de s'offrir la preuve de sa stupidité. Alors que ses pensées étaient entièrement tournées vers des étreintes et des baisers ardents, lui ne songeait qu'à des questions pratiques. Il fallait absolument qu'elle rassemble ses esprits et cesse de rêver à des choses qui ne se produiraient jamais.

Erik revint peu après et lui tendit une cape sans dire un mot. Elle s'en enveloppa tandis qu'il sortait Cai de l'écurie. Le cheval souffla fortement et secoua la tête, apparemment aussi mécontent que Linota de se retrouver à l'extérieur dans le froid.

La nouvelle cape était plus épaisse, plus chaude que la sienne, et légèrement imprégnée de l'odeur d'Erik. Linota mourait d'envie d'enfouir le nez dans le tissu et de respirer profondément, mais elle se força à n'en rien faire. Elle ne voulait pas qu'Erik soit témoin d'un comportement aussi pitoyable.

Il se mit en selle et se pencha vers elle en lui tendant la main pour l'aider à monter derrière lui.

— Si cela est plus simple pour vous, vous pouvez vous tenir à moi pendant que nous chevaucherons. Ce serait aussi plus confortable pour Cai si vous bougiez en même temps que moi.

Cai partit au petit trot, et Linota passa les bras autour de la taille d'Erik. Elle aurait pu se tenir à la selle pour créer un peu d'espace entre eux, mais elle ne pouvait laisser passer une aussi belle occasion de le serrer contre elle de manière si innocente.

Même à travers l'épaisseur des vêtements qu'il portait, elle pouvait sentir les muscles fermes de son abdomen, et un désir ardent déferla en elle. Elle était prise de l'envie de faire courir ses doigts sur la peau nue de son torse et de sentir ses muscles contre sa propre peau. Elle ferma les yeux tant la sensation la submergeait.

Ignorant apparemment l'exquise torture qu'elle subissait, Erik tenta d'engager la conversation.

— Vous êtes très silencieuse ce matin, Damoiselle Leofric. Vous êtes d'ordinaire plus encline à converser. Est-ce que tout va bien ?

— Tout va pour le mieux. Et je croyais que nous nous étions entendus sur le fait que « Damoiselle Leofric » était une manière trop formelle de vous adresser à moi, étant donné notre situation. J'ai la ferme intention de continuer à vous appeler « Erik », Erik.

Elle sentit un rire silencieux résonner dans la poitrine d'Erik.

— Très bien. Ce sera Linota, alors. Avez-vous déjà raccourci votre prénom ? Vous appelle-t-on parfois Lin ?

Personne ne l'avait jamais fait, mais elle aimait l'idée qu'Erik ait sa manière bien à lui de la nommer.

— Vous pouvez m'appeler Lin, murmura-t-elle dans son dos.

Elle se redressa subitement.

— Et qu'en est-il de vous ? Quelqu'un vous a-t-il déjà donné un diminutif ?

— Erik n'est pas un prénom que l'on peut véritablement raccourcir.

— Et que pensez-vous de Rik, ou de Rikky ?

— Jamais je ne voudrais que l'on m'appelle ainsi ! Et de plus, « Rikky » compte davantage de lettres qu'« Erik », cela n'aurait pas de sens.

Linota consacra le reste de ce début de matinée à trouver des surnoms de plus en plus ridicules pour Erik, se réjouissant toutes les fois où elle parvenait à le faire rire. Elle adorait le faire rire et savait qu'il s'agissait de quelque chose dont elle se ne lasserait jamais.

Elle ne cessa que lorsqu'il la menaça de l'appeler désormais « Ot ».

Leurs rires s'apaisèrent ensuite pour céder la place à une sensation de profond contentement. Se trouver auprès d'Erik était tellement simple ! Il n'y avait aucune tension, nul besoin de s'inquiéter de prononcer une parole inadéquate et de le contrarier. Elle sentait qu'il ne ferait jamais courir de bruits sur son compte, ni ne prêterait l'oreille aux horribles rumeurs concernant sa famille.

— Saviez-vous, lui demanda Erik après un bon moment pendant lequel ils avaient chevauché en silence, que Borwyn est l'un des plus importants propriétaires terriens du pays ? Seul le Roi le surpasse, et il n'y a que le comte d'Ogmore pour avoir autant de capacité d'action et d'influence que lui.

— Je le savais, car vous me l'avez déjà dit.

Elle attendit un instant avant de reprendre.

— Pourquoi agir ainsi ?

— De quoi parlez-vous ? lança Erik. Vous vous étonnez que je vous parle de certains sujets ? Je pensais que cela pourrait vous intéresser.

Ses mots étaient légers et vaguement dédaigneux. Elle ne devait qu'au fait d'avoir les bras autour de lui de savoir que son corps s'était subitement tendu. Toute cette conversation constituait bien plus qu'un simple échange de paroles anodines.

— Non, vous ne pensiez pas que cela m'intéresserait. Il y a autre chose qui se passe, et je veux savoir de quoi il s'agit.

Erik éclata d'un rire qui sonna faux aux oreilles de Linota. Ce n'était pas son rire habituel, celui qu'elle s'était mise à aimer.

— Il ne se passe rien de particulier, Lin.

— Me le promettez-vous ?

Un long silence s'installa entre eux. Le cœur de Linota battait à coups sourds.

— Je…

— Erik, je vous en prie… S'il y a la moindre chose, je dois en être informée. Je ne suis pas une enfant.

— Bon sang, Linota, je sais que vous n'êtes pas une enfant ! À chaque seconde de chaque journée je ne peux qu'avoir pleinement conscience du fait que vous êtes une femme. Cela n'a rien à voir avec votre âge.

En entendant cela, Linota sentit son cœur s'emplir soudain de joie, mais son esprit la ramena vite à la raison. Elle devait continuer d'insister pour obtenir des réponses. Quelque chose lui était caché, et elle avait besoin de savoir de quoi il s'agissait.

— Alors, qu'y a-t-il donc ? Pourquoi ai-je parfois l'impression que vous tentez de me convaincre que je dois apprécier Borwyn et son domaine ?

Erik lâcha un long soupir.

— Je suis désolé. Je ne désire pas que les choses vous apparaissent ainsi, même si d'une certaine façon j'imagine qu'il s'agit bien de ce que j'essaye de faire.

Cet aveu bloqua le souffle de Linota dans sa gorge.

— Mais pourquoi cela ?

Il émit un petit grognement de contrariété. Linota se sentait presque mal de le forcer à s'expliquer. *Presque.*

— Pourquoi ? répéta-t-elle, d'un ton plus ferme cette fois, ses bras se resserrant autour de la taille du guerrier.

— C'est parce que…

Linota sentit un terrible effroi l'envahir.

Erik s'agita sur la selle.

— Êtes-vous informée à propos de la dot ?

— La dot ? Quelle dot ?

Elle s'écarta légèrement de son dos.

— Vous voulez parler de ma dot ? Parce que si c'est le cas, je peux vous assurer que je n'en ai aucune. Tout a été enlevé à ma famille lorsque mon père a été exécuté pour trahison. Et quand je dis tout, je parle d'absolument tout ce que nous possédions. Seuls nous ont été laissés les vêtements que nous portions. Je ne possède rien. Je suppose que mon frère serait peut-être en mesure de me fournir de quoi en constituer une à présent qu'il est marié, mais ce ne sera qu'une petite dot.

Erik s'éclaircit la voix. Linota laissa retomber ses bras. Elle s'apercevait qu'elle n'avait plus envie de se tenir à lui alors qu'il était évident qu'il lui cachait quelque chose d'important.

— Erik, dites-moi de quoi il s'agit. Ou je vais…

— Qu'allez-vous faire exactement ? Vous enfuir à travers bois ? Considérez-vous que tout s'est bien passé la dernière fois que vous l'avez fait ? Je dois également vous rappeler que je peux facilement vous rattraper, que ce soit avec ou sans Cai.

— Je ne vous ferai plus confiance, dit-elle calmement.

Erik demeura silencieux pendant un court moment avant de reprendre.

— Vous ne combattez pas loyalement, Linota Leofric. Comment puis-je vous faire changer d'avis, maintenant ?

Bien qu'elle ne le tienne plus, leurs corps ne cessaient d'entrer en contact à mesure que Cai progressait à travers bois. Elle se sentait soudain totalement épuisée et avait envie de laisser reposer sa tête contre son dos massif. Elle était certaine de ne pas vouloir entendre ce qu'il s'apprêtait à dire…

— Ogmore a veillé à ce que vous et votre sœur soyez pourvues de dots, reprit-il. Elles sont relativement importantes.

Le cœur de Linota s'emballa.

— Importantes à quel point ?

La somme qu'Erik mentionna était si surprenante qu'elle dut lui demander de la répéter.

— Mais pourquoi ?

La somme allouée à sa dot n'avait aucun sens à ses yeux. Ogmore ne leur avait manifesté aucun intérêt, à Katherine et à elle, durant les huit années durant lesquelles elles avaient été logées dans sa forteresse. Il n'était jamais intervenu pour mettre un point d'arrêt à leur semi-incarcération. Le montant dont il était question était équivalent à celui qu'il aurait fourni à sa propre fille.

Erik toussota.

— Maintenant que votre frère a épousé son unique fille, j'ai le sentiment qu'Ogmore vous considère, votre sœur et vous, comme des membres de sa propre famille.

Le monde sembla vaciller autour de Linota tandis qu'elle prenait la mesure de l'information qu'elle venait de recevoir. Katherine et elle avaient été seules pendant si longtemps…, et à présent il apparaissait qu'elles disposaient d'un protecteur fortuné. Malgré tous ses efforts, elle ne pouvait décider s'il s'agissait d'une bonne ou d'une mauvaise chose.

— Y a-t-il autre chose ? demanda-t-elle, tout en se réjouissant de donner l'illusion d'être calme malgré la tempête qui l'agitait intérieurement.

— Ogmore a promis à Borwyn une puissante alliance comme avantage lié au mariage.

Linota prit une profonde inspiration.

— Il ne s'agit donc pas d'un tour de mon imagination. Vous essayez de rendre Borwyn intéressant à mes yeux.

Elle plaqua une main sur sa poitrine. Son cœur battait toujours alors qu'elle avait la sensation qu'il avait été brisé en deux. Elle était vraiment aussi naïve et stupide qu'elle l'avait initialement pensé. Alors qu'elle s'imaginait qu'Erik et elle étaient en train de construire des liens, lui essayait de l'amadouer pour lui faire accepter l'idée d'une union avec son demi-frère. C'était la situation la plus ridicule qui soit !

Tandis qu'elle tombait lentement amoureuse d'Erik, lui était occupé à manœuvrer afin de faire d'elle sa belle-sœur. Elle se sentait… si blessée, tellement en colère, et… Elle ne pouvait même pas détailler les émotions qui la submergeaient en cet instant. Elle avait besoin de partir loin d'Erik. Très loin.

— Est-ce tout ? lança-t-elle.

Erik tressaillit légèrement.

— Oui, dit-il sèchement. C'est bien tout.

Les larmes noyèrent soudain les yeux de Linota quand elle comprit qu'elle n'en croyait pas un mot. Il y avait autre chose qu'il refusait de lui dire, elle en avait la certitude. Une larme roula sur sa joue, et elle l'essuya du revers de la main.

— Pouvons-nous, s'il vous plaît, nous arrêter un instant ? demanda-t-elle poliment.

— Nous devons vraiment continuer à avancer. Je veux…

— Erik, je dois m'arrêter ! insista-t-elle. Je ne peux pas poursuivre ce chemin alors que cette nouvelle tourne dans ma tête. Laissez-moi mettre pied à terre, je vous prie.

— Lin… Linota, je…

— Non, n'essayez pas de me parler pour l'instant. Tout ce que vous pourriez dire, n'importe laquelle de vos paroles, ne ferait que me faire sentir encore plus mal. Arrêtez Cai pour que je puisse mettre pied à terre je vous prie ! Sinon je sauterai, et il vous faudra expliquer à ma sœur comment je me suis rompu le cou. Croyez-moi, il n'y a rien de plus effrayant au monde que de voir ma sœur déchaîner sa colère contre quiconque m'aurait causé le moindre tort. Même le plus aguerri des chevaliers n'oserait pas se mesurer à elle.

— Fort bien, fit Erik, tout en ralentissant le pas de Cai en tirant doucement sur les rênes. Vous allez pouvoir descendre de selle, mais seulement pendant un court moment. Nous devons gagner Borwyn avant la tombée de la nuit.

Elle hocha la tête en signe d'acquiescement contre le dos d'Erik. Il dut sentir son mouvement ou croire qu'elle allait mettre sa menace à exécution et sauter à terre, car il fit stopper Cai aussitôt. Elle bondit au bas de la selle avant qu'il ait pu l'aider. Elle se tordit légèrement les genoux quand ses pieds rencontrèrent le sol, mais elle remarqua à peine la douleur.

— Restez bien en vue ! lui cria Erik comme elle s'éloignait de Cai à grands pas.

Elle l'ignora et avança, avec détermination et colère, au milieu des arbres.

Comment osait-il ? Il avait ri avec elle, il l'avait fait se sentir si unique... Il l'avait même embrassée, tout en sachant alors qu'elle était la future épouse potentielle de Borwyn.

Katherine savait-elle tout cela ? Linota en doutait. Katherine aurait été ravie de connaître cette nouvelle. Avec de telles dots, toutes deux pouvaient conclure de fantastiques unions, ce qui était ce que Katherine avait toujours voulu. Le moindre seigneur du pays serait intéressé à la perspective de nouer une relation aussi étroite avec le comte d'Ogmore, sans même tenir compte de la richesse que l'homme en tirerait en recevant la dot. Peu importait ce qu'elle désirait. Ses espoirs et ses rêves seraient complètement étouffés par cette quête de fortune et de pouvoir.

Et ce n'était même pas comme si ses rêves étaient démesurés. Elle n'avait que faire des privilèges qui allaient de pair avec le fait d'être l'épouse d'un grand seigneur. Elle n'avait jamais voulu aider à diriger une forteresse ou même un château de plus petite taille. Tout ce qu'elle avait toujours voulu était d'être aimée, d'avoir quelqu'un pour la serrer dans ses bras quand elle était effrayée et avec qui rire quand elle était joyeuse.

Elle trébucha sur une racine et comprit qu'elle était en

train de pleurer. Elle chassa ses larmes du dos de la main. Se montrer si bouleversée ne lui apportait rien de bon ; cela ne changeait rien à la situation. Elle prit une profonde inspiration tremblante. Erik ne devait pas savoir qu'elle tombait amoureuse de lui. Il ne le lui avait pas demandé, et mis à part les baisers qu'ils avaient échangés, il ne lui avait jamais donné la moindre raison d'espérer que ses sentiments allaient au-delà d'un simple moment de désir passager.

Elle savait depuis le début que même s'il l'avait fait, ils ne pourraient en aucun cas être ensemble. Braedan ne consentirait jamais à une telle union. Ils essayaient de redonner de la valeur au nom de Leofric et non de lui en faire perdre. Un enfant illégitime dont le père n'avait jamais reconnu qu'il était sien ne saurait être un époux pour elle, même sans la dot.

Elle découvrit bientôt un petit ruisseau dont les bords étaient couverts de glace. Elle s'assit sur le sol gelé et s'abîma dans la contemplation du courant. Il était étrange de constater à quel point pouvait être apaisant le fait de penser que, quels que soient les événements qui se dérouleraient dans ses environs, ce ruisseau poursuivrait son cours.

Le craquement de branchages séchés derrière elle lui arracha un soupir de résignation. Erik l'avait retrouvée. Le temps des bouderies était fini. Elle devait continuer à vivre comme si rien ne s'était jamais passé entre eux. Comme si elle n'avait pas vu des sentiments pour cet homme naître en elle, comme si elle n'avait pas eu la volonté de risquer l'ire de sa sœur et de son frère pour être avec lui.

Elle se releva lentement et se retourna.

Sur le point de s'excuser pour son emportement, elle se figea.

Ce n'était pas Erik qui l'avait suivie.

C'était Gamel.

Chapitre 8

Gamel se rua sur elle et plaqua une main rude sur sa bouche avant qu'elle ait pu appeler à l'aide.

— N'y pense même pas, grogna-t-il à son oreille. Tu m'as attiré que des ennuis, sale petite catin. Tu as disparu, et à cause de toi de Bevoir va refuser de me payer. Alors je vais changer les règles du jeu.

Il la poussa violemment contre le tronc d'un arbre. Le contact brutal de son dos avec l'écorce rugueuse lui arracha un gémissement de douleur.

— Je vais prendre ce qui me revient, et après je te vendrai à un bordel. C'est bien là qu'est ta place.

Linota se débattait avec force, mais tous ses efforts étaient vains. Ses tentatives désespérées pour lui échapper firent ricaner Gamel.

— Tu vas me donner exactement ce que je veux, et crois pas que l'autre joli cœur va venir te sauver. Il est occupé à rêvasser à tes beaux yeux. Quand il s'apercevra que tu as disparu, on sera déjà repartis.

D'un geste sec, il défit l'attache de la cape de Linota et jeta le vêtement à terre. Elle sentit le sol vaciller sous ses pieds. Il lui était si difficile de respirer ! La main de Gamel était toujours plaquée contre sa bouche, et il lui semblait impossible d'inhaler suffisamment d'air. Elle allait mourir et ne reverrait plus jamais Erik ni Katherine.

Il fit glisser sa main libre vers le bas de sa jupe pour tenter de la relever. Rassemblant ses forces, Linota lui envoya alors de son pied botté un grand coup dans le tibia.

— Espèce de garce ! siffla-t-il entre ses dents tout en levant le poing pour la frapper.

Avant que son poing vienne heurter sa joue, Linota réussit à crier le nom d'Erik.

— Je… je vous en supplie, bafouilla-t-elle. Je vous en supplie…

Avec l'énergie du désespoir, elle poussa fortement Gamel et réussit enfin à échapper à son étreinte.

Elle se précipita vers le ruisseau, suivie de près par Gamel. Erik devait avoir entendu son cri, c'était certain. Il ne devait pas être très loin. Il ne lui restait plus qu'à tenter de survivre jusqu'à ce qu'il arrive.

Gamel voulut l'attraper. Elle l'esquiva tout en parvenant à le repousser. Il dérapa sur l'herbe glacée et tomba lourdement.

Il ne se releva pas.

Le souffle court et saccadé, Linota bondit par-dessus Gamel juste au moment où Erik apparut entre les arbres.

— Linota ! cria-t-il.

Elle courut se jeter dans ses bras et éclata en sanglots. Erik la serra fort contre lui.

— Je crois que je l'ai tué, dit-elle, toujours plaquée contre sa poitrine.

— Voilà qui est fort bien, gronda Erik. Cette vermine ne mérite rien d'autre que la mort.

— Je ne veux pas être un assassin, lâcha-t-elle dans un sanglot.

Erik lui caressa doucement le dos.

— Tout va bien, mon amour. Tout va bien.

Derrière eux, Gamel émit alors un grognement sourd.

— Vous ne l'avez pas tué. Voilà qu'il bouge encore.

La froideur dans la voix d'Erik ne laissait aucun doute quant à ses intentions.

— Non ! s'écria Linota en le retenant par la manche alors qu'il s'apprêtait à fondre sur l'homme. Je vous en prie ! Je ne veux pas que vous le tuiez pour moi. Je veux que nous partions d'ici.

Erik grogna, les yeux rivés sur Gamel, et elle sentit ses muscles tendus sous ses doigts.

— Je vous en prie, Erik…

Il baissa les yeux vers elle. En voyant le feu de la fureur brûler au fond de son regard, Linota sentit sa tête tourner et quelque chose se serrer tout au fond de son ventre. Quand il riait, Erik était magnifique ; quand il était furieux, sa beauté était tout simplement ravageuse.

— S'il vous plaît, souffla-t-elle.

— Fort bien. Je ne le tuerai pas, mais…

Il s'écarta d'elle et se dirigea vers l'homme qui tentait avec peine de se relever. Il lui asséna un violent coup de pied, et Gamel s'effondra de nouveau sur le sol.

— S'il tente encore de nous poursuivre, il mourra.

Linota acquiesça.

— Venez. Laissez-moi vous reconduire jusqu'à Cai.

Erik se pencha pour ramasser sa cape qu'il lui mit sur les épaules avant d'en refermer l'attache pour elle.

Son geste suscita en elle une profonde reconnaissance. Même si elle savait désormais qu'elle n'avait tué personne, ses doigts tremblaient encore tellement qu'elle n'aurait rien pu faire qui demanderait un peu d'adresse.

Il lui entoura les épaules de son bras, et elle se laissa aller contre son corps ferme. Tandis qu'ils avançaient pour aller retrouver Cai, il resserra encore un peu son étreinte.

Il l'aida ensuite à se mettre en selle mais, cette fois, il monta derrière elle. Il la tint blottie contre lui et, d'un petit coup de talon, donna à Cai le signal du départ.

Linota ne se rendit compte qu'elle pleurait de nouveau qu'au moment où Erik murmura à son oreille :

— Voulez-vous bien cesser, mon amour ? Vous voir ainsi me déchire le cœur.

— Je me sens salie. J'ai besoin de me laver pour chasser son souvenir, dit-elle. J'ai encore l'impression qu'il me tient et se frotte contre moi.

— Nous serons dans la cité de Borwyn avant la fin du jour. Je ferai en sorte qu'on vous prépare un grand bain chaud dès notre arrivée.

Elle s'agita nerveusement.

— Je ne peux attendre si longtemps. Je dois chasser son odeur, ce qu'il a imprimé sur ma peau, je dois le faire maintenant.

— Mon amour, cet homme gît à présent au bord d'un ruisseau. Il n'est plus tout contre vous. Je sais que vous ressentez…

— Non, je ne crois pas que vous sachiez ce que je ressens. Ses mains m'ont salie. Je n'ai pas besoin d'eau chaude, juste de laver toute trace de lui.

Elle sentit qu'il hochait la tête.

— C'est entendu.

Il dirigea Cai vers la gauche.

— Il y a un lac un peu plus loin, mais, Linota…

— Oui ?

— Je ne peux pas vous accorder de moment d'intimité totale. Je dois rester à proximité de vous. Je sais que cela n'est pas idéal, mais…

— Cela ira, Erik. J'ai toute confiance en vous.

Il marmonna quelque chose, mais elle ne saisit pas le sens de ses paroles. Elle ne ressentit aucune inquiétude. Si ce qu'il désirait était la préparer à l'idée d'épouser son frère, il n'allait certainement pas profiter d'elle.

Un petit lac apparut bientôt devant eux, et elle s'appuya

plus fortement contre Erik comme pour lui signifier sa gratitude.

— Je vous remercie, Erik.

— Je crois que j'aurai à regretter cette décision, dit-il en arrêtant Cai et en mettant pied à terre.

Il tendit les bras vers elle pour l'aider à descendre de selle. Elle pensait qu'il allait la relâcher dès l'instant où elle aurait touché le sol, mais il la garda entre ses bras et la regarda longuement. Des mots semblaient vouloir se former sur ses lèvres, et elle attendit avec espoir de les entendre. Finalement il se contenta de déglutir avec peine, de la relâcher, puis de s'écarter d'un pas. Elle baissa aussitôt la tête pour cacher la déception qui ne devait pas manquer de briller au fond de ses yeux.

— J'attendrai ici, dit-il en désignant d'un mouvement de tête la selle de Cai et en se tournant vers sa monture.

Elle le fixa du regard pendant un long moment, mais il garda les yeux rivés sur la selle comme s'il était absorbé par la résolution d'un épais mystère.

Les doigts encore un peu tremblants, elle détacha sa cape et la jeta par-dessus l'encolure de Cai pour éviter qu'elle se mouille au contact du sol glacé, puis porta ses mains sur les attaches de sa tunique.

Près d'elle Erik s'éclaircit la voix.

— Pourriez-vous, s'il vous plaît, vous déshabiller à l'écart de Cai ? demanda-t-il, le regard toujours fixé sur la selle.

Le cœur de Linota se mit à battre plus fort dans sa poitrine quand elle constata que les joues d'Erik se coloraient vivement. Le combattant rougissait.

Peut-être n'était-il pas insensible à sa présence, après tout. Ce n'était peut-être qu'une expression du désir, et non de l'amour, mais le désir valait mieux que rien.

— Je ne veux pas que mes vêtements se mouillent, dit-elle.

Une intense chaleur balaya alors ses joues, et elle comprit qu'elle rougissait elle aussi. Elle aurait aimé pouvoir teinter ses prochaines paroles de plus de séduction, mais... peut-être que quelques mots très simples pourraient suffire.

— Peut-être pourriez-vous m'aider à défaire ces liens, reprit-elle, tout en se retournant et en relevant ses cheveux pour rendre le geste plus aisé.

— Linota..., gronda Erik.

Elle sourit malgré elle. Le ton de sa voix n'était pas celui d'un homme indifférent à la situation. Il semblait plutôt sur le point de voir sa résistance atteindre ses limites.

Voilà qui lui convenait tout à fait. Il n'y avait aucune raison qu'elle soit seule à subir le tourment causé par le désir de vouloir une chose qu'elle ne pouvait obtenir.

— Je vous en prie, Erik. Mes doigts sont encore tout tremblants.

Il marmonna de nouveau, la mine sombre. Elle ne saisissait toujours pas la teneur de ses paroles, mais son ventre fut traversé d'un délicieux frisson. Elle s'aventurait sur un territoire dangereux. Elle risquait d'en sortir terriblement blessée, mais une vie entière de devoir l'attendait... Ne méritait-elle donc pas, ne serait-ce que pour un après-midi, un peu de plaisir pour elle-même ?

Des doigts déterminés commencèrent à tirer sur les liens qui tenaient sa tunique fermée. Elle sentit les pointes de ses seins durcir lorsque la tunique tomba à ses pieds. Erik la ramassa et l'envoya rejoindre la cape sur le dos de Cai.

Elle pouvait difficilement lui demander de l'aider à ôter sa robe. La coupe en était assez ample pour qu'elle puisse aisément la retirer seule.

Quand elle l'eut rapidement fait passer par-dessus sa tête et n'eut plus sur elle que sa fine chemise de lin, elle faillit renoncer à aller plus loin en sentant le vent glacé la fouetter.

Avant de laisser la tentation du renoncement l'emporter, elle se hâta d'enlever sa chemise et ses bottes.

Derrière elle, elle entendit une exclamation étouffée, et un sentiment de triomphe l'envahit.

Il n'était pas insensible à ses charmes !

Gardant les yeux fermement rivés sur l'étendue d'eau, elle avança vers elle. Le sol gelé était dur sous ses pieds, mais elle se réjouit de cette sensation. À cet instant, son corps était si pleinement vivant !

Le contact de ses orteils et de l'eau glaciale fut si rude qu'elle en eut le souffle coupé. Cette sensation de froid était exactement ce qu'elle recherchait. Elle s'agenouilla sur la berge et commença à asperger d'eau ses bras et son ventre. Les gouttelettes gelées lui piquaient la peau, mais la sensation était merveilleuse. Il ne s'agissait plus seulement de faire disparaître le souvenir de ces moments horribles passés avec Gamel. Chaque aspersion faisait disparaître les années d'enfermement, l'intense inquiétude qu'elle avait éprouvée à propos de son sort en voyant le temps s'écouler sans le moindre espoir de pouvoir s'échapper de sa chambre, repoussait au loin les devoirs qui pesaient sur elle et la nécessité de toujours se comporter en fille docile, en enfant et en sœur se soumettant sans protester à ce qu'on lui demandait.

— Linota, il suffit à présent.

Sans quitter sa position près de l'eau, elle releva la tête vers Erik. Il se tenait à quelques pas et avait ouvert sa cape devant lui pour qu'elle vienne se sécher.

— Vous devenez toute bleue, dit-il, les sourcils froncés.

— Cela fait un bien extraordinaire, Erik ! Vous devriez essayer.

— Allons, venez, Lin.

Il se pencha vers elle et la couvrit de sa cape avant de l'aider à se relever.

— Vous tremblez de tout votre corps.

Il l'entoura de ses bras, la serra contre lui et la ramena vers Cai.

— J'ai l'impression de m'être lavée de tant de choses,

Erik. Je me suis débarrassée de toutes ces années d'inquiétude. Je me sens comme neuve.

— Vous avez l'air d'avoir bu trop de bière, dit-il en lui frottant vigoureusement les bras.

— Je me sens comme si c'était le cas, en effet.

Elle sourit. Elle avait l'impression d'être aussi légère qu'une plume ; toutes les attaches invisibles qui la contraignaient habituellement avaient disparu. Elle avait tout à la fois la sensation d'être en proie au vertige et de flotter dans les airs. C'était merveilleux.

— Vous commencez à me faire peur, Lin.

Il leva la main et la lui posa sur le front. Ses doigts étaient si brûlants qu'elle eut la sensation qu'il la marquait au fer rouge.

— Vous êtes si chaud, murmura-t-elle.

Sans plus réfléchir, elle se plaqua contre lui. Le cuir rugueux de sa tunique vint mordre dans sa chair nue.

Il émit un grondement sourd, et elle posa la tête contre sa poitrine. Sous ses vêtements, elle pouvait percevoir l'emballement de son cœur.

Dans quelque temps, il lui faudrait se comporter de façon exemplaire. Elle devrait accepter la généreuse dot qu'Ogmore leur avait offerte, à Katherine et à elle, et épouser un noble fortuné. Pourquoi ne pourrait-elle profiter de ce moment pour elle-même ? Elle savait qu'Erik avait des maîtresses, alors pourquoi ne pourrait-elle pas être l'une d'elles ?

Elle se dressa sur la pointe des pieds et effleura de ses lèvres celles du guerrier. C'était une caresse douce et innocente, mais elle fit s'emballer son cœur.

— Lin, je vous en prie, cessez cela, murmura Erik contre sa bouche.

Malgré ses protestations, il ne s'éloignait toutefois pas d'elle. Un infime espace séparait leurs bouches. De nouveau elle frôla ses lèvres une première, puis une deuxième fois.

Lentement, presque imperceptiblement, elle le sentit réagir à sa caresse.

Elle fit courir le bout de ses doigts le long de sa mâchoire avant de glisser son autre main dans l'épaisse chevelure tombant dans le cou du guerrier. Il ferma les yeux, et ses lèvres s'entrouvrirent légèrement.

Du bout des ongles, elle lui caressa alors légèrement la nuque.

Le souffle d'Erik se fit plus profond.

Elle sourit et sentit contre ses lèvres qu'il en faisait autant.

— Que me faites-vous donc, Linota ?

— Je veux savoir ce qu'est la passion, chuchota-t-elle, le visage enfoui tout contre son cou.

Et ce qu'est l'amour. Elle voulait se sentir aimée, mais ne le lui dirait pas. Elle ne demanderait pas une chose qu'il ne pouvait lui donner.

En faisant courir ses lèvres à la base de son cou, elle lui arracha un léger grognement.

— Linota, je…

La bouche d'Erik vint se plaquer sur la sienne, et il l'embrassa avec douceur.

Elle sut alors qu'elle était sur le point de gagner.

Quand sa langue effleura ses lèvres, elle sentit un fourmillement d'excitation remonter le long de son dos. Elle savait quoi faire à présent. Comment faire pour que tous deux ressentent un plaisir encore plus grand. Elle ouvrit la bouche, arrachant un grognement d'impatience à Erik dont le baiser se fit aussitôt plus exigeant. Elle sentit quelque chose se serrer tout au fond d'elle et s'abandonna à l'explosion de sensations qui lui offrait ce baiser.

Tout contrôle sur son corps était désormais perdu. Ses mains s'égaraient sur Erik, caressant ses cheveux, effleurant ses larges épaules, agrippant ses bras musclés. Ses doigts cherchèrent les attaches de sa tunique et s'impatientèrent en les défaisant. Elle voulait arracher tous les vêtements qu'il portait, désireuse de sentir au plus vite sa peau contre la sienne. De sentir si le feu qui brûlait en elle flambait aussi en lui.

Comme s'il pouvait lire dans ses pensées, Erik glissa les mains sous sa cape. Au contact de leur chaleur, Linota réalisa à quel point sa peau était glacée. Il effleura ses hanches puis promena ses doigts le long de son dos. Quand elle s'arqua contre lui, il laissa échapper un grondement rauque. À l'entendre, on aurait presque pu croire qu'il éprouvait de la douleur.

Il laissa descendre sa main jusqu'au bas de son dos, et elle ne put réprimer un gémissement dont la sonorité la surprit. Ses seins lui semblaient soudain lourds, et elle désirait plus que tout qu'Erik les caresse. Elle était prête à le supplier s'il le fallait.

Du pouce, Erik frôla sa peau, juste sous ses seins, et la vague de plaisir qui déferla en elle lui coupa le souffle.

Puis, brusquement, ses mains quittèrent son corps, et il recula d'un pas.

La morsure de l'air froid la saisit tout à coup et l'empêcha un instant de respirer.

Erik se pencha vers elle et resserra sa cape autour d'elle.

— Vous devriez vous rhabiller, dit-il.

Sa voix ne trahissait aucun trouble. C'était comme si les derniers événements ne s'étaient jamais produits.

— Erik…

— Non, Linota ! s'exclama-t-il en se passant nerveusement la main dans les cheveux.

Son regard se planta dans le sien. Tout au fond de ses yeux, Linota pouvait lire une forme de colère. Elle recula, et son dos vint buter contre Cai. Son cœur battait follement.

— Je suis désolé.

Il leva une main vers sa joue, mais s'arrêta avant d'y avoir esquissé une caresse.

— Je ne voulais pas vous effrayer. Je veux juste que

nous arrêtions là. Les choses sont suffisamment difficiles sans que vous…

Il désigna d'un geste son corps, toujours nu sous sa cape.

— Mais, Erik, je…

Il l'interrompit.

— Linota, il vous faudra vous tourner vers votre futur époux pour découvrir ce qu'est la passion. Je ne peux pas être l'homme qui vous la fera connaître.

— Quand vous évoquez mon futur époux, est-ce au comte de Borwyn que vous songez ?

Erik poussa un long soupir.

— Oui, c'est bien de Borwyn que je parle. Ce serait un très bon parti pour vous.

Linota sentit comme une main de glace se refermer sur son cœur.

— Souhaitez-vous que j'épouse votre frère ?

Le regard d'Erik rencontra le sien, et elle tressaillit en découvrant la rage brûlant au fond de ses yeux.

— Il n'est pas mon frère, n'est-ce pas ? Il est mon demi-frère, et c'est bien la source du problème. Un fils illégitime que son père n'a jamais voulu reconnaître ne peut avoir ce qu'il désire. Est-ce que je souhaite que vous partagiez la couche d'un autre homme ? La réponse est non. Cette seule pensée me donne l'envie de mettre le monde entier à feu et à sang. Est-ce que je veux votre bonheur ? Oui, c'est le cas. Et si ce bonheur dépend d'un bon mariage avec un homme respectable, alors je ferai tout pour que cela ait lieu même si c'est la dernière chose que je désire.

Elle l'observa attentivement et, pour la première fois, elle crut voir l'homme qu'il était réellement, celui que cachait cette façade de dureté et d'amusement cynique. Il était peut-être un guerrier mais, tout comme elle, il souffrait des actions de ses parents.

Elle capta son regard. Toute la douleur qui courait dans ses veines se reflétait dans les yeux d'Erik. Il avait raison :

qu'ils se désirent mutuellement ne signifiait pas qu'ils devaient céder à leurs pulsions.

C'était un élan passager. Il lui fallait espérer qu'il retomberait de lui-même.

— Je suis désolée, murmura-t-elle.

Il lui adressa un bref hochement de tête et alla se placer à l'écart.

Linota remit ses vêtements. L'exaltation qu'elle avait éprouvée au contact de l'eau glacée refluait lentement, la laissant avec une sensation de vide et de lassitude. Le tissu exerçait un contact irritant contre sa peau que le désir avait rendue incroyablement sensible.

Une fois ses bottes enfilées, elle se redressa et prit une profonde inspiration.

— Je suis prête, lança-t-elle.

— Parfait. Nous devrions pouvoir atteindre Borwyn avant la tombée de la nuit.

Si le ton d'Erik était léger, son regard, lui, était morose.

Elle voulait aller vers lui, mais il avait été clair au sujet de ses sentiments. Il pensait que la meilleure chose qui pouvait lui arriver était d'épouser son frère. Katherine pensait de même. Elle se demanda quel était l'avis de Borwyn sur le sujet. Peut-être lui aussi acceptait-il leur sort commun. D'après ce que les brefs moments qu'ils avaient partagés lui avaient appris, l'homme semblait pragmatique. La dot lui apporterait une aide bienvenue, et l'alliance avec le puissant comte d'Ogmore revêtait une grande valeur. Ce point seul suffirait à lui faire désirer une telle union.

Borwyn avait tout d'un homme respectable. Elle supposait qu'elle pourrait être heureuse avec lui. Ce serait cependant un mariage sans passion, car il n'y avait pas la moindre étincelle de désir entre eux. Elle ne sentait pas poindre le plus petit frisson d'excitation quand il s'approchait d'elle, et il ne semblait pas être particulièrement doué pour la faire rire. Mais elle savait qu'il la traiterait avec gentillesse et ne ferait jamais preuve de violence.

Tandis qu'Erik l'aidait à se remettre en selle, elle se dit qu'elle était chanceuse. Se marier avec un homme tel que le comte représentait un sort enviable ; elle avait entendu parler d'unions prenant la forme de cauchemars éveillés. Sa nouvelle belle-sœur avait été mariée à un homme qui s'était montré incroyablement cruel envers sa jeune épouse. La seule chose heureuse avait été sa mort précoce qui avait laissé à Ellena la possibilité de s'unir à un nouvel époux. Linota savait que Borwyn serait bien différent du premier mari d'Ellena. Il la traiterait avec respect, car c'était ainsi qu'il se comportait avec chacun.

Elle devrait s'en réjouir, mais son esprit ne parvenait pas à en convaincre son cœur. Une cage de fer s'était resserrée tout autour de lui, et chacun de ses battements lui infligeait à présent une sourde douleur.

[illegible] de laisser
[illegible] vagabonder sur sa [illegible] et sa taille. Il était
[illegible]

Chapitre 9

Le trajet qui les conduisit à la cité de Borwyn prit la forme d'une exquise torture. Erik sentait son corps tout entier tourné vers l'ardent désir de finir ce qu'il avait amorcé avec Linota tandis que son esprit l'exhortait à mettre pied à terre. Il savait qu'il aurait été sensé de marcher à côté de sa monture plutôt que de s'infliger ce contact prolongé avec Linota, mais il ne parvenait pas à se contraindre à le faire. Si le temps à passer avec elle devait être limité, il préférait le vivre en s'infligeant cette douleur plutôt qu'en se retrouvant pitoyablement seul.

À chaque secousse imprimée par le pas de Cai, le corps d'Erik venait se plaquer contre celui de Linota. Il devait alors serrer les dents pour étouffer toute réaction. Il regrettait de ne pas l'avoir placée derrière lui plutôt que devant. Ainsi, il n'aurait pas été exposé à son parfum, si délicieusement tentant, ni aux frôlements de ses cheveux soyeux contre sa joue.

Il brûlait d'envie de faire courir ses lèvres sur le cou délicat de Linota, de le dévorer de baisers avant de laisser ses mains vagabonder sur ses flancs et sa taille. Il était avide de terminer l'exploration qu'il avait commencée, de ne pas garder uniquement le souvenir de son pouce parcourant la peau fine juste sous sa poitrine. Il n'avait été qu'à quelques instants de suivre les contours de ses seins du bout des doigts, de sentir leurs pointes exquises se dresser et d'entendre alors se déchaîner ses gémissements de plaisir.

Elle l'aurait laissé faire.

Elle lui aurait permis de la débarrasser de cette cape et de partir à la découverte de chaque parcelle de sa peau si douce avec ses lèvres et sa langue. Et alors… Penser à tout cela ne faisait rien pour calmer ses tourments.

La première fois qu'il avait vu Linota au château d'Ogmore, sa beauté éthérée l'avait littéralement subjugué. Elle s'était arrêtée un instant pour admirer le ciel éclatant de cette matinée hivernale, et il avait failli aller vers elle avant de se raviser. Une créature aussi délicate n'apprécierait sans doute pas qu'un guerrier à l'allure aussi farouche pose les yeux sur elle.

Mais cela ne l'avait empêché de la contempler, le sang battant sourdement à ses tempes, jusqu'à ce qu'elle disparaisse de son champ de vision. Aucune des femmes qu'il avait croisées jusqu'alors n'avait fait naître un désir aussi puissant, aussi viscéral en lui.

Quelqu'un alors avait crié son nom ; son tour était venu, il devait rejoindre le terrain où les guerriers s'entraînaient. Pour la première fois depuis des années, il avait été battu lors d'un combat à l'épée. Ses adversaires du jour ne lui avaient épargné aucun sarcasme, mais il n'en avait eu que faire. L'unique chose qui occupait ses pensées, c'était elle.

Il se disait qu'une femme aussi belle s'était sans nul doute déjà vu proposer le mariage, mais il priait pour qu'elle soit veuve. Et si tel était le cas, il savait que rien ne l'arrêterait et qu'il ferait tout pour devenir son nouvel époux.

Quand il avait découvert qu'il s'agissait de Linota Leofric, la plus jeune des sœurs non mariées de l'homme que l'on surnommait « la Bête » en raison de ses nombreuses prouesses de combattant, il avait gardé un certain espoir. Sir Braedan était un guerrier endurci, mais Erik savait qu'il était probablement son égal sur le champ de bataille et que le chevalier le respecterait sur ce plan.

Dans l'espoir de la revoir, il avait désespérément parcouru le château. Hélas, durant des semaines elle était demeurée invisible. Il savait tout à propos de l'histoire de la famille de Linota, mais cela n'avait pas la moindre importance à ses yeux. Au contraire, si elle était tombée en disgrâce, cela ne faisait que rendre les conditions plus favorables pour lui. Sir Braedan pourrait peut-être même accueillir avec plaisir une offre qui lui permettrait de ne plus avoir à se soucier de l'une de ses sœurs sans époux. Erik n'était pas un homme fortuné. Cependant, grâce à ses liens avec Borwyn, il comptait au nombre des personnalités influentes.

Il avait commencé à former des projets. Des projets modestes… Il lui parlerait, lui montrerait qu'il n'était pas l'homme dur pour lequel on le faisait passer, ni le coureur de jupons que certains imaginaient. Il se dit qu'il n'y aurait pas plus grande réussite que de la faire rire. Il essayait de ne pas se projeter dans un futur dans lequel il pourrait l'admirer nuit et jour. Ses espoirs et ses rêves ne s'étaient jamais concrétisés, par le passé.

Un jour, il crut avoir aperçu ses cheveux dorés voleter à une fenêtre du donjon, haut au-dessus de l'enceinte du château. Quelqu'un lui avait confirmé que les sœurs Leofric passaient le plus clair de leur temps confinées dans leur chambre et ne recevaient que rarement l'autorisation d'en sortir. Après cela il l'avait imaginée là-haut, occupée à l'observer, lui. Il avait redoublé d'efforts et gagné lors des entraînements bien plus de joutes qu'aucun des chevaliers qui se mesuraient à lui. Plus personne n'avait eu à se moquer de son manque de concentration.

Il avait capté l'attention de bien des femmes, mais non de celle qu'il souhaitait séduire.

Il gardait encore espoir lorsque tout avait changé.

Chaque fois qu'il repensait au moment où il avait été

appelé dans le cabinet particulier d'Ogmore pour des négociations, il avait l'impression qu'un fossé béant se creusait en lui.

Erik était entré dans la pièce au côté de son demi-frère mais avant leur arrivée, ayant senti l'optimisme naturel de Jarin quelque peu émoussé, il avait voulu l'aider à reprendre espoir. Après tout, Ogmore n'avait-il pas demandé à les voir pour négocier avec eux ? Il devait y avoir encore quelque chose que le vieux comte rusé comptait offrir à Jarin.

Borwyn cependant avait été plongé dans une profonde morosité. Il s'était rendu à la forteresse d'Ogmore avec l'idée que la main de la fille du comte lui serait proposée. Cette union-là aurait été parfaite, les deux grandes maisons s'associant et formant une extraordinaire alliance dont l'influence se serait étendue sur de vastes territoires. Mais Ogmore avait permis à sa fille de faire un mariage d'amour, et son époux était un homme d'un statut bien inférieur à celui de Borwyn. Un homme qui n'était même pas noble. Sir Braedan n'était qu'un simple chevalier mais, et ce point s'était avéré crucial, il était également le frère aîné de Katherine et de Linota. C'était ces liens de parenté qui avaient ruiné les timides espoirs d'Erik au sujet de son propre avenir, car un parent d'Ogmore ne pouvait épouser un enfant illégitime que son père n'avait jamais reconnu.

Erik toutefois ne savait rien encore de tout cela au moment où, en compagnie de Jarin, il s'était dirigé d'un pas décidé vers le cabinet privé d'Ogmore. Il se souvenait d'avoir asséné une franche tape amicale dans le dos de Jarin avant de lui dire :

— Tout ira pour le mieux, vous verrez. Ogmore ne voudra pas perdre la possibilité d'une alliance avec vous. À ses yeux comme à ceux du reste du royaume, vous apparaissez posséder un pouvoir aussi vaste que le sien.

— Je ne suis pas certain qu'il voudra encore nouer la

moindre alliance si jamais il prend conscience de la situation précaire dans laquelle je me trouve.

— Ce que vous affrontez actuellement n'est qu'un problème temporaire, cela finira par se régler. Nos adversaires veulent vous mettre à l'épreuve et prendre la mesure de votre force. Il est habituel que cela arrive quand un héritier prend la suite de son père. Nous trouverons une solution. Comme toujours.

Un sourire avait légèrement arqué les lèvres de Jarin, mais son regard était resté sérieux.

— Je n'aurais pas dû hériter. Vous et moi savons que je ne suis pas taillé pour ce défi. Je veux aider les gens, pas les dominer. Mon père le savait. C'est l'une des nombreuses raisons qui expliquaient sa haine envers moi.

Cela ne ressemblait pas à Jarin de paraître si démoralisé. Erik avait senti son cœur se serrer douloureusement, et il s'était juré qu'il ferait tout ce qui était en son pouvoir pour aider son frère. Voir Jarin réussir à faire prospérer le comté de manière encore plus brillante que ne l'avait fait au cours de sa vie le défunt comte constituerait la plus belle des revanches contre l'homme auquel tous deux devaient leur venue au monde.

Il n'avait pas pris conscience du fait que ce serment serait cause pour lui de tant de souffrance.

Une fois les deux hommes face à lui, Ogmore n'avait pas perdu un instant.

— Je ne doute pas que vous vouliez savoir ce que je peux vous offrir, Borwyn, avait-il dit, depuis l'imposant siège doré sur lequel il avait pris place.

Jarin et Erik, eux, avaient dû prendre place sur un étroit banc de bois.

À cet instant, Erik avait haï Ogmore. Jarin était son égal, et voilà qu'en ces lieux il était traité comme un enfant !

— J'aimerais toujours conclure une alliance avec vous, avait ajouté Ogmore.

Erik avait dû lutter pour que son expression ne trahisse pas la colère qu'il éprouvait. Ogmore n'avait plus de fille à offrir en mariage à Jarin. À moins qu'il ne cache aux yeux du monde, au cœur de son château, certains de ses propres enfants illégitimes. Et si c'était la main d'une telle personne qu'il pensait proposer à Jarin, elle ne serait en aucun cas digne du comte de Borwyn.

— Mon nouveau gendre a deux sœurs, les damoiselles Leofric.

Le cœur d'Erik avait manqué un battement tandis que dans sa tête une voix puissante hurlait un « Non ! » désespéré.

Inconscient du chaos qu'il venait de provoquer, Ogmore avait poursuivi.

— Toutes deux sont en âge de se marier. Je propose que vous vous fianciez à l'une d'elles selon les mêmes termes que si vous aviez épousé ma propre fille.

Le cœur battant à présent à tout rompre, Erik avait serré les doigts sur le bord du banc, si fort que ses jointures en étaient devenues blanches. Il avait senti bouillonner en lui une terrible envie de hurler, de se lever et de détruire tout ce qui l'entourait, mais il avait gardé le silence.

À ses côtés Jarin était figé telle une statue. Si Erik ne l'avait pas aussi bien connu, il ne se serait pas aperçu de la tension qui raidissait son frère. Mais pour la première fois depuis bien longtemps, cela lui importait peu. Il devait y avoir une façon différente de faire alliance avec Ogmore, il fallait qu'il y ait une !

— Je n'ai pas connaissance de l'existence de ces filles, avait dit Jarin d'un ton nonchalant comme si le sujet avait été aussi banal que le temps qu'il faisait.

Erik lui avait jeté un regard et s'était rendu compte qu'il était sincère. Il ignorait qui étaient les sœurs Leofric. La beauté envoûtante de Linota ne s'était pas imprimée dans son âme comme une marque au fer chaud.

Ogmore avait tapoté du bout d'un doigt l'un des accoudoirs de son siège.

— Elles sont plus jeunes que ma propre fille et ont été gardées enfermées pendant un certain temps. Comme vous ne l'ignorez sans doute pas, leur père a été exécuté pour trahison. Leur mère est… souffrante, dirons-nous. Cela a quelque peu assombri leurs perspectives d'avenir, mais à présent que leur frère a rejoint ma famille, j'ai décidé de m'intéresser à leur sort.

— Je vois.

Rien de ce que ressentait Jarin ne transparaissait dans sa voix.

— Sir Braedan et ma fille ont proposé que les deux sœurs aillent vivre avec eux au château de Swein. J'ai organisé les choses de sorte que vous puissiez les escorter. Cela vous donnera une semaine pour apprendre à les connaître. Une fois ces quelques jours écoulés, vous pourrez soit demander la main de l'une des deux, soit repartir sans avoir choisi de fiancée.

Jarin s'était contenté de hocher la tête.

— Si vous repartez sans avoir choisi l'une d'elles, je ferai tout de même savoir que je me tiens à vos côtés en tant qu'allié, mais vous ne recevrez aucun soutien de ma part en termes financiers.

— Je vois, avait répété Jarin.

— Après qu'une semaine se sera écoulée, je rendrai public le fait que les deux filles sont pourvues de dot. Je ne doute pas qu'elles recevront de nombreuses propositions de mariage après cette annonce.

Bien que les mots d'Ogmore lui aient fait l'effet d'un coup violent porté à l'estomac, Erik s'était forcé à rester assis.

La dot plaçait Linota hors de sa portée. Désormais, il n'était plus concevable qu'il demande sa main. Même si Jarin décidait de ne pas l'épouser, cela n'y changerait rien.

Un autre seigneur chanceux désireux de nouer une alliance avec Ogmore le ferait, et il n'y pourrait rien.

La douleur n'avait pas encore fini de s'intensifier…

Jarin avait remercié Ogmore pour sa proposition puis rapidement quitté la pièce. Erik l'avait suivi à grands pas, avec l'impression de se vider de son sang par de multiples plaies béantes.

Ils s'étaient arrêtés dans la première pièce inoccupée. La fureur de Jarin était telle qu'Erik avait eu l'impression que la pièce allait disparaître dans un tourbillon de flammes.

— Quel intolérable affront ! s'était exclamé Jarin. Oser suggérer que le comte de Borwyn prenne pour épouse une femme issue d'une famille ayant essuyé un tel déshonneur !

Pour la première fois de sa vie, Erik avait senti monter en lui l'envie d'envoyer son poing au visage de son ami. Comment osait-il considérer l'idée d'un mariage avec Linota comme une insupportable insulte ?

Jarin devrait plutôt se mettre à genoux et remercier Dieu de se voir proposer l'une des plus belles femmes du royaume, ainsi que plus de richesses que la plupart des hommes pouvaient même imaginer. À cet instant, il avait détesté son demi-frère. Sa réaction l'avait d'autant plus heurté que Jarin avait été la seule personne ayant assuré une présence constante dans son existence. Il avait été le premier à le traiter avec respect, celui qui l'avait sorti de sa condition d'aide de cuisine pour faire de lui l'intendant de son vaste domaine. Tout ce qu'il avait, il le devait à Jarin et à sa générosité.

Voir Jarin s'insurger contre l'avenir qui lui était proposé avait suscité une violente réaction en lui. Mais il avait lutté de toutes ses forces pour la maîtriser, car il savait qu'il devait assurer à Jarin un soutien sans faille. Sans cette union avec Linota, l'avenir de Jarin en tant que comte de Borwyn se trouvait grandement menacé. Ses coffres ne contenaient presque plus d'argent et, sans argent, Jarin ne serait pas en mesure de lever une armée pour protéger ses terres. L'existence de Jarin n'était pas la seule à être menacée, le péril guettait également les villageois innocents qui avaient bâti leurs maisons à la lisière de son domaine.

Voir Linota épouser Borwyn serait un véritable enfer pour Erik. Car il ne faisait pas de doute que c'était sur Linota que se porterait le choix de Jarin. Sa sœur aînée ne pouvait rivaliser avec sa beauté. Cette union mettrait l'âme d'Erik en pièces et détruirait le peu de bonheur qu'il avait réussi à trouver dans ce monde. La voir porter le prochain héritier du comté lui infligerait une blessure plus profonde que la plus tranchante des épées.

Il avait été conscient de tout cela et était parvenu à l'accepter. Du moins le croyait-il.

À mesure que leur voyage à travers le pays se déroulait, il s'était permis de passer du temps auprès de Linota, pour apprendre à la connaître et la faire rire. Il ne pouvait certes pas l'épouser, mais il avait espéré devenir son ami et parvenir à se satisfaire de cela.

Mais à présent… À présent qu'il avait découvert ce que c'était que de l'embrasser, de la tenir dans ses bras, de caresser sa peau si délicate… Il savait comment ses yeux se plissaient quand il la faisait rire et comment elle le regardait, comme si elle pouvait voir l'homme qui se cachait derrière toutes ses fanfaronnades. Elle seule était autorisée à voir celui qu'il était vraiment.

Ce serait un supplice de la voir mariée à Jarin, un enfer qui ne prendrait jamais fin, et dont il ne pourrait jamais s'échapper.

Une fois déjà, il avait trahi son frère. Le fait que son âme se révulse à cette idée n'avait pas d'importance. Jamais il n'aurait envisagé de trahir Jarin si Isabel n'avait pas été la fille de sa propre sœur. Mais il était impossible qu'il fasse une nouvelle fois défaut à Mary.

Il ne pouvait compliquer les choses en volant également

Linota à son plus proche ami. Si elle épousait Jarin, Linota serait encore vierge. Il pouvait au moins offrir cela à son frère.

Le soleil commençait à descendre dans le ciel. Cai avançait d'un pas régulier, les menant vers l'endroit où Erik avait passé le plus clair de son existence.

— Nous ne sommes plus très loin de Borwyn, maintenant.

— J'ai hâte de pouvoir enfin me laver, dit Linota d'un ton enjoué, même si Erik était certain de déceler une part de tension dans sa voix.

Une tension qu'il avait contribué à faire naître du fait de ses actions.

Il ferma les yeux, heureux que Linota ne soit pas tournée vers lui pour pouvoir déchiffrer son expression. Jusqu'à présent il ne lui avait pas menti – pas vraiment. Il avait seulement omis de mentionner qu'il connaissait de Bevoir et qu'il savait ce qu'il manigançait. C'était le moment où il allait trahir la confiance qu'elle plaçait en lui. Même s'il savait qu'ils ne seraient jamais ensemble, lui mentir lui était douloureux.

— J'ai réfléchi à quelque chose..., dit-il lentement, soupesant ses mots avec soin.

Il ne tenait pas à l'effrayer, mais voulait qu'elle doute de sa sécurité.

— Nous ignorons la raison pour laquelle vous avez été enlevée par Gamel et ses hommes. Si cela a le moindre rapport avec votre nouvelle dot, je pense qu'il vaudrait mieux que vous restiez cachée pour le moment.

Linota ne répondit rien.

Face à son silence, Erik sentit son estomac se nouer. Il était un monstre de la pire espèce, à l'effrayer de la sorte afin de respecter le marché conclu avec de Bevoir. Lorsque tout cela serait fini, de Bevoir payerait le prix qu'il méritait pour avoir causé tant de souffrance et d'angoisse.

Il aurait pu courir le risque d'avouer la vérité à Linota. Cependant, connaissant ses idées au sujet de la moindre trahison, il doutait qu'elle aurait été favorable à son plan. Et il ne pouvait pas mettre en péril la sécurité d'Isabel.

Il devait se le rappeler constamment. Même si Linota découvrait la vérité et le détestait pour ce qu'il avait fait, cela n'aurait aucune influence sur leur avenir.

— Qu'avez-vous prévu ? demanda-t-elle finalement.

En percevant la confiance innocente qui perçait dans sa voix, Erik sentit son cœur se serrer.

— J'ai une amie, Emma. Elle vous accueillera chez elle et vous gardera en sécurité.

Linota se raidit.

— Emma ?

Une vague de chaleur lui embrasa le visage, et il s'éclaircit la voix. La manière dont il s'était exprimé pouvait laisser supposer qu'une relation intime existait entre Emma et lui, ce qui était brutal, vu qu'il avait caressé la peau nue de Linota peu de temps auparavant. Il était vrai qu'Emma avait été sa maîtresse, mais cela remontait à des années. Leur amitié avait été bien plus durable.

— Emma et son époux, Clayborne Payne, possèdent une boulangerie dans la ville de Borwyn, ajouta-t-il pour clarifier les choses. Ils font le pain le plus délicieux que vous n'ayez jamais goûté. Vous ne souffrirez pas de la faim durant votre séjour.

Les épaules de Linota restèrent crispées, et il se détesta un peu plus encore.

— Ne serait-il pas plus sûr que je reste à vos côtés, dans la forteresse ? demanda-t-elle.

Erik retint un soupir et se félicita une fois encore qu'elle ne puisse voir son expression. L'ardent désir de rester à ses côtés et de ne jamais s'éloigner d'elle se mit à pulser dans ses veines. Mais pour que son plan fonctionne, il fallait qu'elle soit tenue à l'écart de la forteresse. Personne ne pouvait savoir qu'elle était saine et sauve, et il comptait bien faire tout ce qui était en son pouvoir pour que cela reste bien le cas.

— Tant que celui qui a manigancé votre enlèvement n'aura pas été capturé, il sera dangereux pour vous de ne pas être cachée.

Au moins cette dernière phrase était-elle vraie.

— Resterez-vous avec moi dans cette boulangerie, alors ?

— Je ne le peux. Ils n'auraient pas la place de m'y accueillir. En outre, je pense qu'il vaut mieux que je regagne la forteresse. Quelque chose de dangereux se prépare, et je dois tirer tout cela au clair avant que quelqu'un d'autre en pâtisse.

— Oh ! je ne veux pas être séparée de vous !

Elle posa sa fine main sur son bras. À travers ses vêtements, le contact de ses doigts était léger, mais il suffit à déclencher une vague de frissons sur la peau d'Erik.

— Je comprends, dit-il d'une voix rauque. Je sais que cette épreuve a été terrifiante pour vous, mais je reviendrai pour vous tenir avertie de ce qui se passe. Je ne vous laisserai pas totalement seule.

Le soupir de déception qui s'échappa des lèvres de Linota lui fut plus douloureux que la pire des blessures dont il ait jamais souffert.

Il savait qu'elle ne ressentait pas pour lui ce qu'il éprouvait pour elle. Il avait possédé suffisamment de femmes : il y avait celles qui voulaient l'utiliser pour assouvir leur désir, et celles qui pensaient être amoureuses de lui. Une femme qui demandait à vivre des moments de passion n'était pas de celles qui désiraient trouver un époux. Et Linota ne voudrait même pas être son amie, une fois qu'elle saurait tout.

Leur séparation serait un véritable déchirement pour lui, mais elle retrouverait bientôt sa sœur et oublierait l'homme qui avait veillé sur elle pendant quelques jours. Leurs baisers seraient les détails d'une histoire à laquelle elle penserait lorsque son mari l'ennuierait. Ce ne serait rien d'autre que le doux souvenir d'une brève aventure vécue dans sa jeunesse.

— Je vous en prie, promettez-moi de ne pas me laisser seule trop longtemps !

— Il n'en sera rien.

Linota ne se montra pas plus insistante, et il s'en réjouit. À vrai dire, il ignorait si sa réponse signifiait qu'il lui promettait de revenir auprès d'elle ou qu'il refusait de lui promettre qu'il le ferait. C'était une question sur laquelle il ne désirait pas s'attarder.

Ils arrivèrent en vue de la ville fortifiée de Borwyn au moment où l'éclatant coucher de soleil adoptait des teintes plus roses et plus douces.

— Je n'avais pas compris que la cité de Borwyn se trouvait en bord de mer, remarqua Linota tandis qu'ils parcouraient le chemin, les sabots de Cai soulevant de petits nuages de sable.

— Un atout important de Borwyn est de se situer sur une route commerciale de premier ordre, lui expliqua Erik.

— Hmmm, fit-elle, les yeux rivés sur les eaux qui s'assombrissaient peu à peu.

Plaquée contre ses cheveux, la bouche d'Erik s'arqua d'un sourire ; il devait admettre que les routes commerciales ne constituaient pas vraiment le plus captivant des sujets de conversation. Ce serait une partie de l'aventure qu'elle ne raconterait pas à ses petits-enfants.

— C'est la première fois que je vois la mer, dit-elle d'un air songeur.

— Et qu'en pensez-vous ?

Elle garda le silence pendant un moment.

— Je ne suis pas sûre d'aimer cela.

— Vraiment ? lança Erik, étonné mais heureux que la conversation ait pris un tour différent.

Il lui était difficile d'imaginer que l'on puisse avoir une opinion tranchée au sujet de la mer. Pour lui, elle faisait tout simplement partie du paysage depuis toujours.

— Et pour quelle raison ?

— C'est comme un gouffre obscur prêt à s'ouvrir pour engloutir ceux qui s'aventurent dessus.

Les bras d'Erik se serrèrent un peu plus autour d'elle.

— Voilà une opinion bien sombre. Je suppose qu'elle a bien dû prendre une vie ou deux, mais elle fournit à la ville un apport régulier en poissons, ce qui signifie que la nourriture ne manque jamais, même au moment des plus mauvaises récoltes.

Linota s'agita sur la selle.

— Effectivement, si c'est ainsi que vous présentez les choses… Mais non, cela ne me fait pas davantage aimer la mer.

Il fit s'arrêter Cai.

— Je crois que nous devrions finir le chemin à pied. Cai est très reconnaissable, et je risque fort d'être repéré dès mon entrée en ville. Sans lui nous pourrons nous faufiler dans les rues et rejoindre la boulangerie sans que personne ne nous remarque.

La culpabilité le transperça lorsque Linota se laissa glisser du dos de Cai. La confiance aveugle qu'elle lui accordait rendait encore pire sa trahison.

Il fit courir ses doigts sur la sculpture de Mary, qu'il portait près de son cœur. Il avait besoin de se rappeler précisément pour quelle raison il agissait de la sorte, pourquoi il utilisait la femme dont il était tombé si éperdument amoureux. La fille de Mary était une enfant innocente qui n'avait que lui pour l'arracher des griffes de De Bevoir et de son maître, Garbodo. Il était impossible qu'il l'abandonne à son sort, même si cela impliquait de mentir à Linota.

Il attacha rapidement Cai, tout en lui murmurant des paroles de réconfort. Le cheval, cependant, ne semblait pas le moins du monde perturbé par le fait d'être laissé de nouveau seul.

Erik passa ensuite le bras autour des épaules de Linota et, même si cette pensée constituait une torture, il ne pouvait que savourer la façon parfaite dont leurs corps s'épousaient.

— La porte du sud devrait être ouverte à cette heure-ci, dit-il.

— Y aura-t-il un garde ?

— Sans doute, mais il y a de fortes chances qu'il soit à l'auberge.

— Ogmore ne permettrait jamais un tel manquement à ses devoirs, dit Linota, scandalisée.

Erik se raidit.

— Borwyn et moi ne le permettons pas non plus. Depuis que Borwyn a hérité des terres de son père, des troubles ont éclaté au niveau de certaines des frontières les plus lointaines, et tous les meilleurs soldats y ont été envoyés pour renforcer les positions du comte. Malheureusement, cela nous a laissés avec les soldats faibles ou paresseux. C'est... Nous travaillons à régler cette question. La situation n'est pas idéale, mais elle jouera en notre faveur ce soir.

— Je suis désolée. Mon intention n'était pas de vous accabler de critiques.

La main d'Erik trouva la sienne, et il pressa délicatement ses doigts, tout en s'assurant de ne pas les retenir trop longtemps entre les siens.

— Je le sais. Mes excuses si je vous ai semblé un peu brusque. Il s'agit d'un problème contre lequel Borwyn et moi nous nous battons depuis un bon moment déjà. Une alliance avec Ogmore aiderait sans aucun doute à renforcer nos positions.

— Oh ! fit Linota à voix basse.

Erik se serait frappé pour avoir dit cela. Sans l'avoir voulu, il l'avait amenée à penser à une union avec Borwyn. Mais peut-être ne devait-il pas s'en vouloir et mettre à profit ce moment pour lui rappeler tous les avantages dont elle bénéficierait en devenant l'épouse de Borwyn. Malheureusement, avec Linota blottie contre lui, il ne pouvait s'y résoudre.

L'habitation d'Emma et de Clayborne, au-dessus de leur boulangerie, était petite mais accueillante. Erik n'avait aucune hésitation quant au choix de cet endroit pour y laisser Linota ; Emma la maternerait et s'assurerait qu'elle mange bien. Il avait dû partager avec elle certains des détails concernant la situation, mais sans tout lui dire. Ne pas tout savoir valait mieux pour elle. C'était une personne de confiance, et il était content de pouvoir laisser Linota sous sa garde.

Au moment où il s'apprêtait à repartir, Linota avait tourné ses grands yeux bleus vers lui. Leur expression avait failli le faire tomber à genoux devant elle pour l'implorer de lui pardonner de l'avoir impliquée dans toute cette affaire. Il avait eu envie de rester, de l'attirer entre ses bras et de presser ses lèvres contre les siennes une fois encore, mais il savait qu'il n'était pas digne de vivre de tels moments, ni même de mériter son respect.

Au lieu de cela il lui avait souhaité une bonne nuit d'un air enjoué et était ressorti dans l'air froid du soir.

Les rues de la cité de Borwyn étaient très calmes. Si l'on considérait le temps glacial et la période de l'année, il n'y avait rien de surprenant à cela, mais l'atmosphère était tout de même inquiétante. Il avait l'habitude de voir les rues fourmiller de passants et d'entendre les échanges animés entre marchands et clients.

De Bevoir avait dit qu'il l'attendrait dans la tannerie désaffectée. Erik était contrarié à la pensée que cet individu avait suffisamment exploré la ville pour savoir que cette tannerie n'était plus en activité depuis un certain temps. À quoi cela servait-il d'avoir des informateurs partout en ville s'ils ne lui disaient pas que le bras droit de Garbodo se trouvait dans les environs ? Si Borwyn et lui avaient été avertis de la présence de De Bevoir plus tôt, ils auraient peut-être pu faire échouer le complot avant de se trouver dans une telle situation.

Il courut à petites foulées à travers les rues et accueillit avec plaisir la sensation de détente que le mouvement apportait à ses muscles, que les longs moments passés en selle avaient raidis. Il ne ralentit que lorsque la vieille tannerie fut en vue.

Depuis l'extérieur, le bâtiment semblait inoccupé. La porte de bois était sortie de ses gonds, et nulle lueur ne scintillait dans la bâtisse.

Si de Bevoir lui avait menti, Erik le pourchasserait et lui ferait regretter d'avoir croisé un jour son chemin.

Il baissa la tête pour se faufiler dans l'étroite entrée et s'arrêta juste après avoir franchi le seuil pour laisser le temps à ses yeux de s'adapter à l'obscurité.

— Vous avez pris votre temps, dit de Bevoir tout en sortant de la pénombre.

Sans même prendre le temps de réfléchir, Erik avait traversé la pièce et saisi l'homme. Il le maintint fermement plaqué contre le mur, le tranchant de son poignard contre sa gorge.

— L'un de vos hommes nous a causé des ennuis. Gamel a décidé qu'il voulait Linota pour lui-même. L'avez-vous envoyé ?

De Bevoir jura à voix basse.

— Ce balourd n'est qu'un idiot ! Bien sûr que je ne l'ai pas envoyé.

Erik relâcha légèrement sa prise, mais ne baissa pas son arme.

— Linota a bien plus de valeur en tant que vierge que comme marchandise déclassée, reprit de Bevoir.

Les dents serrées, Erik luttait de tout son être pour ne pas frapper ou étriper de Bevoir. Comment osait-il parler de Linota comme d'une chose que l'on pouvait acheter sur le marché !

— Elle est toujours vierge, n'est-ce pas ? demanda l'homme.

Ivre de colère, Erik lui envoya un violent coup de poing dans l'estomac.

De Bevoir se plia en deux, suffoquant, et tenta de retrouver son souffle. Erik recula d'un pas tout en remettant son poignard dans son étui. Il avait envie de réduire l'homme à l'état de charpie pour ses insinuations, mais il avait des questions. Des questions pour lesquelles il voulait obtenir des réponses au cours de cette soirée. Et il n'en obtiendrait pas si cette vermine était morte ou inconsciente.

— Voilà qui était tout à fait injustifié, dit de Bevoir quand il eut enfin repris son souffle.

— Ne parlez plus jamais ainsi de Linota !

— Il s'agissait d'une question pertinente. Non, ne me frappez plus. Tentez de vous comporter en homme idiot doué de raison plutôt qu'en bête sans cervelle ! Pas étonnant que Borwyn se retrouve en pareille situation si c'est un gredin comme vous qui le conseille.

Erik serra si fort son poing que sa main en devint douloureuse. Il s'écarta d'un pas afin de ne pas être tenté d'envoyer ce poing au visage de De Bevoir.

— J'ai vu la façon dont vous la regardez, poursuivit l'homme. On dirait que vous voulez la dévorer. Et, en dépit de la lamentable histoire de vos origines, elle vous regarde comme si vous étiez véritablement quelqu'un et non le pitoyable bâtard que vous êtes. Oh ! cessez donc de grogner ainsi ! Cela vous fait paraître encore plus stupide que vous l'êtes.

Erik se passa la main sur le visage. Il savait qu'il était aussi pitoyable que le suggérait de Bevoir quand, malgré la fureur brûlante qui le dévorait, il était enchanté d'apprendre que Linota le regardait comme s'il était d'une certaine façon digne d'elle.

Il secoua la tête pour chasser ces pensées. Songer à elle ou se permettre la moindre lueur d'espoir ne lui apporterait rien de bon. Il ne pouvait y avoir de fin heureuse à cette histoire. Et même si cela avait été envisageable, tout serait sans aucun doute réduit à néant lorsqu'elle découvrirait qu'il lui avait menti.

— Donc, elle est toujours vierge, n'est-ce pas ? demanda une fois encore de Bevoir. Après tout, vous avez passé deux nuits en sa compagnie. J'ai entendu dire que les dames se pressent autour de vous. Sans doute espèrent-elles savourer des moments un peu moins policés avec vous une fois qu'elles se sont lassées de leurs nobles époux.

Erik se sentait ivre de rage.

— Ne parlez pas ainsi de Linota !

De Bevoir pouvait proférer toutes les insultes qu'il souhaitait à son adresse, Erik y était habitué, mais il lui était intolérable de le voir s'attaquer à Linota.

Sans faire cas de sa colère, de Bevoir partit d'un rire sonore.

— Tout cela est fort intéressant. Je ne m'étais pas aperçu que vous étiez tombé amoureux de la fille.

Furieux contre lui-même pour avoir révélé ses sentiments aux yeux de De Bevoir, Erik laissa échapper un grognement. S'il avait réussi quelque chose, c'était faire peser sur Linota un danger plus grand.

— Je veux voir Isabel, dit-il, changeant brusquement de sujet.

— Ce n'est pas possible, répondit de Bevoir, toute trace d'amusement ayant désormais quitté sa voix.

— Parce qu'elle n'existe pas ?

— Bien sûr qu'elle existe.

— Alors apportez-m'en la preuve. Le collier que vous m'avez donné ne signifie rien. Vous auriez aisément pu le dérober à Mary lorsqu'elle était en vie ou même après sa mort. Elle n'avait rien d'une combattante redoutable. J'œuvre pour vous, je trahis mon seigneur et mens à une damoiselle innocente, tout cela à cause de la promesse de retrouver une fille dont rien ne me prouve qu'elle ait jamais existé. Si vous ne me la présentez pas, notre marché ne tient plus.

Il y eut un long silence. Erik s'appuya de l'épaule contre le mur de pierres et patienta. Il ne comptait pas renoncer à cette requête.

— Fort bien, finit par dire de Bevoir. Je vais aller chercher l'enfant pour que vous la voyiez. Vous attendrez ici. Si, au moindre moment, j'entends que vous me suivez, vous ne reverrez plus jamais Linota. Peu importe le nombre de boulangeries que vous trouverez pour tenter de la cacher.

Erik ne dit rien et écouta de Bevoir quitter la bâtisse. Il avait été tellement certain que personne ne l'avait vu arriver en ville ! Il était plus que dérangeant de découvrir que l'on avait épié ses mouvements. Il devait y avoir bien plus d'informateurs de Garbodo que Borwyn et lui avaient pu l'imaginer. Lorsque toute cette histoire serait terminée, la sécurité serait le premier point qu'ils devraient améliorer. Jarin et lui ne pouvaient se permettre d'être de nouveau pris au dépourvu.

Sans faire de bruit, il s'approcha du seuil et tendit l'oreille. Les pas de De Bevoir s'éloignaient en direction de la mer.

Il tapota la porte du bout des doigts pour rythmer le compte qu'il commença. Il était arrivé deux fois à mille quand il entendit de nouveau des bruits de pas.

Il s'écarta de la porte.

Deux hommes qu'il ne reconnut pas entrèrent dans la pièce. Il dégaina de nouveau son poignard et le tint fermement.

— De Bevoir a dit que vous devez nous suivre.

Erik hocha la tête en signe d'acquiescement. Il s'était attendu à ce qu'une telle chose se produise. Il s'approcha d'eux.

— Vous devez mettre ça.

L'un des hommes lui tendait un sac. Erik se figea.

— Si vous ne le faites pas, nous ne vous emmènerons nulle part.

Avec un long soupir, Erik rengaina son poignard et saisit le sac rugueux.

Il s'en recouvrit la tête, tout en se demandant s'il n'était pas en train de commettre la pire erreur de sa misérable existence. S'attendant presque à ce qu'une épée vienne le transpercer de part en part, il sursauta quand une main épaisse se referma sur son bras pour l'entraîner hors de la tannerie. Il était pitoyable. Plus vite il reprendrait la main, plus vite toute cette histoire s'achèverait.

Les deux hommes le conduisirent à travers les rues sans prononcer le moindre mot. Il avait recommencé à compter quand ils avaient quitté la tannerie. Il avait à présent dépassé mille depuis longtemps et estima qu'ils devaient s'amuser à lui faire parcourir en tous sens les rues de Borwyn. Il était plus que certain qu'ils essayaient de le désorienter. Leur plan aurait été bon s'il n'avait pas connu les rues de Borwyn comme sa poche. Il y avait couru étant enfant et les avait parcourues aussi adulte, dans l'espoir d'y trouver un peu de soulagement en s'éloignant des difficultés qu'il rencontrait à la forteresse.

Il connaissait le relief, la géographie et les odeurs des rues aussi parfaitement que l'intérieur de la forteresse. Ils étaient passés à proximité de la boulangerie d'Emma un moment plus tôt et, à présent, ils s'engageaient dans une ruelle latérale.

Erik fut brusquement poussé en avant. Les hommes lui firent franchir une porte étroite, et son épaule vint violemment en heurter l'encadrement. Une fois à l'intérieur, le son de ses pas lui indiqua qu'il marchait sur un plancher de bois. Il sentit également qu'aucun feu n'avait été allumé pour tenir à distance le froid de la nuit hivernale.

Il vaudrait mieux pour ces vermines que sa nièce n'ait pas séjourné dans de telles conditions, car il le leur ferait payer cher.

— De Bevoir vous attend à l'étage.

On le poussa de nouveau en avant, et le sac rugueux fut soudain retiré de sa tête. Il cligna des yeux à plusieurs reprises. Aucune lumière n'éclairant la pièce, il ne put rien distinguer autour de lui. Il avança de deux pas et buta contre un escalier dont il entreprit de gravir les marches grinçantes. Les deux hommes le suivaient de près, en silence.

Lorsqu'il arriva en haut de l'escalier, sa vue s'était un peu ajustée, suffisamment pour qu'il parvienne à distinguer la silhouette de De Bevoir qui l'attendait dans la pénombre.

— Tout cela est bien excessif, dit-il en s'immobilisant.

— Je vous ai vu combattre, répliqua de Bevoir. Je sais à qui nous avons affaire, et je sais que vous n'hésiterez pas à vous retourner contre moi si vous pensez pouvoir récupérer votre nièce sans trahir Borwyn. Je ne suis pas stupide.

Erik hocha la tête. C'était une bonne chose de savoir que de Bevoir ne le sous-estimait pas. Cette information lui serait utile quand il mettrait sa vengeance au point.

— Isabel se trouve dans la pièce derrière moi. Attendez… Vous ne pouvez pas y faire brusquement irruption. Pour le moment elle est indemne, mais si vous tentez quoi que ce soit pour nous l'arracher, les choses seront bien différentes. Les hommes qui sont avec elle, et ceux qui se tiennent derrière vous, me sont loyaux. Ils ne sont pas aussi stupides que Gamel et ses compagnons, et ont reçu l'ordre de tuer l'enfant au moindre geste brusque de votre part.

De Bevoir se tourna et ouvrit la porte.

La faible lueur d'une chandelle éclairait le plancher juste devant ses pieds. Erik prit quelques instants pour détailler ce qui l'entourait. L'état de délabrement des lieux indiquait que la bâtisse était probablement abandonnée, ce qui ne faisait que réduire la liste des endroits où ils pouvaient se trouver.

Il entra lentement dans la pièce en prenant bien soin de ne pas paraître agressif, car il ne doutait pas que de Bevoir mettrait à exécution sa menace et n'hésiterait pas à faire du mal à Isabel.

Deux hommes se tenaient dans l'ombre, mais Erik ne leur prêta pas attention.

Une femme était assise sur le sol crasseux, une bougie placée à sa gauche. Elle tenait entre ses bras une enfant endormie, dont les cheveux sombres et bouclés tombaient en vagues souples autour du visage.

Comme il avançait vers elles d'un pas prudent, son poids fit bruyamment craquer le plancher. La petite fille battit des paupières avant d'ouvrir tout à fait les yeux, et il sentit son cœur se serrer douloureusement.

En un instant, les années passées venaient de s'évanouir, et il se retrouvait dans la peau du petit garçon qu'il avait été, occupé à regarder le visage innocent de sa sœur.

Nul doute n'était possible : il s'agissait bien de l'enfant de sa sœur. Leur ressemblance était frappante. Les grands yeux bruns de l'enfant étaient aussi beaux que ceux de Mary.

Il tendit la main, et la petite fille se recroquevilla contre la femme.

— Il suffit, dit de Bevoir.

— Mais…

Erik voulait parler à Isabel, savoir si elle était bien traitée et si elle avait besoin de quoi que ce soit.

Les hommes dissimulés dans l'ombre s'agitèrent, et il laissa retomber son bras.

— Vous vouliez la voir, et c'est désormais chose faite. Nous avons conclu un marché. Respectez-le.

Erik hésita.

— Ne faites rien que vous pourriez regretter, l'avertit de Bevoir. Nous partons.

De Bevoir posa la main sur sa manche. Erik la repoussa d'un mouvement brusque puis tourna les talons et partit à grands pas pour redescendre l'escalier délabré. De Bevoir le suivit.

— Je veux voir cette question réglée au plus vite, dit Erik lorsqu'ils eurent atteint le rez-de-chaussée.

— Cela me convient également. Demain nous remettrons à Borwyn la demande de rançon contre la libération de Linota. Vous veillerez à ce que Borwyn me donne ce que je veux, et je vous donnerai Isabel. Ainsi, tout le monde aura eu ce qu'il désire et en sera heureux.

Un éclair de douleur vrilla la poitrine d'Erik.

— Tout le monde sauf Borwyn.

— Garbodo n'est pas cupide. Il ne convoite que les terres qui devaient de toute façon lui revenir…

Erik exprima son scepticisme par un grognement que de Bevoir se contenta d'ignorer.

— En outre, poursuivit-il, Borwyn prendra l'adorable Linota pour épouse, et elle sera vierge au soir de ses noces. Je suis certain que cela fera plus que compenser le bref désagrément constitué par la perte d'une portion négligeable de terres au nord de son domaine.

Erik serra les poings tandis qu'une violence contenue tendait les muscles de ses bras.

— Remettez donc ça, fit de Bevoir en lui tendant le sac.

— C'est inutile. Je sais fort bien où nous sommes, répliqua Erik en partant à grandes enjambées vers la porte sans se retourner.

De Bevoir ne fit rien pour l'arrêter.

Il s'agissait d'une infime victoire, mais elle avait son importance.

De Bevoir était cependant toujours en position de force, et il n'y avait rien qu'Erik puisse y faire.

Chapitre 10

Linota se rapprocha du foyer, tout en serrant plus encore la couverture autour d'elle.

La délicieuse odeur émanant de la boulangerie, à l'étage inférieur, avait fait gronder son estomac toute la journée. Une miche de pain dorée se trouvait face à elle mais, malgré la faim qui la taraudait, elle n'avait pu en avaler que quelques bouchées.

La journée lui avait paru incroyablement longue. Seule la rumeur sourde des allées et venues des clients de la boulangerie indiquait que les heures s'écoulaient réellement. Linota s'était réveillée au petit matin, recroquevillée dans un nid de couvertures, avec dans l'idée qu'Erik lui apporterait des nouvelles dès que le soleil serait monté dans le ciel.

Mais, alors que l'échoppe venait de fermer après une bonne journée d'activité, il n'avait toujours pas fait son apparition.

Comme elle s'était montrée naïve en acceptant de rester là ! Elle aurait dû insister pour regagner la forteresse avec lui. Malheureusement, et elle se sentait stupide de l'admettre, elle s'était imaginé que rester dans l'échoppe lui permettrait de passer plus de temps en compagnie du guerrier. Elle s'était trompée et regrettait à présent amèrement sa décision.

En entendant les marches de l'escalier craquer, elle se précipita pour voir qui montait. La déception l'envahit quand elle découvrit que ce n'était qu'Emma qui portait un plateau chargé d'une écuelle de ragoût, d'un gobelet de vin, et d'épaisses tranches de pain.

— Bonjour, ma chère enfant, dit Emma en la voyant. J'ai pensé que vous deviez avoir faim, je vous ai donc apporté quelques petites choses.

— Je vous remercie, dit Linota en prenant le plateau et en le plaçant par terre près du feu et de la miche qu'elle avait à peine entamée. Y a-t-il des nouvelles de… ?

Elle leva les yeux vers Emma. Une onde de chaleur envahit son visage quand elle vit l'expression navrée de son hôtesse.

— Non, mon ange. Il n'y a pas encore de nouvelles d'Erik, mais il a dit qu'il lui faudrait peut-être du temps. Il n'y a pas d'inquiétude à avoir.

Au comble de l'impatience, Linota se tordait les mains.

— Je crois que je devrais partir et…

— Non ! s'exclama aussitôt Emma.

Sa réaction surprit Linota.

— Non ?

— Vous ne pouvez pas circuler dans les rues de la cité. Ce n'est pas sûr, et vous ne savez pas vous repérer.

Linota éclata de rire.

— Je pourrais difficilement ne pas trouver la forteresse !

Même dans l'obscurité de la nuit dernière, il avait été impossible de ne pas apercevoir le gigantesque édifice surplombant la cité ceinte de murs qui se dressait dans son ombre.

Emma se dirigea vers la cheminée et tisonna le feu avec des gestes brusques. Des étincelles jaillirent et quelques flocons de cendre se posèrent sur la manche de Linota. Emma se pencha vers elle et les épousseta bien vite.

— Je ne veux pas que vous vous trouviez de nouveau face à ces hommes. Gamel pourrait avoir plus de chance la prochaine fois qu'il croisera votre chemin. Maintenant, vous devez essayer de manger quelque chose. Vous n'avez pratiquement que la peau sur les os.

Les paroles d'avertissement d'Emma n'y changeaient rien, Linota avait désespérément envie de s'enfuir et de se précipiter dans la rue. Seules les bonnes manières que Katherine lui avait inculquées depuis son plus jeune âge firent qu'elle resta dans la pièce. Elle finit donc par s'asseoir par terre près de son hôtesse et s'efforça de manger un peu de ragoût de mouton.

— Dites-m'en plus à propos de votre frère, lança Emma.

Elle semblait fascinée par l'idée que Linota, qui n'était manifestement à ses yeux qu'une toute petite chose, puisse être parente d'un guerrier aussi redoutable et renommé que Braedan.

Linota réprima un soupir. Elle ne connaissait pas tellement bien son frère et avait déjà raconté à Emma tout ce qu'elle savait des années que celui-ci avait passées à combattre. Mais cette femme était si gentille avec elle, lui tenant compagnie dès qu'elle le pouvait et lui fournissant nourriture et abri, que, pour lui faire plaisir, elle décrivit comment Braedan était tombé amoureux de sa jeune épouse. Emma buvait ses paroles et n'hésitait pas à pousser de vives exclamations à certains moments.

— Et dorénavant, ma sœur et moi allons vivre avec eux.

Linota ponctua d'un sourire la fin de son récit, en espérant qu'elle ne trahirait rien du manque d'enthousiasme qui l'animait.

Emma soupira.

— Cette histoire est si belle !

Linota se rembrunit. Sa belle-sœur avait failli mourir à plusieurs reprises parce qu'un fou l'avait pourchassée à travers le pays, essayant de la forcer à l'épouser pour mettre la main sur ses terres. La poursuite n'avait pris fin que lorsque Braedan avait tué cet homme. Cette aventure n'avait pas vraiment été faite que de beaux sentiments.

Mais elle ne voulait pas gâcher le plaisir d'Emma.

— Oui, c'est une très belle histoire en effet. Et vous-même, comment avez-vous fait la connaissance de Clayborne ? Était-ce tout aussi… excitant ?

Emma secoua la tête.

— Non. J'ai dû l'épouser. Le vieux comte a insisté pour qu'il en soit ainsi.

— Vraiment ?

— J'étais jeune lorsque je suis devenue veuve. Il a choisi mon second époux pour moi. J'ai eu la chance qu'il s'agisse de Clayborne. C'est un homme bon. Je connais des femmes qui n'ont pas été si bien loties.

L'air un peu triste, Emma fixait le feu. Linota se mit à genoux – devait-elle aller près d'elle et lui offrir son soutien ? Mais Clayborne et Emma semblaient si bien assortis que la compassion n'était sans doute pas l'émotion appropriée.

Elle reprit sa place. Elle avait entendu dire que des seigneurs arrangeaient le mariage des femmes célibataires, mais elle n'avait jamais jusqu'alors parlé à quelqu'un ayant vécu cette situation. Elle avait imaginé que les femmes du peuple pouvaient plus librement choisir leur conjoint que les femmes nobles. Finalement, il lui apparaissait qu'elles avaient encore moins de liberté qu'elles.

Emma détourna son visage du feu et sourit. Son accès de mélancolie semblait s'être dissipé.

— Je crois que le vieux comte n'aimait pas que je me rapproche d'Erik. Il ne supportait pas que quiconque fût heureux. Ce n'était qu'un vieux grincheux plein de méchanceté.

L'air quitta subitement les poumons de Linota. Elle avait noté une certaine familiarité dans la manière dont Erik avait fait référence à Emma. Elle aurait dû comprendre qu'ils avaient été amants. Peut-être l'étaient-ils encore. Décidément, elle était bien naïve !

Elle se redressa d'un bond.

— Je dois partir.

— Comment ? Non ! N'en faites rien !

Emma se plaça devant elle, les mains levées comme pour l'attraper.

— Vous ne pouvez pas partir. Nous en avons déjà parlé. Je suis certaine qu'Erik sera bientôt de retour. Il...

La fureur se mit à bouillonner dans les veines de Linota.

— Sachez que je ne suis pas la propriété d'Erik. Si je désire partir, je suis libre de le faire.

Un léger tremblement commença à gagner tout son corps.

— Je sais, mon ange, dit Emma d'un ton apaisant. Je sais que vous ne lui appartenez pas. Mais il veut que vous soyez en sécurité. Il tient à vous.

Linota croisa les bras sur sa poitrine. Bien sûr, il tenait tellement à elle qu'il l'avait laissée dans la maison de sa propre maîtresse ! Elle était sotte. Une jeune sotte, enivrée par l'amour, et qui devait prendre en main son propre destin et découvrir ce qui se tramait autour d'elle.

Emma baissa les mains.

— Êtes-vous bouleversée à propos de ce que j'ai dit au sujet d'Erik ?

Linota se tourna vers l'escalier. Elle refusait de lire l'apitoiement dans les yeux d'Emma. La compassion de la dulcinée d'Erik lui était parfaitement inutile.

— Je suis désolée, mon enfant. Je n'ai pas réfléchi avant de parler. Quelques baisers maladroits, voilà tout ce que j'ai partagé avec Erik, il y a des années de cela, lorsqu'il était un tout jeune homme. Ce n'est jamais allé plus loin.

Une vague de chaleur irradia lentement le visage de Linota. Pourquoi avait-elle montré de manière si évidente que les relations d'Erik avec une autre femme importaient à ses yeux ?

— Mon enfant...

Emma lui posa doucement la main sur le bras.

— Je ne crois pas que vous ayez à vous inquiéter à ce

sujet. J'ai vu la façon dont il vous regardait, hier. Je ne l'avais jamais vu ainsi. Je ne crois pas qu'il posera les yeux sur une autre femme si vous êtes dans sa vie.

Linota ferma les yeux. Ces mots étaient tout ce qu'elle désirait entendre, mais ils n'apaisaient en rien la douleur qui lui serrait le cœur. Au bout du compte, qu'Emma soit ou non l'amante d'Erik, qu'il séduise toutes les femmes de la cité et de la forteresse de Borwyn, rien de tout cela n'avait la moindre importance. Pas plus que ne comptait le fait qu'il la regardait avec autant d'intensité qu'elle-même le regardait. Cela ne changeait rien. Elle aurait toujours à épouser Borwyn, ou quelque autre seigneur, et Erik continuerait à avoir des amantes qui ne seraient pas elle.

Sa colère s'était envolée en un instant. Elle saisit l'écuelle de ragoût et prit une bouchée de mouton. La viande était fondante, mais quand elle voulut l'avaler, elle resta coincée dans sa gorge. Elle fut prise d'une violente quinte de toux.

— Est-ce que vous allez bien ? demanda Emma.

Linota but une petite gorgée de vin.

— Oui, je…

Les mots qu'elle comptait prononcer moururent sur ses lèvres au moment où elle releva la tête.

Erik se tenait sur le seuil de la pièce, et il arborait un léger sourire.

Le cœur battant à tout rompre, elle se leva d'un bond. Le guerrier ouvrit grands les bras, et elle courut vers lui, tout le reste étant subitement oublié.

Sans prendre le temps de réfléchir, elle l'enlaça et enfouit le visage contre sa poitrine. Les bras d'Erik se refermèrent autour d'elle, et il la serra fort contre lui.

Elle eut vaguement conscience du mouvement d'Emma se glissant discrètement hors de la pièce, et ils furent bientôt seuls.

— Où êtes-vous donc allé ? demanda-t-elle, la voix étouffée par les plis de sa tunique.

— Je suis désolé, mon amour. Je me suis rendu à la forteresse, pour tenter de…

Il s'éclaircit la voix.

— Ce fut un moment difficile. Personne n'a de réponses pour moi.

— Katherine est-elle arrivée ?

Linota le sentit se crisper contre elle.

— Que s'est-il passé ?

Elle s'écarta légèrement pour pouvoir observer son visage.

Il eut un moment d'hésitation durant lequel elle eut l'impression que ses jambes allaient se dérober sous elle. Jusqu'à cet instant, elle avait pensé que Katherine était saine et sauve à la forteresse, ou du moins qu'elle y arriverait sous peu. La préoccupation qu'elle lisait sur les traits d'Erik lui suggérait le contraire.

— Est-elle… ?

— Elle a eu un petit accident, dit-il doucement. Elle est tombée de cheval en partant à votre recherche.

— Non…

Cette fois, ses jambes la trahirent. Les bras d'Erik se serrèrent plus fort pour l'empêcher de tomber.

— Elle va bien, reprit-il en chassant une mèche de cheveux qui s'était perdue sur sa joue. Mais cet accident a retardé son arrivée et celle de Borwyn.

— Oh ! Katherine…, gémit-elle. Elle est si mauvaise cavalière ! Il n'est pas surprenant qu'elle ait chuté. Je sais que Borwyn a voulu lui prodiguer quelques conseils pour qu'elle s'améliore, mais elle n'a rien voulu entendre. Elle est si entêtée…

Elle plaqua une main sur le torse d'Erik et leva les yeux vers lui.

— Vous me le diriez, n'est-ce pas, si elle était sérieusement blessée ?

Ses longs doigts s'enroulèrent autour des siens.

— Bien sûr. Je crois qu'elle a brièvement perdu connaissance, mais il n'y a aucune atteinte durable. Je suis sûr qu'elle s'inquiète beaucoup pour vous, mais avec un peu de chance vous serez très bientôt réunies.

Erik la contempla en silence, et le temps sembla suspendre son cours. Comme il inclina la tête vers elle, elle retint son souffle, impatiente de sentir ses lèvres se poser sur les siennes. Le bruit d'une bûche roulant dans l'âtre le fit sursauter. Une émotion qu'elle ne put interpréter traversa son regard. Il laissa retomber ses bras le long de son corps et recula.

Ses yeux se perdirent au-dessus de sa tête, en direction de la cheminée.

— Je vois que j'ai interrompu votre repas. Je vous en prie, reprenez.

Il s'écarta d'elle pour se diriger vers l'âtre et tendre les mains vers les flammes comme s'il souhaitait se réchauffer. Pour l'avoir tenu contre elle, elle savait qu'il n'avait pas froid. Il évitait à présent le contact, mais il l'avait appelée son amour et l'avait serrée dans ses bras. Si une chose le retenait de l'embrasser, elle était certaine que ce n'était pas une quelconque absence de désir. Elle refusa de s'alarmer, même s'il continuait à lui tourner le dos.

Elle s'installa de nouveau au sol près du plateau et, cette fois, lorsqu'elle huma le fumet de la viande, elle prit conscience de la faim extraordinaire qui la tenaillait. Elle prit une énorme bouchée et faillit gémir de plaisir en sentant la viande parfumée fondre dans sa bouche.

— En voulez-vous un peu ? demanda-t-elle à Erik en tendant l'écuelle vers lui.

— Je vous remercie, mais j'ai pris mon repas à la forteresse.

Il baissa la tête vers elle en souriant. Ses yeux semblaient scintiller à la lueur des flammes.

— Pouvez-vous m'expliquer ce qui se passe ? demanda-t-elle tout en finissant de vider son écuelle jusqu'à la dernière miette.

Elle rompit un morceau de pain et mordit dedans.

Toute trace d'amusement avait quitté le regard d'Erik.

— C'est… compliqué, dit-il lentement.

Elle tapota le plancher près d'elle.

— Venez me raconter tout cela.

Pendant un instant, elle crut qu'il allait refuser. Elle garda les yeux rivés sur le plateau placé face à elle, avec l'espoir que, à la faible lueur du feu, Erik ne pourrait pas voir la rougeur qui s'épanouissait peu à peu sur son visage.

Elle l'entendit enfin lâcher un long soupir puis il vint la rejoindre. Au moment où il s'asseyait par terre et étendait ses longues jambes devant lui, elle jeta un regard furtif dans sa direction. Devant son air mal à l'aise, elle sentit son cœur se serrer. De toute évidence, quelque chose n'allait pas, et il ne lui faisait pas assez confiance pour lui dire de quoi il s'agissait.

— Linota…

Surprise par son ton peiné, elle leva les yeux vers lui. Leurs regards s'arrimèrent l'un à l'autre.

— Je…, commença-t-il.

Les mots semblaient manquer au guerrier dont le regard glissa sur son corps. Même si elle n'avait aucune expérience des choses de l'amour, elle pouvait clairement lire les intentions d'Erik dans le bleu de ses yeux. Quelque chose dans son ventre palpita, mais cette faim qui s'éveillait en elle lui était inconnue.

Erik inclina sa tête vers son visage avant de suspendre son mouvement. Linota sentait ses doigts fourmiller, pris de l'envie irrésistible de toucher les fines rides au coin de ses yeux, ou l'arrondi de ses pommettes saillantes.

Après un temps qui lui sembla infiniment long, il posa enfin sa bouche sur la sienne.

La caresse, aussi douce qu'une brise d'été, alluma un

feu au fond de son ventre. La sensation déferla sur sa peau et fit disparaître toute sa nervosité. Elle avait envie de lui. Elle ne désirait pas simplement qu'il l'embrasse chastement, elle voulait plus encore.

L'espace qui les séparait lui semblant soudain immense, elle attira brusquement Erik contre elle. Pour ne pas lui laisser le temps de réfléchir, elle pressa sa bouche plus fermement contre la sienne, avec l'espoir qu'il prendrait ensuite les choses en main.

Elle ignorait ce qui se passait après entre un homme et une femme, elle ignorait comment lui faire perdre tout contrôle. Une seule chose était certaine : elle voulait aller plus loin, découvrir si le feu qui enflammait ses veines deviendrait plus ardent ou s'il s'éteindrait.

Erik resta un moment presque immobile puis il glissa ses doigts dans ses cheveux, à la base de sa nuque, et lui inclina légèrement la tête vers l'arrière. Elle eut un petit sursaut de surprise quand sa langue, après avoir effleuré ses lèvres, s'introduisit dans sa bouche.

Au comble de l'impatience, elle tira si fort sur la tunique d'Erik qu'il tomba à moitié sur elle, et qu'ils se trouvèrent étendus sur le plancher. Le poids du guerrier la pressait contre le sol et lui procurait une sensation délicieuse. Son baiser se fit plus profond. Elle entendit le bruit léger du gobelet de vin qui se renversait, mais cela n'avait aucune importance à ses yeux. Ce moment n'était dédié qu'à lui et à ce brasier qu'il allumait en elle.

Les lèvres d'Erik se détachèrent des siennes pour s'aventurer le long de sa mâchoire puis dans son cou, sa barbe naissante venant délicieusement lui picoter la peau.

Les doigts de Linota se perdirent dans ses doux cheveux, et elle lui effleura la nuque du bout des ongles.

Tandis qu'il s'affairait sur les attaches de sa tunique, elle l'imita en tirant à son tour sur celles de la sienne.

— Linota…, prit-il le temps de murmurer avant de s'emparer de nouveau de sa bouche.

Cette fois, leur baiser se fit plus fougueux, presque frénétique. Leurs langues se mêlaient avec passion, et Erik poussa un léger grognement lorsqu'il lui retira sa tunique.

Elle tenta de faire de même avec celle qu'il portait, mais ne parvint pas à la faire passer par-dessus ses larges épaules. Elle le sentit sourire contre sa bouche. Il se redressa légèrement et se délesta lui-même du vêtement qui retomba au sol. Puis ses mains se reposèrent aussitôt sur elle.

Quand l'une de ses mains glissa légèrement le long de son dos, elle se cambra contre lui. Elle mourait d'envie de sentir sous ses doigts la peau de son torse. Comme elle tirait avec force pour qu'il soit toujours plus près, il releva un peu la tête et baissa les yeux vers elle. Son regard semblait presque entièrement noir.

— Nous ne devrions pas faire cela, murmura-t-il.

Linota ne voulait rien entendre de tel. Elle refusait que la conscience d'Erik intervienne dans ce moment. Tout ce qu'elle désirait, c'était sentir sa peau contre la sienne. Savoir qu'il perdait, tout comme elle, toute notion de la réalité.

Elle pressa ses lèvres contre les siennes avant de les effleurer hardiment du bout de sa langue.

Son audace eut l'effet escompté. Erik parut se libérer et, en quelques instants, le désir dévorant se ranima.

Il ne l'arrêta pas quand elle repoussa le tissu qui le couvrait encore et fit courir ses doigts sur son torse, ses muscles parfaits. Elle descendit le long de son abdomen et sentit le relief de petites cicatrices.

Elle voulait le regarder, s'absorber dans sa contemplation, mais elle savait que si elle interrompait ce baiser il reprendrait brusquement ses esprits et mettrait fin à ce délicieux moment.

Un souffle d'air froid balaya sa poitrine, et elle réalisa

soudain que pendant qu'elle se livrait à ses propres explorations Erik n'avait pas tardé à défaire les attaches de sa robe.

Un léger tremblement la parcourut lorsque la chaleur de la main du guerrier se referma sur l'un de ses seins et que, du pouce, il en caressa la pointe. Elle tordit son corps sous le sien. Une sorte de fébrilité montait peu à peu en elle. Elle en voulait plus, afin de satisfaire cette terrible faim inassouvie.

Erik sourit puis fit descendre ses lèvres sur la peau chauffée à blanc de son cou et de la base de sa gorge.

Un profond gémissement lui échappa lorsqu'il se fixa sur son autre sein, mordant et léchant le mamelon tendu jusqu'à ce qu'elle se contorsionne de plaisir contre lui. Elle voulait… elle ne savait pas exactement ce qu'elle voulait, seulement que cela se poursuive et ne prenne jamais fin. Elle désirait sentir encore et encore que tous ses sens étaient en éveil et savourer la façon dont Erik rendait son corps si vivant.

Linota laissa Erik repousser ce qu'il restait de ses vêtements. La voix perçante de sa mère discourant sur la vertu que toute jeune femme devait préserver résonna tout à coup dans son esprit, mais ces pensées s'évanouirent totalement quand Erik, qui avait fait descendre sa bouche de plus en plus bas sur son corps, vint appliquer avec sa langue une douce caresse au cœur de son intimité.

Que… ? Était-ce… ? Devait-elle… ?

Quand il répéta son geste, elle s'arqua tout entière sur le sol.

Cela n'avait jamais été si…

Erik augmenta alors le rythme et la pression de sa caresse, si bien qu'il n'exista bientôt plus pour Linota que la langue du guerrier et son propre corps.

Elle laissa retomber ses mains et s'abandonna aux sensations extrêmes qui déferlaient en elle, courant dans ses veines et irradiant à travers tout son être. Elle se sentait avancer vers quelque chose dont chaque mouvement de la langue d'Erik la rapprochait. Le brasier semblait grandir, devenir plus brûlant, attendant de se déchaîner tout à fait.

De ses mains, il lui écarta un peu plus les jambes, et ses doigts vinrent bientôt rejoindre sa langue pour faire subir à sa chair les plus délicieux tourments. Elle poussa un cri lorsque ses sensations atteignirent le point culminant et qu'un feu ardent la submergea tout entière, la menant au plaisir ultime.

Erik la caressa encore alors qu'elle tremblait. Sa langue s'était faite plus douce, presque apaisante à présent. Les nouvelles sensations qu'elle venait de découvrir la parcouraient encore et, bien qu'elles se soient atténuées, elles n'en étaient pas moins délicieuses.

Peu à peu elles disparurent, et Linota s'affaissa sur le sol, épuisée et comblée.

Erik releva la tête et la posa sur son ventre.

Les doigts de Linota se perdirent dans ses cheveux, et il poussa un soupir de contentement qui balaya sa peau en douceur.

Le temps était comme suspendu. Linota aurait été heureuse que tout ce qui constituait ce moment dure éternellement : le crépitement du feu sur leur gauche, les lueurs vacillantes des flammes projetant des éclats d'or dans les cheveux d'Erik, le contact de sa barbe naissante contre la peau douce de son ventre…

Très loin en dessous d'eux, dans un autre monde, elle entendit Emma parler à Clayborne avant qu'Erik se mette à bouger.

Il s'écarta d'elle et s'assit.

La sensation de plénitude de Linota disparut quand elle lut de la détresse au fond de ses yeux.

— Toutes mes excuses, Linota. Je n'aurais jamais dû faire cela.

Elle s'assit à son tour pour approcher son visage du sien.

— Ne faites pas cela, murmura-t-elle. Ne vous éloignez pas de moi maintenant.

— J'ai profité de votre innocence et de votre…

— Non, protesta-t-elle en posant la main contre sa joue. Je désirais cela tout autant que vous, si ce n'est plus.

Il rit en silence.

— Je ne crois pas qu'il soit possible de désirer plus que je vous désire moi-même. Cela me tue presque de ne pas pouvoir vous emporter entre mes bras et vous faire mienne de toutes les manières possibles.

Elle se figea.

— Alors, pourquoi ne le faites-vous pas ? chuchota-t-elle, en traçant le contour de ses lèvres du bout des doigts.

Il ferma les yeux.

— Ah, Linota, ne rendez pas les choses plus difficiles qu'elles le sont.

— Mais… ne le voulez-vous pas ? Je sais que je n'ai pas d'expérience, mais je peux apprendre. Je…

— Linota, dit-il en plongeant son regard dans le sien. Vous êtes splendide et parfaite en tout point. Avoir passé ces derniers jours à vos côtés fait de moi l'homme le plus chanceux du monde. Mais vous et moi ne sommes pas destinés à être ensemble.

Le regard d'Erik parcourut son corps nu, et elle sentit les ondes du désir monter peu à peu de nouveau en lui. Elle demeura immobile, espérant que sa détermination se fissurerait de nouveau et qu'il la prendrait comme il mourait visiblement d'envie de le faire. Elle faillit hurler lorsque ses doigts tremblants couvrirent finalement son corps de sa robe et qu'il commença à en renouer les liens.

Elle ne fit rien pour l'aider. Si ce devait être la dernière fois que ses mains se posaient sur elle, elle voulait que ce moment dure le plus longtemps possible.

— Pourquoi ne sommes-nous pas destinés à être ensemble ? demanda-t-elle.

Il tira avec force sur l'une des attaches.

— Vous allez faire un fabuleux mariage avec un seigneur qui aura beaucoup de chance. Vous vivrez dans le luxe et vous vous féliciterez de ne pas avoir laissé passer cette chance en suivant un fils illégitime et non désiré.

— Vous ne pouvez pas dire cela, Erik ! Moi, je vous désire.

— C'est impossible, Linota, répliqua-t-il au moment où leurs regards se croisaient de nouveau.

La souffrance qu'elle lut tout au fond de ses yeux lui causa un choc. Pourquoi éprouvait-il une si grande détresse ? Si elle comptait pour lui, pourquoi ne pourraient-ils pas lutter pour être ensemble ? Ils pourraient se marier le soir même, et son frère et sa sœur ne pourraient rien y faire.

— Mais pourquoi est-ce impossible ? demanda-t-elle doucement.

— Vous méritez mieux.

Il déposa un doux baiser sur son front.

— Il y a certaines choses que vous ignorez à mon propos. Des choses qui font que je ne suis pas celui qui conviendrait pour vous. Vous regretteriez bien vite d'avoir lié votre sort au mien, et cela me détruirait.

— Je ne le regretterais nullement, assura-t-elle. Je vous aime.

Les mains d'Erik s'immobilisèrent un bref instant, puis il recommença à nouer les liens, enchaînant ses gestes plus rapidement que précédemment.

Linota pinça les lèvres.

Quelques instants plus tard, il se leva brusquement et enfila sa tunique.

— Il est tard, lança-t-il. Vous devez dormir. La journée sera longue, demain, mais j'espère que lorsqu'elle prendra fin vous serez de nouveau auprès de votre sœur.

Elle se leva à son tour.

— N'allez-vous donc rien dire ? fit-elle.

D'un geste impatient, il se passa la main dans les cheveux.

— Vous ne m'aimez pas, Linota. Vous croyez peut-être que c'est le cas après ce que nous venons de partager, mais je vous promets que ce sentiment se dissipera bientôt.

— Non, il ne se dissipera pas ! répliqua-t-elle en trépignant presque de frustration.

Erik ne dirait peut-être pas qu'il l'aimait, mais elle commençait à penser que c'était le cas. Elle pouvait voir l'intense émotion qui brillait au fond de ses yeux lorsqu'ils riaient ensemble, et elle avait remarqué avec quelle tendresse il avait exploré son corps. Ce n'était qu'à cause de sa loyauté envers Borwyn qu'il s'interdisait de faire d'elle son épouse. Elle en avait la certitude.

Il pensait que son frère la méritait en raison de sa dot, mais il faisait erreur. Borwyn ne réussirait qu'à la rendre malheureuse, et elle-même ne ferait jamais le bonheur du comte.

— Vous êtes absolument adorable, dit Erik, en mettant sa cape. Et je suis sûr que…

Elle leva la main pour l'interrompre.

— Ne me traitez pas comme une enfant ! Je suis peut-être plus jeune que vous, mais je suis assez âgée pour savoir ce que je ressens. Je vous aime et je crois que vous m'aimez aussi.

Il fit deux pas vers elle, et elle faillit trébucher en reculant devant lui.

— Vous ne me connaissez pas, et vous ne savez pas ce que j'ai fait, dit-il. Quand ce sera le cas, vous changerez d'avis.

Elle se raidit à ces mots.

— Jamais ! répliqua-t-elle.

Il sourit tristement.

— Nous verrons bien… Dormez bien, Linota, ajouta-t-il

après avoir déposé un rapide baiser sur ses lèvres. Nous nous verrons demain.

Là-dessus, il tourna les talons et se dirigea à grands pas vers la porte sans jeter un regard en arrière.

Chapitre 11

Linota lissa du plat de la main les pans de sa robe froissée. Par chance, le gobelet de vin était presque vide lorsque Erik et elle l'avaient renversé. Elle s'accroupit et essuya du revers de sa manche les quelques gouttes répandues sur le sol.

Comme elle avait suffisamment mangé, elle repoussa le gobelet et le plateau sur le côté avant de tenter de remettre un peu d'ordre dans sa coiffure.

Elle croyait avoir réussi à faire disparaître toute trace de leurs ébats, mais le petit sourire qui se peignit malgré tout sur les lèvres d'Emma quand elle entra dans la pièce ne lui échappa pas.

— Est-ce que tout va bien, mon enfant ? demanda la femme tout en s'activant à ranimer le feu et en allumant deux bougies.

— Oui, je…

Des coups puissants furent soudain frappés à la porte.

— Qui est-ce donc ?

Linota se rapprocha instinctivement d'Emma. Les coups étaient frénétiques, comme si la personne à l'extérieur était prête à défoncer la lourde porte si on lui refusait l'entrée.

— Je l'ignore.

Emma la serra tout contre elle.

Le bruit de violents chocs portés à la serrure métallique leur parvint. Linota sentit ses jambes faiblir et s'agrippa à

Emma avec une seule pensée à l'esprit : « Je vous en prie, faites que ce ne soit pas Gamel ! »

Clayborne arriva dans la pièce juste à l'instant où un craquement sinistre indiquait que la porte d'entrée venait de céder sous les coups. Il se plaça devant les deux femmes pour faire barrage de son corps, et Linota se sentit soulagée de voir sa stature massive s'interposer entre elle et le danger qui menaçait.

Des pas lourds résonnèrent bientôt dans l'escalier, et leur visiteur fit irruption dans la pièce.

Linota ne put réprimer un cri de surprise.

Le comte de Borwyn, les lèvres pincées par la colère, les poings fermement serrés, avançait d'un pas décidé vers Clayborne. Celui-ci, surpris de se voir confronté à la fureur du seigneur, recula immédiatement. Le son de pas plus légers se fit entendre, et la dernière personne que Linota s'attendait à voir fit son entrée.

— Katherine ! s'écria-t-elle.

Elle quitta l'étreinte d'Emma et courut vers sa sœur qu'elle entoura de ses bras et serra contre elle.

— Vous voici enfin, ajouta-t-elle, le visage enfoui dans les cheveux de sa sœur. Je me suis tant inquiétée pour vous !

Katherine sembla se raidir, et Linota s'écarta d'elle pour la regarder attentivement. Un gros hématome violet était visible à la base de ses cheveux, mais à part cela, elle paraissait aller tout à fait bien.

— Erik m'a dit que vous avez été blessée ? Vous portez-vous bien ?

— Erik…, répéta Katherine d'un air absent.

— Oui, Erik. Il a veillé sur moi depuis que ces affreux individus m'ont enlevée. Il m'a dit que nous ne pouvions nous fier à personne, à part Emma et son mari. Oh ! je me suis fait tant de souci à votre propos !

Elle eut envie de secouer sa sœur, si apathique. Aucun sourire n'éclairait le visage de Katherine qui ne semblait pas folle de joie de la voir. Qu'est-ce qui pouvait ne pas aller ? Elles étaient réunies et n'étaient pas blessées. Katherine aurait dû être au comble de la joie.

— Que se passe-t-il donc ? demanda-t-elle en se retournant pour jeter un regard en direction des autres occupants de la pièce.

Tous se tenaient immobiles, et Borwyn n'aurait pu adopter une attitude plus rigide.

— Emma ? lança-t-elle dans l'espoir que la femme qui avait passé sa journée à la materner pourrait expliquer la tension qui saturait la petite pièce.

— Je suis désolée, mon ange, lâcha Emma, en baissant les yeux vers le plancher.

Le cœur de Linota fit un bond dans sa poitrine.

— Désolée… ?

Pour quelle raison Emma devrait-elle se sentir désolée ? Elle s'était montrée adorable avec elle depuis le premier instant.

Elle se retourna vers sa sœur.

— Katherine, qu'y a-t-il ?

— Katherine…

La voix sévère de Borwyn fit frissonner Linota.

— Emmenez votre sœur au rez-de-chaussée. Je ne serai pas long à vous rejoindre.

— Mais que va-t-il faire ? s'alarma Linota tandis que Katherine tentait de l'entraîner hors de la pièce. Il ne va pas leur faire de mal, n'est-ce pas ? Ils ont été si gentils avec moi durant ces deux derniers jours ! Ne le laissez pas s'en prendre à eux, Katherine.

— Il ne sera fait de mal à personne, répondit Katherine, tout en commençant à la tirer vers elle avec plus de force. Le comte veut simplement leur parler.

Borwyn grogna, et Linota tourna la tête pour voir la scène qui se jouait derrière elles. Ni Emma ni Clayborne ne se rebellaient d'aucune manière. Tous deux se tenaient les yeux baissés vers le sol et les épaules affaissées. Ils semblaient… ils semblaient *coupables*. Mais cela ne pouvait être. Ils n'avaient rien fait de mal. Ils l'avaient accueillie, gardée en lieu sûr et nourrie.

— Je vous expliquerai quand nous aurons quitté cet endroit, dit Katherine à voix basse. Je vous prie, faites-moi confiance.

Linota n'avait aucune envie de laisser ses deux nouveaux amis à la merci de la sévérité du comte, mais il apparaissait qu'elle n'avait pas le choix. Il lui était impossible de les défendre si elle ignorait la nature du problème.

Les jambes tremblantes elle suivit Katherine au bas de l'escalier puis elles sortirent dans la rue.

Linota, qui n'avait pas mis le nez dehors depuis plus d'une journée, avait oublié à quel point il faisait froid. L'air glacial vint la fouetter, lui arrachant un petit cri de surprise.

— Allez-vous véritablement bien ? demanda Katherine.

Linota hocha la tête.

— Je vais bien, mais je me suis fait bien du souci à votre propos. Erik m'a dit que vous étiez tombée de cheval en pleine course et que le choc vous avait fait perdre connaissance.

— C'est la vérité, dit Katherine, en touchant délicatement sa peau contusionnée. Ce n'était qu'un petit accident. Ce que je ne comprends pas, c'est comment vous avez pu vous retrouver dans une pièce à l'étage d'une boulangerie. Vous avez été emmenée par un groupe d'inconnus, Linota. J'ai eu tellement peur !

Linota sentit ses épaules se détendre légèrement. Ainsi, c'était cela qui posait problème. Borwyn et Katherine pensaient qu'Emma et Clayborne étaient d'une manière ou d'une autre liés à ses ravisseurs. La situation serait facile à expliquer et, avec un peu de chance, ils pourraient dissiper l'étrangeté des derniers instants en riant de cette erreur de jugement.

— Je ne suis pas restée assez longtemps avec ces

hommes pour être terrassée par la peur. Avant que j'aie pu commencer à paniquer, Erik nous avait retrouvés et s'était chargé de ces canailles.

Même en plein cœur de l'obscurité, l'air de profond mépris qui passa sur le visage de Katherine quand le nom d'Erik fut prononcé n'échappa pas à Linota.

— Erik Ward vous a trahie, dit sèchement Katherine. Il a demandé une rançon en échange de votre libération pour extorquer de l'argent à Jarin.

Linota sentit l'air quitter brusquement ses poumons. Katherine se trompait ou mentait. Il était absolument impossible qu'Erik l'ait trahie. Il ne lui avait peut-être pas dit qu'il l'aimait, mais elle comptait à ses yeux. Cela ne faisait pas le moindre doute.

— Non, jamais il ne ferait ça. Il tient à…

— N'en croyez rien. Il l'a bel et bien fait, répliqua brusquement Katherine.

Comme s'il lui était soudain insupportable de se trouver à proximité de sa propre sœur, Linota fit instinctivement un pas en arrière.

Tout cela était faux ! Il ne pouvait en être autrement.

— Erik est l'instigateur d'un complot qui vise à ruiner complètement le comte de Borwyn. Il s'est arrangé pour que vous soyez enlevée et qu'une rançon soit payée pour que vous nous soyez rendue saine et sauve.

Linota se mit à secouer frénétiquement la tête. Jamais Erik ne lui ferait subir une chose pareille ! Et jamais il n'infligerait ce dont on l'accusait à Borwyn. Les notes d'affection qui perçaient dans sa voix quand il évoquait son demi-frère ne laissaient aucun doute quant à la sincérité de ses sentiments.

— Il a passé la journée à la forteresse, poursuivit Katherine. J'ai parlé avec lui, et il n'a pas mentionné une seule fois le fait que vous étiez en sécurité et en bonne santé. J'ai passé une autre journée entière, une journée de plus qu'il n'aurait été nécessaire, à penser que vous vous trouviez avec ces ignobles ravisseurs ! Et cela parce qu'il me l'a laissé croire. Il m'a menti effrontément, Linota. Et ce, à plusieurs reprises !

Linota eut l'impression que son sang se glaçait dans ses veines.

— Non…

— Erik vous a-t-il dit que je me trouvais à la forteresse ?

Elle repensa à la conversation qu'ils avaient eue avant que… avant que tout son univers perde sens. Avait-il mentionné Katherine ? Oui, en effet. Le front plissé, elle tenta de se remémorer ses paroles exactes. Elle avait demandé si Katherine était revenue, et il avait dit…

— Avez-vous été retardée dans votre voyage vers la forteresse ? demanda-t-elle.

— Oui. Je suis tombée de cheval et ensuite… eh bien, certaines choses se sont produites, mais il a probablement fallu un jour ou deux de plus qu'en temps normal pour arriver jusqu'ici. Pourquoi cette question ?

Linota hocha la tête. Erik n'avait pas répondu directement à sa question. Il n'avait pas dit si Katherine était ou non de retour, il avait seulement dit qu'elle avait été retardée sur le chemin du retour. Il ne lui avait pas menti, mais il ne lui avait pas non plus dit la vérité. Cela laissait penser que quelque chose n'allait pas, mais non qu'il fût coupable de tout cela.

— Comment pouvez-vous être si certaine de ce que vous avancez ?

Katherine eut un instant d'hésitation, et Linota sentit soudain son cœur s'emballer dans sa poitrine. Désirait-elle réellement connaître la réponse à sa question ?

— Outre le fait qu'il vous a tenue volontairement loin de moi, ce qui ne peut être considéré comme le comportement d'un homme innocent, il existe plusieurs faits dont Borwyn et moi sommes certains.

— Lesquels ? fit Linota d'un ton pressant.

— Il a provoqué des troubles sur la frontière des terres de Borwyn.

Linota secoua de nouveau la tête. Il était impossible qu'Erik ait agi de la sorte. Il tenait à son demi-frère, elle n'avait pas le moindre doute à ce sujet. Cela transparaissait dans ses paroles dès qu'il l'évoquait. Et ce sentiment n'était certainement pas quelque chose que l'on pouvait simuler. Mais Katherine ignora le rejet silencieux de Linota vis-à-vis de ses propos et poursuivit.

— Il a informé Borwyn de tout ce qui concernait la rançon pour obtenir votre libération, il a même spécifié quel montant devait être versé, et…

— Et… ?

Katherine baissa la voix.

— Vous devez garder ce qui suit pour vous. Jurez-vous de le faire ?

Linota acquiesça.

— Je le jure.

— La somme qu'Erik a demandée correspond très exactement à celle qu'il restait à Borwyn. Seul Erik connaissait ce détail.

Linota laissa ces paroles cheminer jusqu'à son esprit. Elle en prit lentement la mesure et en ressentit une vive peine.

— Borwyn et moi avons suivi Erik jusqu'ici ce soir. Peu avant, il avait eu une conversation avec le comte. Ils ont parlé du fait de vous reprendre à vos ravisseurs. Borwyn a dit à Erik de capturer les hommes qui vous détenaient quelles qu'en soient les conséquences pour vous. Et Erik a accepté.

Linota dut faire appel à tout son courage pour ne pas vaciller. Les mots de Katherine lui donnaient le sentiment que ses jambes allaient se dérober sous elle.

Katherine continua, rejetant toutes les fautes sur Erik, disant qu'il complotait contre Borwyn depuis un certain temps déjà et qu'il était intéressé par la fortune du comte. Linota songea à la modeste maison d'Erik et au magnifique mobilier qu'il avait sculpté de ses mains. Elle ne pouvait se remémorer aucun moment au cours des derniers jours qui ait pu indiquer qu'Erik avait pour ambition d'accroître sa propre fortune.

— Et qu'en est-il de sa famille ? demanda-t-elle.

Il devait bien y avoir eu certaines choses vraies dans ses propos ? Il était inconcevable que tout ce qu'Erik lui avait raconté au cours des deux derniers jours ne soit qu'un tissu de mensonges.

— Il n'a pas la moindre famille, dit Katherine d'un ton doux, comprenant peut-être que Linota était tout près d'éclater en sanglots.

Cette dernière hocha la tête et fixa son regard sur le sol. Lui avait-il réellement menti sur tous les sujets ? L'homme qui avait ravi son cœur n'avait-il jamais véritablement existé ? Si seulement elle pouvait lui parler, elle saurait.

— Je suis désolée, Linota. Je…

Mais ce que Katherine s'apprêtait à dire s'évanouit dans l'air de la nuit, car à cet instant Borwyn apparut avec Emma et Clayborne.

L'homme avait les mains liées dans le dos. Emma n'était pas attachée, mais en voyant ses yeux écarquillés par la peur, Linota sentit son cœur se briser.

— Je suis désolée, milady, dit Emma en passant à son niveau.

À cet instant les larmes qu'elle avait contenues à grand-peine inondèrent les yeux de Linota. Elle se détourna de Katherine afin que sa sœur ne puisse être témoin de sa réaction.

Aucune gifle n'aurait pu produire un choc plus violent que ces excuses. Celles-ci confirmaient que sous ses dehors maternels la femme lui avait caché quelque chose durant toute la journée. Et si Emma était coupable, alors Erik…

Elle ne pouvait même pas se résoudre à formuler complètement cette pensée. L'homme qu'elle aimait ne pouvait avoir commis des actes si terribles. Il était gentil et attentionné, il l'avait fait se sentir si unique et précieuse à ses yeux...

Il aurait pu ravir son innocence plus tôt. Elle avait été plus que désireuse qu'il agisse, et pourtant il n'en avait rien fait. Cela ne montrait-il pas la bonté de son caractère ?

Mais au moment où il allait partir, il lui avait dit qu'elle ne le connaissait pas. Était-ce vrai ? Était-il réellement le traître que sa sœur croyait qu'il était ?

C'est avec l'esprit totalement vide que Linota emprunta les ruelles de la ville pour gagner l'immense forteresse qui dominait toutes les terres environnantes. Se couper ainsi de la réalité était une attitude qu'elle avait appris à adopter chaque fois que leur mère entrait dans l'un de ses violents accès de colère. Des choses terribles pouvaient se produire, mais si elle se retirait à l'intérieur d'elle-même, elles n'atteindraient pas le cœur de son être.

Plus tard, elle serait incapable de décrire le trajet qu'elle effectua depuis la boulangerie d'Emma jusqu'à la chambre d'invité de Borwyn, située tout en haut du donjon de la forteresse.

Katherine s'agitait autour d'elle, à la lisière de sa conscience. Lorsque sa sœur commença à tirer sur ses vêtements, Linota comprit que cette dernière désirait lui faire prendre un bain. Elle prit place sans réfléchir dans le grand bac, mais lorsque l'eau chaude enveloppa son corps elle eut la sensation d'en effacer tout souvenir d'Erik, comme si les lèvres du guerrier ne s'étaient jamais aventurées sur sa peau pour y éveiller des sensations intenses et délicieuses.

Des larmes silencieuses se mêlèrent bientôt à l'eau tandis que Katherine s'activait dans la chambre, sans cesser de lui parler un instant. Linota pouvait l'entendre, mais ses mots ne prenaient aucun sens dans son esprit. Katherine ne semblait d'ailleurs pas attendre de réponse de sa part.

Peut-être parlait-elle simplement pour meubler le silence. C'était toujours ainsi qu'elle se comportait après chacun des violents emportements de leur mère.

Sa sœur la fit ensuite enfiler une chemise de nuit propre, bien trop grande pour elle, et la conduisit vers le grand lit où elle l'installa et la borda. Puis Katherine se recroquevilla près d'elle et entreprit de chanter tout doucement.

Linota ferma les yeux et s'imagina dans un lieu bien loin de la forteresse.

Lentement, par bonheur, le monde autour d'elle devint noir, et elle sombra dans l'oubli du sommeil.

Chapitre 12

Erik était adossé contre le mur, à gauche de l'entrée du donjon. La nuit était tombée depuis longtemps et il lui fallait pénétrer dans l'édifice et voir Jarin, continuer à lui mentir en le regardant droit dans les yeux.

Cette perspective lui serrait douloureusement la gorge.

Il ferma les paupières et laissa reposer sa tête contre les pierres rugueuses du mur. Plus que tout au monde, il espérait que Katherine ne se trouvait pas au côté de Jarin. Il lui serait insupportable de la regarder, de lire dans ses yeux toute l'inquiétude causée par le sort de sa sœur bien-aimée et de savoir qu'il était en partie responsable des tourments qu'elle endurait.

Il avait le pouvoir de lui dire que Linota était vivante et en bonne santé, mais s'il le faisait il mettrait en péril la vie de sa jeune nièce. Or, il ne pouvait faire une telle chose à une enfant innocente.

Tout cela ne durerait plus qu'une nuit et une journée. Jarin lui remettrait la rançon, et lui n'aurait plus qu'à mettre en scène le retour de Linota. Ce ne serait qu'une fois qu'il aurait Isabel saine et sauve auprès de lui qu'il confesserait tout à Jarin.

Cependant, à un certain moment de la soirée, il allait devoir avouer la vérité. Il lui faudrait révéler à Linota le rôle qu'il avait joué dans son supposé enlèvement. Ce serait la chose la plus difficile qu'il aurait jamais faite, une chose plus dure encore que d'affronter des chevaliers aguerris sur un champ de bataille, mais il savait qu'il devait le faire. Elle lui avait dit qu'elle l'aimait… Il pressa sa main contre sa poitrine douloureuse. Il avait voulu lui dire qu'il l'aimait lui aussi, mais il n'avait pas pu. Cela s'était avéré impossible, alors qu'il lui mentait et qu'il savait à quel point elle détestait les menteurs.

Il lui avouerait toute la vérité dès le lendemain, dès qu'il la verrait. Il devait avoir foi dans le fait qu'il s'était passé suffisamment de choses entre eux pour qu'elle lui pardonne ou, si cela constituait un trop grand espoir, qu'elle pourrait comprendre *pourquoi* il avait agi de la sorte.

Il sentit son corps se tendre lorsque les souvenirs assaillirent son esprit.

Toute sa vie il garderait en mémoire la douceur de la peau de Linota sous ses lèvres et la façon dont ses doigts avaient agrippé ses cheveux quand il l'avait embrassée. Il était certain de lui avoir fait connaître le plaisir pour la toute première fois. Elle s'était montrée si spontanée dans ses réactions, il avait connu un tel bonheur à ses côtés…

Malgré le désespoir qui le tenaillait, il ne put s'empêcher de sourire légèrement en se rappelant son petit cri de surprise quand ses lèvres avaient parcouru son corps, et l'avaient conduite jusqu'au sommet de l'extase.

S'éloigner d'elle pour aller retrouver de Bevoir lui avait donné la nausée. Après avoir réglé les derniers détails concernant l'échange, il avait fui loin de cet homme infâme aussi vite qu'il l'avait pu.

Il s'écarta du mur. Il était temps d'aller voir Jarin et de lui exposer la prochaine étape du plan pour que Linota revienne auprès d'eux. Une fois que tout serait fini, il espérait de tout cœur que son frère lui pardonnerait pour toutes ses actions, même s'il savait qu'il s'agissait probablement d'un rêve inaccessible.

En soupirant, il repoussa en arrière les cheveux qui lui barraient le visage. Au cours de la journée, il avait eu du temps pour réfléchir à la réaction dc Jarin, et ces pensées ne lui faisaient aucun bien. Jarin avait été le premier à le traiter comme une personne non dénuée de valeur. Savoir que son opinion si positive à son égard serait sévèrement dégradée lui faisait plus de mal qu'il l'avait imaginé.

Il devait continuer à fixer ses pensées sur Isabel. C'était elle qui comptait pour l'instant.

Un jeune garde se tenait juste à l'intérieur de l'entrée du donjon. Il se redressa de toute sa hauteur en voyant Erik approcher.

— Master Ward, le comte a demandé que vous alliez le rejoindre dans la grande salle dès votre arrivée.

Jamais Jarin n'avait formulé une telle demande. Erik hocha la tête tout en s'efforçant de masquer sa surprise. Il était habituellement libre d'aller et venir comme il le désirait, même s'il ne manquait jamais d'informer Jarin des faits les plus importants dès qu'il regagnait la forteresse. Cette convocation ne faisait que renforcer le poids qui pesait déjà sur son estomac.

Il tourna sur sa droite et entra d'un pas alerte dans la grande salle, tout en se faisant violence pour ne pas serrer avec trop de force la poignée de son épée. Il salua d'un signe de tête les hommes et les femmes qu'il connaissait tout en progressant vers l'estrade placée tout au fond de la salle. Installé dans un grand fauteuil, surplombant l'assistance, Jarin observait ceux qui s'étaient regroupés près de lui, le front légèrement plissé.

Lorsque Jarin avait accédé à la tête du comté tous deux avaient ri de ce que sa place sur l'estrade le situait bien au-dessus de tous. Erik trouvait alors particulièrement amusant que Jarin, son ami d'enfance, se trouve dans une position qui obligeait l'assistance à lever les yeux vers lui. À présent, alors qu'il observait ses beaux vêtements et sa large stature, il lui apparaissait que Jarin était parfaitement à sa place. Erik ne s'était jamais senti aussi éloigné de l'homme assis juste en face de lui.

Il s'inclina devant son ami.

— My lord, le salua-t-il.

Le regard de Jarin tomba sur lui, indéchiffrable.

— Erik, je me réjouis que vous soyez arrivé. Il me faut discuter avec vous de certains détails. Damoiselle Leofric nous rejoindra dans un instant, car elle est également concernée.

— Bien entendu, dit Erik, sentant son cœur pulser à coups sourds dans sa gorge.

Devoir mentir à Jarin était déjà particulièrement pénible, mais laisser Katherine s'inquiéter pour Linota était tout à fait différent. Les deux sœurs ne se ressemblaient pas le moins du monde. Pourtant, il savait à quel point elles étaient proches. Blesser Katherine revenait à blesser Linota, et son âme se révoltait contre une telle pensée…

— Ah ! la voici.

Jarin se leva de son siège pour accueillir la nouvelle arrivante.

— Recevez mes salutations, Lady Katherine.

Erik remarqua l'éclat qui brillait dans le regard de Katherine à mesure qu'elle s'approchait de Jarin, et il lui sourit malgré l'angoisse qui l'oppressait. Les femmes semblaient toutes tomber amoureuses de Jarin. Selon toute vraisemblance, la sœur aînée de Linota ne faisait pas exception à la règle. Ce n'était pas uniquement dû au rang élevé du comte. Jarin savait se montrer particulièrement charmant quand il le souhaitait. Erik n'avait cependant jamais envisagé que Jarin puisse préférer Katherine à Linota. Si Jarin éprouvait des sentiments pour… Mais non. Il ne devait pas s'aventurer sur cette voie. Il ne pouvait nourrir d'espoir pour une chose qui ne pourrait jamais se produire. Si Linota n'épousait pas

Jarin, un autre seigneur chanceux le ferait. Il lui faudrait faire ses adieux à Linota et apprendre à vivre sans elle.

— Et si nous regagnions mes appartements privés ?

Jarin semblait s'adresser uniquement à Katherine. C'était comme si le reste de l'assemblée n'existait pas.

— Je crois que nous serons plus à notre aise pour parler là-bas plutôt que face à cet auditoire.

Erik acquiesça, mais un rapide coup d'œil jeté à travers la salle lui apprit que personne ne lui prêtait attention. Si Jarin désirait plus d'intimité, Erik ne s'y opposerait pas, même s'il ne voulait pas attendre plus longtemps que nécessaire pour livrer ses informations et quitter les lieux.

Les pièces réservées à l'usage exclusif de Jarin ne se trouvaient qu'à quelques pas de la grande salle. Elles étaient petites, mais bien plus confortables que la vaste salle dans laquelle le comte traitait la plupart de ses affaires. Tous deux avaient passé bien des soirées en ces lieux à évoquer ce qui concernait la vie de la forteresse ou à rire des événements ridicules ayant pu se produire au cours de la journée. Cet endroit offrait une forme de refuge à Erik aussi bien qu'à Jarin.

En cet instant, il lui semblait que les murs se resserraient peu à peu autour de lui, comme s'ils étaient informés de sa trahison et le condamnaient déjà à passer misérablement le reste de ses jours dans les cachots nauséabonds de la forteresse.

Un lourd silence emplissait l'atmosphère. Hésitant à le rompre, Erik patienta. Tout ce qui sortirait de sa bouche ne serait que mensonges, et les deux personnes qui lui faisaient face méritaient bien mieux que cela.

Jarin se tourna vers lui et planta son regard dans le sien.

— Nous avons retrouvé Linota.

Sous l'effet du choc, le cœur d'Erik sembla cesser de battre. Pendant quelques instants, son cerveau fut incapable d'élaborer la moindre pensée.

Sa pire peur s'était concrétisée. Linota avait été retrouvée et devait maintenant savoir qu'il lui avait menti. À l'heure qu'il était, elle le haïssait peut-être déjà.

Il tenta de déglutir malgré sa gorge nouée. Il lui fallait quitter cet endroit, prendre le temps de réfléchir et d'envisager la suite. Il n'y avait pas uniquement la question de Linota à considérer, mais également celle d'Isabel. Elle courait un grave danger, et lui seul était en mesure de la sauver.

Les pensées se bousculaient dans son esprit. Il venait tout juste de quitter de Bevoir. L'homme ne devait pas savoir que Linota avait été retrouvée. Pas encore. Il fallait qu'Erik le rencontre avant que la nouvelle lui parvienne. C'était l'unique moyen qu'il lui restait pour que sa nièce vive enfin avec lui.

— Pourquoi avoir agi ainsi, Erik ? Je ne comprends pas.

Le regard de Jarin exprimait une si intense douleur qu'Erik sentit son cœur se fracasser. Il n'avait pas imaginé que ce qu'il lirait dans les yeux de son ami lui ferait tant de mal, mais il n'avait pas de temps à consacrer à Jarin pour l'instant. Son frère était un adulte ; il surmonterait cette déception. Isabel avait besoin de lui.

Jarin avait tout tandis qu'Isabel n'avait rien.

Dès qu'il aurait sa nièce saine et sauve à ses côtés, Erik retournerait auprès de Linota et tomberait à genoux devant elle pour implorer son pardon.

Il voulut se diriger vers la porte, mais Jarin lui barra le passage.

Une sourde colère s'empara d'Erik. Cette fureur soudaine remplaça la culpabilité qui l'accablait, et il en fut soulagé. Ce sentiment était plus agréable, plus puissant et plus habituel pour lui.

Entêté mais ignorant des enjeux, Jarin l'empêchait de se rendre là où il lui fallait être. Quand il voulut faire un autre pas, Jarin bloqua sa progression, avec sur les traits une indignation légitime.

— Il me faut savoir, Erik ! Je croyais que nous étions amis.

Erik sentit ses limites céder tout à coup.

— Vous ne savez rien ! Nous ne sommes pas amis. Nous sommes frères !

Sa colère redoubla quand il vit la surprise et l'incrédulité se peindre sur le visage de Jarin.

— Frères ? répéta faiblement le comte.

Comme il était bon pour Erik de lui livrer enfin cette vérité, de voir l'étonnement sur ses traits au moment où il se rendait compte que tous deux n'étaient finalement pas si différents l'un de l'autre !

— Oui, frères, confirma-t-il. Mais vous êtes bien trop préoccupé par votre propre personne pour vous en être aperçu.

Il sentait la colère se transformer en monstre à l'intérieur de lui, un monstre animé du désir de tailler le monde en pièces. De se déchaîner contre tout ce qui avait concouru à sa situation actuelle.

— Depuis quand le savez-vous ? demanda Jarin.

Erik grogna, incrédule.

Ainsi c'était *cela* qui retenait l'attention de Jarin ? Il ne voulait pas savoir pourquoi il avait caché Linota et s'intéressait uniquement à leur relation, un bien insignifiant détail, pourtant.

— Que je suis un bâtard de Borwyn ? J'ai vécu avec cela durant toute ma misérable existence.

Jarin paraissait abasourdi. Ce ne pouvait tout de même pas être une si grande surprise ! Tous deux se ressemblaient tant. Quoi qu'il en soit, ce n'était pas comme si cette question avait la moindre importance. Seules Linota et Isabel comptaient aux yeux d'Erik.

— Pourquoi n'en avoir jamais rien dit ? demanda Jarin, apparemment toujours déconcerté.

— Notre père si aimant m'a fait craindre de terribles conséquences si j'en soufflais le moindre mot à quiconque.

Ce n'était pas l'entière vérité. Erik avait également toujours craint que Jarin ne veuille plus avoir affaire à lui une fois que leur lien de parenté lui aurait été révélé. Jarin avait détesté ses autres frères, et Erik n'avait pas voulu que son seul ami le voie comme l'un d'eux. À en juger par l'expression du comte en cet instant, il avait eu raison de se montrer prudent.

— Pourquoi avoir enlevé Linota ? demanda alors Katherine.

Erik tressaillit. Il avait complètement oublié sa présence. Comme elle devait le mépriser, elle aussi !

Jarin vient se placer entre Katherine et lui. Erik sentit sa colère grimper encore d'un cran. Comment son propre frère pouvait-il redouter qu'il représente un danger pour Katherine ? Il préférerait mourir plutôt que faire le moindre mal à une femme. Jarin ne s'était peut-être pas aperçu qu'ils étaient frères, mais il ne pouvait quand même pas ignorer cet aspect essentiel de sa personnalité !

Il perdait un temps précieux : il devait arracher Isabel des mains des hommes qui la détenaient.

— Les raisons de mon geste ont-elles la moindre importance ? lança-t-il.

Ni Katherine ni Jarin ne firent le moindre mouvement. Ce n'était pas le moment d'expliquer la situation concernant sa nièce. Plus il passait de temps dans cette pièce, plus augmentait le risque que de Bevoir découvre que leur machination pour obtenir une rançon en échange de la libération de Linota avait échoué. Erik savait qu'il lui arracherait Isabel en guise de châtiment. Car de Bevoir n'était pas homme à s'accommoder facilement du moindre échec.

— Je l'ai fait pour gagner beaucoup d'argent, finit-il par dire.

C'était l'explication la plus simple, même si elle était complètement fausse.

— Vous avez agi de la sorte pour les quelques misérables pièces que j'ai laissées ? Cela ne vous ressemble pas, dit Jarin.

— Vous ne me connaissez pas.

Jarin secoua la tête.

— Si, je vous connais fort bien, au contraire. Vous êtes le garçon qui volait du pain aux cuisines pour que je puisse manger après que mon père m'avait enfermé dans ma chambre. Vous êtes celui qui me portait quand je ne pouvais plus marcher parce qu'il m'avait terriblement battu. Je vous ai vu soigner et guérir des hérissons qui sans vous seraient morts parce que vous prenez soin des personnes et des animaux qui ont besoin d'être protégés. Je vous connais.

Erik se sentait écartelé. Tout cela était vrai et pourtant… Jarin s'était approché pour protéger Katherine. Le guerrier ne pouvait supporter davantage cette atroce torture mentale. Quand il disposerait de plus de temps il donnerait toutes les explications nécessaires. Il raconterait tout à son demi-frère. Ce serait peut-être trop tard, mais c'était un risque qu'il lui fallait prendre.

— Les gens changent, se contenta-t-il de rétorquer.

Sur ces mots, il eut un haussement d'épaules désabusé et s'avança de nouveau vers la porte.

— Mais pour quelle raison ? Je vous en prie, aidez-moi à vous comprendre, Erik.

— Vous voulez désormais en savoir plus sur moi ? Vous avez eu des années pour le faire, Jarin. Des années au cours desquelles vous auriez pu me demander si j'avais besoin de vous. Il est trop tard, à présent.

Bien trop tard. Leur relation pourrait ne jamais s'en relever. Mais il n'était pas temps de se lamenter à ce sujet. Plus tard, il pourrait réfléchir à ce qu'il aurait pu faire différemment au cours des derniers jours, mais il pourrait faire cela loin de Jarin, et seulement lorsqu'il aurait mis Isabel à l'abri.

— Notre père vous a-t-il monté contre moi ? insista Jarin, qui tentait toujours de comprendre.

La perplexité de Jarin ne faisait qu'augmenter la colère d'Erik.

— Non ! Je suis un homme libre. Je prends mes propres décisions.

Jarin secoua la tête.

— Notre père me détestait, il lui était insupportable de savoir que je serais celui de ses fils qui hériterait du comté. Il s'est donc emparé de la chose qui avait de la valeur à mes yeux – notre amitié – et il l'a détruite. Il vous a manipulé comme il a manipulé tout le monde autour de lui.

Erik émit un grognement de frustration.

Jarin ne manquait décidément jamais de croire que l'univers entier tournait autour de sa personne.

— Une fois encore, vous pensez avoir tout compris. Croyez ce qu'il vous plaira. Je pars.

Il avança vers Jarin, qui se tenait toujours immobile entre lui et la porte. Il n'avait aucune envie de frapper son frère – l'idée de lui faire du mal le révulsait –, mais il le ferait s'il l'empêchait de partir.

— Laissez-moi passer, gronda-t-il.

— Je ne veux pas…

Erik était désormais à bout de patience.

Il tenta de pousser Jarin pour pouvoir avancer. Son frère tint bon, tendit la main et l'agrippa par l'épaule. Erik essaya de se dégager de sa prise, mais le comte ne fit que serrer plus fort sa main.

Sans réfléchir, Erik lui décocha un coup de poing dans l'estomac.

Jarin grimaça de douleur, mais resta debout et reprit sa position.

— Laissez-moi partir ! rugit Erik.

Pour la première fois il lui vint à l'esprit que Jarin n'avait sans doute pas l'intention de le laisser aller où que ce soit. Il devrait payer pour ses crimes.

Aux yeux de Jarin, il avait enlevé une jeune femme pour en tirer un gain matériel. Pour cela, il méritait la pendaison. Peut-être était-ce d'ailleurs ce qui l'attendait.

Il n'avait pas le temps de s'en préoccuper maintenant. Si tel était son destin, il devrait simplement s'en accommoder. Il vaudrait probablement mieux se balancer à la potence du bourreau que de regarder son frère épouser Linota. Mais pour le moment, toutes ses pensées devaient rester dirigées vers la mise à l'abri d'Isabel.

Il poussa Jarin avec force. Il ne souhaitait pas le frapper de nouveau, mais savait qu'il en arriverait à cette extrémité si son frère ne le laissait pas partir immédiatement.

— Calmez-vous ! s'écria Jarin tout en le secouant.

Si Jarin ne le laissait pas s'en aller, il allait devoir l'obliger à le faire.

Prêt à asséner un nouveau coup à Jarin, il leva le poing. Le temps sembla toutefois se figer au moment où Katherine, tout en hurlant : « Non ! », vint s'interposer entre eux. Jarin fit un léger écart, et le poing d'Erik vint percuter la tête de Katherine sur le côté. Un choc sourd retentit. Elle vacilla puis s'effondra.

Erik sentit le sang quitter son visage.

Il venait de frapper une femme.

Une femme si petite et vulnérable qu'étendue sur le sol elle ressemblait à un pauvre oiseau blessé.

Tout près de lui, Jarin s'était figé.

— Je suis vraiment désolé, commença Erik. Je ne voulais pas…

Il ne put en dire davantage.

Jarin s'était tourné vers lui, une lueur assassine au fond des yeux.

Son frère, qui ne se battait qu'en dernier recours, le frappa si fort qu'il en eut le souffle coupé.

Erik n'esquissa pas un geste pour se défendre. Il aurait pu le faire, mais il savait qu'il méritait ces coups. Il venait de commettre le crime ultime en blessant une personne bien plus vulnérable que lui.

Il ne fut pas surpris de voir Jarin armer de nouveau son bras. Il accueillit sans broncher les coups qui pleuvaient sur lui, et lorsque le poing de son frère cogna sa tête si fort que tout son corps en fut ébranlé, il se laissa glisser vers le néant et s'écroula au sol, inconscient.

Linota cligna des paupières. Une grande femme d'un certain âge et à l'allure sévère se tenait près de la cheminée et tendait ses mains vers les flammes pour les réchauffer. Linota ne l'avait jamais rencontrée. Elle jeta des regards tout autour d'elle et constata que Katherine n'était pas dans la pièce.

— Ah ! vous voilà réveillée, dit la femme. Je suis Dame Ann Sutton. Votre sœur devait parler au comte et elle m'a demandé de veiller sur vous pendant son absence.

Linota la salua d'un petit signe de tête. Elle était éveillée, certes, mais elle se sentait accablée de fatigue. Sans doute aurait-elle dû se soucier du fait que Katherine la laisse dormir pendant qu'elle s'entretenait avec Borwyn. Quelques jours plus tôt seulement, elle aurait été furieuse d'être ainsi mise à l'écart, comme si elle n'était qu'une enfant. Cependant, en cet instant, la seule chose qui lui importait était de refermer les yeux et de replonger dans l'oubli du sommeil.

Un coup discret fut frappé à la porte de la chambre. Dame Sutton s'avança à pas feutrés pour entrouvrir le battant. Quelques mots furent échangés à voix basse, puis la porte se referma de nouveau tout doucement.

Dame Sutton s'approcha du lit et baissa les yeux vers elle.

Il y avait dans son regard une gentillesse que Linota ne s'était pas attendue à trouver.

— J'ai bien peur que ma présence soit requise en un autre lieu de la forteresse, dit la femme.

— Katherine sera-t-elle bientôt de retour ? demanda Linota.

L'hésitation de Dame Sutton, bien que brève, suffit à l'alarmer.

— Que s'est-il passé ? s'enquit-elle en se redressant soudain sur ses coudes.

— Rien dont vous ayez à vous inquiéter.

Mécontente, Linota fronça les sourcils. Pourquoi lui disait-on toujours cela ?

— Au contraire, cela me concerne au premier chef. Où est ma sœur ?

Dame Sutton lança un regard en direction de la porte.

Bien décidée à se lever, Linota repoussa ses couvertures. Elle était épuisée, mais il était hors de question qu'elle ne tente pas de savoir ce qui se passait.

— Vous devez vous remettre au lit, dit Dame Sutton tout en tentant de la réinstaller sous les couvertures.

— Pas avant que je sache ce qui se passe, répliqua Linota en se libérant de sa prise et en se levant.

Un lourd soupir échappa à Dame Sutton.

— Fort bien, je vais vous le dire, mais des instructions très strictes ont été données. Vous ne devez en aucun cas quitter cette pièce. Des gardes sont postés à l'extérieur pour veiller à ce que cela ne se produise pas.

Linota hocha la tête et, avec un regard plein de reconnaissance, se glissa de nouveau entre les draps. Elle n'avait pas envie de partir, de toute façon. Être debout était beaucoup trop exténuant.

— Votre sœur a reçu un coup et elle a perdu connaissance.

— Comment ?

Oubliant pour un instant la fatigue qui l'accablait, Linota se redressa brusquement. Il devait y avoir une erreur.

— Comment cela s'est-il produit ?

— Erik Ward l'a frappée.

Linota sentit qu'elle perdait subitement pied.

— Non… c'est… ce n'est pas possible. Il ne ferait… il ne pourrait…

Une petite moue apparut sur les lèvres de Dame Sutton.

— J'ignore les détails. Je ne fais que répéter ce que l'on m'a dit. Le comte m'a fait appeler et je dois le rejoindre. Essayez de prendre un peu de repos. Dès que j'en saurai plus, je reviendrai pour vous informer.

Hébétée, Linota hocha la tête.

La femme baissa la main vers elle et lui caressa les cheveux. Ses doigts étaient si délicats que Linota ferma les yeux.

Elle entendit Dame Sutton tourner les talons et se diriger vers la porte. Elle rouvrit les yeux au moment où la femme allait ouvrir la porte.

— Dame Sutton, murmura-t-elle.

— Oui ? répondit cette dernière en se tournant légèrement pour la regarder.

— Erik Ward a-t-il une sœur ?

Dame Sutton fronça les sourcils et secoua la tête.

— Non. Erik Ward n'a pas de sœur. Est-ce ce qu'il vous a dit, mon enfant ?

Linota eut un léger hochement de tête. Les mots restaient bloqués dans sa gorge.

— Erik Ward est une canaille, dit Dame Sutton.

Linota attendit qu'elle en dise davantage, mais elle garda le silence. Un instant plus tard, elle salua Linota d'un signe de tête et quitta la chambre.

Linota se laissa retomber sur les oreillers et fixa le plafond.

Elle voulait chasser toute pensée de son esprit et dormir jusqu'à ce que la douleur dans sa poitrine ait disparu, mais une voix dans sa tête ne cessait d'égrener une litanie de faits plus dérangeants les uns que les autres.

Erik l'avait enlevée et retenue prisonnière dans le but d'obtenir une rançon.

Il avait parcouru tout son corps de caresses et l'avait conduite aux sommets du plaisir, mais durant tout ce temps il lui avait caché la vérité.

Il n'avait pas de sœur.

Il avait frappé Katherine si fort qu'il lui avait fait perdre connaissance.

Tout ce qu'il lui avait dit n'était qu'un tissu de mensonges.

C'était un traître, semblable aux hommes qui avaient trahi son père. Il était même pire qu'eux, car il s'était servi de la confiance innocente qu'elle avait placée en lui et l'avait utilisée contre elle.

Jamais elle ne le lui pardonnerait.

Chapitre 13

Il n'était que douleur.

L'univers entier se résumait à une insupportable souffrance.

Dans l'espoir de trouver un peu de soulagement, Erik roula sur le côté, mais quelque chose l'arrêta dans son élan. Son bras gauche, les muscles affreusement tendus, était étiré au-dessus de sa tête.

Il tira dessus pour le ramener le long de son corps. Son effort, qui s'accompagna d'un lourd bruit métallique, ne lui apporta qu'une terrible sensation de vertige.

Il parvint enfin à ouvrir les yeux.

Il se trouvait dans sa propre chambre, mais… Levant le regard vers son bras, il découvrit qu'un anneau de fer encerclait son poignet et qu'il était relié à une lourde chaîne fixée au mur.

Erik referma les yeux. Aussitôt lui revint le souvenir de l'expression blessée et abasourdie de Jarin et de Katherine, si petite et vulnérable, gisant sur le sol, assommée par un coup qu'il n'aurait jamais dû porter.

Son acte était impardonnable. Il n'y avait rien d'étonnant à ce que Jarin l'ait fait enchaîner. Il pouvait s'estimer heureux qu'il ne l'ait pas fait enfermer dans les cachots ; il ne méritait pas mieux.

Il se laissa retomber sur sa couche. La douleur qui se raviva dans ses muscles endoloris lui arracha une grimace.

Jarin l'avait frappé fort et parce qu'Erik savait qu'il méritait ses coups, il l'avait laissé agir comme bon lui semblait.

Par tous les diables, il se serait battu lui-même pour ce qu'il avait fait à Katherine si cela avait été possible ! Le son causé par la chute de son petit corps quand il avait heurté le sol lui revint en mémoire et de puissants haut-le-cœur le secouèrent.

Quand les spasmes se furent calmés, il tenta de réfléchir posément. Il devait quitter cette chambre et retrouver Linota. Il fallait qu'il lui explique ce qui s'était passé avant qu'elle entende les faits relatés par quelqu'un d'autre et qu'elle se mette à le détester. Bien sûr, elle devait déjà tout savoir, mais il pourrait donner sa propre explication. Si seulement il pouvait lui faire voir qu'il n'avait pas eu le choix ! Si elle l'aimait réellement, ainsi qu'elle l'avait dit, elle accepterait au moins de l'écouter. Il n'était pas possible qu'il en soit autrement !

Il serra fort les paupières. Ne se comportait-il pas en vermine dépourvue de la moindre sensibilité ? Comment pouvait-il imaginer que Linota lui pardonnerait alors qu'il n'était pas parvenu à sauver Isabel ? Il était un homme de la pire espèce, uniquement préoccupé par lui-même et son propre plaisir !

Il lui faudrait partir trouver Isabel et ensuite seulement, il rejoindrait Linota. Avant de s'occuper de ses propres besoins et désirs, il veillerait à ce que sa nièce soit en sécurité. Mais, pour commencer, il devait se libérer de ces chaînes.

Une clé tourna dans la serrure. Il s'étendit sur sa couche et s'efforça de rester parfaitement immobile tout en respirant lentement. Peut-être le laisserait-on seul s'il semblait dormir.

Des pas lourds résonnèrent dans la pièce, et Erik poussa un léger soupir – il reconnaîtrait cette démarche entre toutes. Jarin était venu pour l'interroger, et il était impossible qu'il le croie endormi. Ils se connaissaient trop bien. Prêt à lire de la haine sur les traits de son frère, il ouvrit les yeux au moment où Jarin s'approchait du lit.

Il ne bougea pas quand Jarin le surplomba de toute sa stature.

Son visage était étrangement pâle, et son regard n'exprimait pas la moindre émotion. Erik eut du mal à déglutir. D'une certaine façon, voir son expression si froide, celle qu'il adoptait en tant que comte, et non celle qu'il affichait normalement avec lui, en tant qu'ami, était pire que d'être confronté à sa colère.

Erik passa la langue sur ses lèvres desséchées.

— Comment se porte Katherine ? demanda-t-il.

— Toujours inconsciente, répondit Jarin d'un ton sec.

Erik ferma les yeux. Si Katherine devait mourir, il ne pourrait jamais vivre avec ce drame sur la conscience.

— Je suis désolé.

Jarin hocha brusquement la tête.

— Je ne doute pas que vous le soyez. Dites-moi pourquoi vous l'avez fait.

— Je voulais quitter la pièce, et vous me reteniez. Je n'ai jamais voulu…

— Ma question n'est pas de savoir pourquoi vous avez frappé Katherine, répliqua Jarin, agacé. J'étais prêt à vous tuer, hier, pour votre geste, mais je me suis ressaisi. Je sais que ce n'est pas à elle, mais seulement à moi, que vous aviez l'intention de faire du mal. Vous y êtes parvenu, du reste. Je suis blessé, mais cette blessure est invisible.

Incapable de regarder Jarin, Erik détourna la tête. Il ne pouvait supporter l'expression de dégoût qu'il lisait sur ses traits.

Un long silence s'installa entre eux.

Erik envisagea de lui dire la vérité, mais se retint de le faire. Il restait encore une mince chance pour que de Bevoir n'ait pas été informé de sa capture et du sauvetage de Linota. S'il pouvait se glisser hors de la forteresse sans se faire remarquer, il aurait peut-être une possibilité de rejoindre sa nièce.

S'il racontait tout à Jarin, celui-ci voudrait l'aider, car agir de la sorte était dans sa nature. Mais Erik ne pouvait prendre le risque de voir Jarin pourchasser de Bevoir. Jarin ne pourrait quitter le château sans que tout le monde le sache, ce qui signifiait que de Bevoir apprendrait vite la nouvelle et chercherait à fuir. En outre, Isabel pourrait être blessée au cours d'une altercation, et cette idée était absolument insupportable.

Jarin continuait de le questionner, mais Erik refusait de livrer la moindre information. Même si son cœur saignait en entendant la déception dans sa voix, il continuait à fixer un point invisible au-dessus de sa tête.

Il n'avait nul besoin de le regarder en face pour percevoir la frustration de son ami. Il le connaissait bien. La veille au soir, Jarin l'avait frappé lors d'un accès de colère. Il n'agirait plus de la sorte maintenant. C'était un homme raisonnable qui croyait aux vertus de la discussion pour dénouer une situation. Il pensait pouvoir venir à bout de sa résistance en l'interrogeant continuellement. Cela ne se produirait peut-être pas le jour même, mais dans un futur proche. Et il avait raison de croire une telle chose. Il dirait tout à Jarin, mais pas tout de suite.

— Vous n'allez pas me dire la vérité, n'est-ce pas ? finit par lancer Jarin.

Erik resta silencieux.

— Avez-vous coupé la lanière de la selle de Katherine, provoquant de ce fait sa chute ?

Surpris, Erik se redressa brusquement.

— Êtes-vous en train de dire que la selle de Katherine a été délibérément endommagée ?

— Oui. Et elle aurait pu mourir.

Le cœur d'Erik battait à coups sourds. Si jamais il parvenait à retrouver de Bevoir, il le tuerait.

— Non, je n'ai pas coupé cette sangle. Jamais je ne ferais une chose pareille ! Et je ne sais pas qui a pu faire cela. Êtes-vous vraiment certain qu'il ne s'agissait pas d'un accident ?

— J'en suis tout à fait sûr.

Erik se laissa retomber sur le lit. De Bevoir avait échafaudé son plan en donnant l'illusion qu'aucune goutte de sang ne serait versée. Il fallait garder Jarin loin de la forteresse pendant qu'il s'emparerait d'une partie de la fortune de ce dernier. Les terres qui par le passé avaient appartenu à la famille de Garbodo reviendraient entre les mains de ce dernier sans que le moindre combat soit livré. Cette façon d'agir semblait presque empreinte d'une certaine noblesse.

La pensée de mettre Isabel à l'abri l'avait aveuglé. Il avait été fou d'accorder sa confiance à de Bevoir.

L'homme avait presque tué l'une des sœurs Leofric et enlevé la seconde.

Il lui en coûterait cher la prochaine fois qu'Erik croiserait sa route.

— Notre père s'est-il montré aussi infâme envers vous qu'il l'a été envers moi ? demanda soudain Jarin.

Erik sentit son cœur se serrer douloureusement. La colère montait sourdement en lui. Pendant si longtemps il avait voulu que Jarin reconnaisse le fait qu'ils étaient nés du même père ! Mais dans ses rêves les plus fous, jamais il n'avait imaginé que les choses se passeraient ainsi. Il avait presque osé espérer que Jarin se réjouirait de découvrir qu'ils étaient frères. Finalement, son souhait n'avait été qu'un rêve enfantin.

De sa main libre, il se frotta le front ; il pouvait au moins se montrer honnête sur ce point.

— D'une certaine façon, notre père s'est comporté de la pire manière avec moi. Mais comme je n'étais qu'un simple bâtard, j'en ai peut-être souffert de manière moins constante que vous.

— J'en suis désolé.

Surpris, Erik regarda son frère. Il semblait véritablement navré, et son attitude donna à penser à Erik. Jarin était un homme bon, il ne méritait pas de subir ses actions irrespectueuses.

Après avoir réfléchi, Erik reprit la parole.

— Ce n'était pas votre faute.

Jarin acquiesça et tourna les talons pour se diriger vers la porte.

— Jarin…, l'appela Erik avant qu'il quitte la chambre. Pourriez-vous, s'il vous plaît, me détacher ?

La main sur la poignée de la porte, Jarin s'immobilisa.

— Allez-vous vous échapper ?

— Non.

— Je veux que vous m'en fassiez le serment, Erik.

Erik sentit le feu de la honte lui brûler le visage à l'idée de perdre la confiance de Jarin. Depuis le début, il savait que ce serait le prix qu'il aurait à payer, et il avait pensé que cela en valait la peine. À présent, ce prix lui semblait particulièrement élevé.

— Je jure sur l'honneur qu'il me reste que je ne m'enfuirai pas.

Jarin l'observa pendant un long moment.

— J'enverrai un garde pour vous libérer de cette chaîne. Des hommes resteront en poste devant votre porte, dit-il avant de quitter la pièce.

Erik le regarda s'en aller sans rien dire. Il semblait que son frère ne croyait pas en la sincérité de son serment, en fin de compte.

Le crépuscule tombait quand Erik se glissa de nouveau à l'intérieur du donjon par une entrée secrète. Soudoyer ses gardes avait été regrettablement facile. Il n'était pas étonnant que de Bevoir ait pu apprendre tant de choses au sujet de Borwyn : ses gardes ne faisaient preuve d'aucune loyauté envers lui.

Il avait déjà commencé à planifier la manière de régler le problème quand il s'était rendu compte que cela ne changerait rien pour lui : étant donné ce qu'il avait fait, il cesserait d'être l'intendant de Jarin. Le poids de ce constat l'avait presque fait vaciller, mais il s'était forcé à continuer d'avancer. Il s'était accroché à sa volonté de mettre la main sur de Bevoir avant que ce dernier prenne connaissance de ce qui s'était passé.

Malheureusement, sa ténacité n'avait servi à rien. Il était retourné dans tous les endroits où il avait vu de Bevoir et là où on l'avait conduit quand il avait eu les yeux bandés, mais sans trouver l'homme ou ses comparses. Il ne subsistait pas la plus infime trace de leur passage dans toute la cité de Borwyn.

Il avait tout perdu… pour rien.

Il monta les marches du donjon.

Jarin avait certainement installé les sœurs Leofric dans l'une des meilleures chambres que la forteresse pouvait offrir.

Après une journée où les frustrations s'étaient accumulées, il brûlait d'envie de voir Linota. Son sourire était comme un baume réconfortant pour son âme. Et elle l'aimait. Lui, le bâtard bon à rien. Même si cela semblait à peine croyable, il avait lu la sincérité dans ses yeux quand elle lui avait juré que c'était vrai. Il fallait que ça le soit. S'accrocher à cette certitude était la seule chose qui lui avait permis de supporter cette longue et horrible journée passée à rechercher Isabel, une journée où toutes ses tentatives s'étaient soldées par de cuisants échecs.

L'idée lui était venue de partir à la poursuite de De Bevoir en prenant la direction des terres de Garbodo, mais il devait tout d'abord voir Linota. Lui avouer la vérité qui expliquait tout ce qui s'était passé.

Et peut-être, après tout, de Bevoir n'était-il pas retourné

sur ses terres. Il pouvait être en train de rassembler ses troupes et, si tel était le cas, c'était à Erik que revenait la tâche d'en informer Jarin. Il devait cela à son frère, mais aussi à son ami et à son seigneur.

Un peu plus loin au-dessus de lui, il entendit un bref coup frappé à une porte puis le son d'un battant qui s'ouvrait.

— Damoiselle Leofric.

Erik se figea en reconnaissant la voix de Jarin.

— My lord.

Le cœur du guerrier se serra en entendant le ton neutre de Linota. Cette intonation lui ressemblait si peu. Toute trace de son habituelle gaieté avait disparu.

— Je suis désolé pour l'épreuve que vous avez endurée.

La réponse de Linota fut inaudible. Erik espérait qu'elle disait quelque chose pour sa défense. Oui, elle avait bien passé un court moment avec ses ravisseurs, mais durant la plus grande partie de cette période mouvementée elle avait été protégée par lui.

Jarin s'éclaircit la voix.

— Damoiselle Leofric…

Tous les sens d'Erik se mirent aux aguets. Le temps sembla subitement ralentir. Quelle torture d'attendre la suite des propos de Jarin !

— Damoiselle Leofric…

L'affolement gagna Erik. Jarin paraissait nerveux. Pourquoi le serait-il à moins d'être sur le point de lui demander une chose capitale ?

Après tout ce qui s'était produit, Jarin ne pouvait pas s'apprêter à… Non. C'était certainement bien trop tôt. Ils venaient tout juste d'arriver à Borwyn. Jarin n'avait pas fait la connaissance du frère de Linota, et il avait à peine passé quelques moments avec elle.

— Comme vous le savez sans doute, poursuivit la voix masculine, le comte d'Ogmore vous a pourvues, vous et votre sœur Katherine, de dots non négligeables.

Où Jarin voulait-il en venir ? Il ne pouvait certainement pas être sur le point de formuler une demande en mariage, n'est-ce pas ? Il n'était pas insensible au point d'aborder une question telle que celle des dots avec une jeune femme !

— Votre propre situation est également à prendre en compte.

Erik dut s'appuyer contre le mur car il lui semblait que ses jambes n'avaient soudain plus la force de le soutenir tout à fait.

— Votre famille a traversé une épreuve difficile, ces dernières années. Lier son nom à celui de Borwyn mettrait fin à toute cette pénible période.

Si Jarin s'était adressé à toute autre personne que Linota, Erik aurait éclaté de rire. Cette demande en mariage, car c'était bien de cela qu'il s'agissait, même si le terme n'était pas prononcé, était formulée de façon catastrophique.

Par tous les diables, il était tout bonnement impossible que Jarin puisse aimer Linota ! Il ne pouvait connaître le délicat plissement qui naissait entre ses sourcils lorsqu'elle réfléchissait intensément à quelque chose. Ou la façon dont elle riait avec tant de facilité et de légèreté. Il ne pouvait pas connaître non plus les doux gémissements qu'elle émettait lorsqu'elle recevait des baisers enfiévrés. Il ignorait également qu'elle avait peur du noir et que de tous les aliments la viande rôtie était celui qui avait sa préférence.

Jarin n'avait pas la moindre connaissance de tout cela, mais cela ne l'empêchait évidemment pas de voir que Linota était la plus belle des femmes qui aient jamais foulé la surface de la Terre. Il devrait la supplier de devenir sa femme, plutôt que de l'abreuver de paroles à propos de dots et d'alliances familiales.

Erik se sentait précipité dans un cauchemar. La situation lui semblait irréelle. Il entendit Jarin poursuivre.

— J'ai discuté avec le comte d'Ogmore de la possibilité

d'un mariage avec vous, et j'ai le sentiment qu'une telle union serait avantageuse pour chacun de nous.

Erik retint son souffle.

La veille, Linota lui avait avoué son amour. Elle allait dire non à Jarin, il ne pouvait en être autrement.

Un long silence fit suite aux paroles du comte.

De la sueur perla sur le front d'Erik. Il était impossible qu'elle envisage sérieusement une telle union !

— Je..., commença-t-elle.

Erik se redressa et tendit l'oreille pour que sa réponse ne lui échappe pas.

— Je sais que ce doit être difficile pour vous, reprit Jarin. Nous ne nous connaissons pas bien, mais je vous promets que vous ne manquerez de rien, que je garantirai votre sécurité, et que personne ne pourra jamais vous causer le moindre tort.

— Je vous remercie pour vos aimables paroles, dit Linota, de la même voix étrange et monocorde qu'Erik avait entendue plus tôt. Je serais grandement honorée de devenir votre épouse.

Le souffle coupé comme si un coup violent venait de lui être porté à l'estomac, Erik se plia en deux. Il tenta de reprendre sa respiration, mais ses poumons semblaient ne plus vouloir se remplir.

Il partit en titubant et redescendit l'escalier d'un pas mal assuré pour rejoindre sa chambre.

Il l'avait perdue.

Et il ne pouvait lui en faire le reproche. Il lui avait menti, tout en sachant à quel point elle méprisait ceux qui se comportaient de la sorte.

Il avait tout risqué et il avait échoué.

Chapitre 14

Château de Swein – printemps 1332

Linota était concentrée sur l'aiguille, sur le rythme régulier qu'elle lui imprimait en la piquant d'un côté du tissu puis de l'autre avant de tirer le fil pour serrer son point.

Près d'elle, Katherine conversait avec leur belle-sœur, Ellena. Le doux murmure de leurs voix résonnait de manière apaisante à ses oreilles.

Toutes trois avaient pris l'habitude de broder chaque après-midi ensemble dans un coin paisible de la grande salle de Swein, la demeure d'Ellena. Le moment était dédié aux conversations plaisantes.

Ellena leur relatait les anecdotes amusantes du jour, et Katherine leur faisait part de ses progrès en matière d'équitation.

Elles n'évoquaient jamais le comte de Borwyn ou son demi-frère, Erik Ward. Et Linota leur en était grandement reconnaissante.

L'hiver avait enfin libéré le pays de sa glaciale étreinte et les bourgeons s'épanouissaient avec vigueur dans la forêt entourant Swein.

Pour la première fois depuis de nombreux mois, Linota s'était éveillée sans avoir les doigts et les orteils engourdis par le froid.

Son cœur, toutefois, était toujours glacé.

Katherine dit quelque chose, et Ellena éclata de rire. C'était un rire franc et mélodieux, le rire d'une personne véritablement heureuse. L'union d'Ellena et de Braedan était une expérience joyeuse. Linota se réjouissait du bonheur de son frère et, en apprenant à connaître Ellena, elle s'était découvert une amie.

En observant les petits sourires secrets qu'échangeaient les jeunes époux quand ils pensaient être à l'abri des regards, elle se félicitait de ne pas être allée jusqu'à épouser Borwyn. Elle avait été si près de commettre cette erreur… Ce n'était qu'à la veille du mariage qu'elle était revenue à la raison.

Une union entre elle et le comte aurait constitué un affreux désastre pour tous deux.

Pendant de longues journées, après qu'elle avait appris la trahison et les mensonges d'Erik, elle s'était retrouvée si enfermée dans son propre malheur qu'elle avait fait peu de cas du monde qui l'entourait. À la veille du mariage elle avait pris conscience du fait que Borwyn n'avait offert de l'épouser que par sens du devoir, une décision qui semblait fort mal à propos.

Elle était sous sa protection lorsqu'elle avait été enlevée par de Bevoir et ses hommes, et le sens de l'honneur de Borwyn l'avait amené à lui offrir de devenir sa femme. Sous le choc après avoir découvert qu'elle était tombée amoureuse d'un homme qui n'existait pas réellement, elle avait accepté. Quelle importance pouvait bien avoir le choix de son époux après tout ?

Il avait fallu plusieurs jours, dont la plupart passés à voyager depuis Borwyn jusqu'à la nouvelle demeure de son frère, au château de Swein, pour qu'elle comprenne enfin que se lier à vie avec un homme qu'elle n'aimait pas n'était pas la réponse à sa souffrance.

Les espoirs et les rêves puérils qu'elle avait formés depuis que ses yeux s'étaient posés pour la première fois sur Erik s'étaient évanouis, et une nouvelle réalité, plus sombre, avait émergé. Cela ne signifiait toutefois pas qu'elle devrait la rendre encore pire en entraînant Borwyn dans son désespoir.

Une fois cette décision prise, les choses lui étaient apparues avec plus de clarté. C'était comme si elle avait passé une semaine entière dans le plus épais des brouillards, et que celui-ci s'était dissipé en un instant.

Elle avait remarqué, alors, que le regard de Borwyn se posait bien souvent sur Katherine, tout comme celui de Katherine s'attardait sur lui. Tous deux faisaient preuve de formalité et de politesse alors que leurs corps semblaient attirés l'un par l'autre.

Ils s'aimaient, de toute évidence, mais curieusement ils n'étaient pas fiancés.

Linota avait supposé qu'une fois qu'elle aurait libéré Borwyn de ses obligations envers elle il se précipiterait directement dans les bras de Katherine et la supplierait de l'épouser. Une fois encore, elle s'était trompée.

Elle ignorait ce qui s'était passé entre eux au cours de leur dernière entrevue, mais il en avait résulté que Borwyn avait quitté le château et n'était pas revenu.

Depuis lors, Katherine avait déployé une énergie considérable. Elle affichait toujours un sourire éclatant et apprenait à développer de nouveaux talents, mais ses yeux semblaient garder un fond de tristesse. Linota mourait d'envie de savoir ce qui s'était passé entre elle et Borwyn. Cependant, après avoir été rabrouée plusieurs fois en essayant d'aborder le sujet, elle avait appris à se montrer moins indiscrète.

Tout comme elle avait appris à ne pas évoquer le sujet d'Erik.

Katherine aimait manifestement Borwyn avec autant de passion qu'elle détestait son demi-frère. Il était l'homme qui avait enlevé Linota et les avait tenues séparées pendant deux longues journées. Non seulement elle ne le lui pardonnerait jamais, mais elle peinait à comprendre pourquoi Linota ne ressentait pas la même chose qu'elle.

Linota, elle non plus, ne parvenait pas à le comprendre. Elle aurait dû détester Erik. Il s'était emparé de son cœur innocent et lui avait menti à plusieurs reprises, et tout cela pour servir ses propres intérêts.

Or, elle ne parvenait pas à le haïr. Peu importait le nombre de fois où elle s'ordonnait de cesser de l'aimer, son cœur refusait d'entendre. Elle espérait qu'un jour ses sentiments disparaîtraient et qu'elle serait heureuse de son sort. Peut-être finirait-elle par se marier et avoir des enfants avec un autre homme.

Pour le moment, elle devrait se contenter d'être une tante aimante. À en juger par la façon dont Ellena ne cessait de toucher son ventre et souriait sans raison apparente, elle se doutait qu'elle n'aurait plus à attendre fort longtemps.

Linota jeta un regard en direction de Katherine qui se concentrait intensément sur ses points. Elle dissimula son sourire. La broderie était un domaine que sa sœur ne parvenait pas encore à maîtriser, et ce quels que soient ses efforts.

Elle tourna ensuite les yeux vers Ellena, qui lui adressa un clin d'œil ; elle aussi avait remarqué que les points brodés par Katherine étaient affreux. Linota dut retenir un rire et le soulagement qu'elle en retira lui donna presque le vertige. Si elle était capable de rire de choses dérisoires, son cœur devait être sur la voie de la guérison.

Ellena reporta son attention sur son propre ouvrage.

— Braedan et moi avons prévu d'organiser une fête à Pâques, dit-elle, tandis que ses doigts volaient au-dessus d'un motif complexe. Et nous avons l'intention d'inviter le comte de Borwyn. Il serait bon de renforcer nos liens d'amitié, ne pensez-vous pas ?

Linota se figea, les doigts suspendus en l'air, son aiguille serrée douloureusement contre sa peau. Si Borwyn venait,

Erik l'accompagnerait-il ? Non, bien sûr que non. Elle était stupide. Erik avait probablement été banni par Borwyn, à moins qu'il n'ait été enfermé dans le cachot de la forteresse. Il ne se déplacerait certainement pas en compagnie de son demi-frère et, dans le cas contraire, nul chaleureux accueil ne lui serait réservé à Swein. Braedan s'assurerait qu'il en soit ainsi.

Tout cela néanmoins n'aurait pas dû avoir la moindre importance. Il fallait qu'elle oublie Erik. Il était probable qu'elle ne le reverrait jamais. Et même si elle devait croiser de nouveau sa route, elle ne lui accorderait plus sa confiance. Elle se concentra de nouveau sur son aiguille, en tentant de ne pas prêter attention à la douleur qui s'épanouissait dans sa poitrine.

— Je ne crois pas que Borwyn viendra, dit Katherine à voix basse, la tête toujours courbée.

Le cœur de Linota se serra douloureusement. Voir Katherine si triste lui causait beaucoup de peine.

— Je pense au contraire qu'il viendra, répliqua-t-elle.

Et s'il ne le faisait pas, elle chevaucherait elle-même jusqu'à Borwyn et le ramènerait à Swein.

Katherine pâlit.

— Pourquoi croyez-vous une chose pareille ?

Peu importaient les idées que sa sœur avait en tête, elle se trompait. Borwyn l'avait aimée, Linota en était certaine.

— Je ne comprends pas la raison de son départ, se hâta de lancer Linota. Que lui avez-vous dit lors de votre dernière soirée ? Lui avez-vous fait savoir que vous pensiez qu'il était le meilleur des hommes comme je vous l'avais conseillé ? Car je ne crois pas que vous l'ayez fait. L'attirance entre vous deux était si intense qu'être près de vous donnait le sentiment de côtoyer un brasier. J'ai bien cru risquer de m'y brûler en plusieurs occasions.

Ellena acquiesça.

— Je l'ai remarqué le jour de mon mariage. Même alors, aucun de vous n'était capable de détacher ses yeux de l'autre.

Leurs paroles n'apportèrent aucun réconfort à Katherine. Elle marmonna une excuse, mit son ouvrage de côté et quitta la salle à la hâte.

— Oh ! mon Dieu ! fit tristement Ellena. Je croyais que nous faisions bien de lui parler de l'attirance de Borwyn pour elle… Au lieu de cela, il semble que nous l'ayons grandement bouleversée.

— Je sais.

Linota laissa retomber son ouvrage sur ses genoux.

— J'ignore comment agir. Je pensais qu'ils seraient déjà ensemble après tout ce temps. Croyez-vous qu'il l'ait oubliée ? Je déteste la voir si malheureuse. J'étais certaine qu'il avait pour elle les sentiments qu'elle éprouve pour lui. Elle peut être si irritable, parfois… Je me demande ce qu'elle lui a dit pour qu'il reste à l'écart. Je le croyais plus fort que cela, mais s'il reste si longtemps loin d'elle parce qu'il a été effrayé…

— Seul le temps nous dira si cette relation peut être réparée.

Ellena fit mine de reprendre sa broderie, mais elle reposa rapidement son aiguille.

— Comme j'ai déjà contrarié l'une des deux sœurs, je pourrais tout aussi bien poursuivre la série de mes commentaires indésirables, n'est-ce pas ? Je peux voir que vous êtes malheureuse, vous aussi, Linota, et je crois que je connais la cause de votre tristesse. Si nous y réfléchissons ensemble, peut-être pourrons-nous trouver une solution.

Linota pressa la main contre son estomac, dans lequel il semblait qu'une armée de serpents de mer venait de s'inviter.

— Je n'ai pas le moindre tracas, assura-t-elle d'un ton ferme.

— Voilà qui est faux, dit Ellena d'une voix aimable mais résolue. Je lis la douleur dans vos yeux chaque fois que votre sœur dénigre Erik et je vois tout aussi aisément vos regards mélancoliques se perdre dans le vide lorsque votre esprit est ailleurs. Je crois que vous êtes tombée éperdument amoureuse de cet Erik Ward lorsque vous vous trouviez à ses côtés. Est-ce exact ?

Linota jouait avec la lisière du drap sur lequel elle travaillait. Elle gardait ses sentiments pour Erik enfouis tout au fond d'elle depuis des mois. Katherine refusait de parler de lui sauf lorsqu'elle était décidée à en dire le plus grand mal. Linota voulait – non, il lui fallait – parler d'Erik avec quelqu'un qui l'écouterait plutôt que de pester contre lui.

— Oui, c'est vrai.

Elle enchaîna quelques points de broderie avant de reprendre.

— Je suis tombée amoureuse de lui. Profondément amoureuse.

Linota sentit son cœur voleter dans sa poitrine. Comme il était bon d'enfin prononcer ces mots ! De reconnaître qu'elle avait fait une chose aussi insensée que d'aimer un homme qui l'avait trahie en tout point.

— Et je le regrette amèrement, ajouta-t-elle. Je ne veux pas me soucier de lui. Il m'a menti. J'ai peut-être des sentiments pour lui, mais même s'il voulait que je lui pardonne, je ne pourrais le faire.

Ellena hocha lentement la tête.

— Votre sœur pense sans aucun doute qu'il vous a tous trahis, et pourtant vous paraissez être une femme sensée. Il a dû faire quelque chose pour mériter votre admiration. Dites-moi ce qu'il s'est passé pour que vous ayez pu voir ce qu'il y a de meilleur en lui.

Linota inclina la tête et réfléchit à ce qui l'avait attirée en premier lieu chez Erik.

— Il est très beau, lâcha-t-elle dans un souffle.

Ellena éclata de rire en rejetant la tête en arrière. Linota sentit une intense chaleur irradier dans sa nuque. Elle toucha ses joues et constata qu'elles aussi étaient brûlantes.

— En effet, il est beau, reconnut Ellena. Moi-même je l'ai remarqué alors que j'étais déjà amoureuse de votre frère, un autre fort bel homme.

Malgré elle, Linota esquissa une petite grimace gênée. L'irrésistible attirance existant entre son frère et sa jeune épouse ne lui avait pas échappé. C'était adorable, mais les paroles d'Ellena la mettaient un peu mal à l'aise, il s'agissait de son grand frère, après tout.

Ellena fit un petit geste de la main.

— Assez parlé de Braedan. C'est de vous qu'il était question. Erik doit avoir des qualités autres que son physique plaisant.

— Il me fait… il me faisait rire.

— Rire est une fort bonne chose. Il n'y a rien de pire que d'être mariée à un homme qui vous rend malheureuse. J'en ai fait l'amère expérience…

Le visage d'Ellena avait soudain pâli, et le tourment habitait à présent son regard. Linota posa la main sur celle de sa belle-sœur. Que le premier mariage d'Ellena ait été épouvantable n'était pas un secret, et bien que Linota n'en connaisse pas les détails, elle en savait suffisamment pour se réjouir que l'homme en question soit mort et enterré. Ellena secoua la tête et lui sourit.

— Ne croyez pas toutefois que je vais changer de sujet. Je veux en savoir davantage à propos d'Erik Ward. Je veux savoir s'il est digne de ma nouvelle sœur.

Linota sentit son cœur se serrer. Elle pressa la main d'Ellena, tentant par ce geste muet de lui faire comprendre à quel point elle trouvait merveilleux de faire partie de sa famille.

— Je ne suis pas certaine de vouloir parler de lui.

— Cela pourrait être utile.

Linota signifia son refus en secouant la tête.

— Je n'en suis pas sûre. Rien ne peut changer ce qui s'est passé. Erik m'a menti à propos de tout. Je lui avais même dit combien la vérité était importante à mes yeux. Malgré cela, il n'a pas changé ses plans et n'a pas hésité à m'utiliser pour servir ses propres intérêts.

— Les apparences donnent à penser qu'il s'est comporté en effet de la pire des manières. Mais en matière de vérité les choses ne sont pas toujours noires ou blanches… Peut-être avait-il une raison impérieuse d'agir comme il l'a fait. Lui avez-vous déjà posé la question ?

Linota sentit le bout de ses doigts devenir subitement froid.

— Non. Je ne lui ai jamais plus parlé après…

— Vous ne lui avez donc jamais accordé la possibilité de s'expliquer, remarqua Ellena avec un doux sourire.

— L'auriez-vous fait ?

Ellena baissa ses yeux vers sa broderie et poussa un long soupir.

— Non, je ne l'aurais pas fait. Pour tout dire, votre frère m'a fait subir un sort similaire au vôtre.

— Vraiment ?

Linota avait bien du mal à imaginer qu'une telle chose soit possible. Braedan adorait Ellena et était prêt à tout pour elle. Il tentait de dissimuler le fait qu'elle le menait par le bout du nez – il était un guerrier endurci, après tout –, mais la plupart des gens savaient à quel point il lui était dévoué.

— Oui, vraiment. Et j'ai ensuite compris que ses actions avaient été dictées par le désir de protéger ses sœurs. Et lorsque j'ai fait votre connaissance et commencé à vous apprécier, j'ai compris pourquoi il avait agi comme il l'avait fait.

Linota reporta son attention sur son ouvrage et ajouta quelques points à l'ensemble.

— Mais je déteste les menteurs ! Ce sont des mensonges qui ont mené à la condamnation de mon père, des mensonges qui nous ont conduites, ma sœur et moi, à vivre enfermées dans nos appartements pendant des années !

— Certaines personnes mentent et trahissent pour leur propre bénéfice, ce qui est impardonnable. Mais parfois les raisons sont plus complexes. Vous devez découvrir ce qui a poussé Erik à agir comme il l'a fait. Ce n'est qu'ensuite que vous pourrez trouver la paix.

Linota se concentra intensément sur le motif de sa broderie tout en réfléchissant aux paroles d'Ellena. Se pouvait-il qu'Erik ait agi en étant animé des meilleures intentions ? Avait-elle un moyen de comprendre le sens de ses actes ? Cette éventualité fit brusquement s'emballer son cœur, mais son enthousiasme retomba bien vite.

— Même si je pouvais lui pardonner, il ne peut y avoir d'avenir pour nous deux.

Face à l'air d'incompréhension d'Ellena, Linota livra davantage d'explications.

— On attend de moi que je fasse un bon mariage. Erik Ward est un enfant illégitime.

— Je suis sûre que l'on peut convaincre Braedan…

— Je crois que Braedan pourrait en effet être convaincu, en particulier si c'était vous qui vous en chargiez. Mais Katherine ne changera pas d'avis. Depuis notre enfance elle nourrit l'ambition que je noue une union prestigieuse et que je fasse honneur à notre famille.

Le front d'Ellena se plissa.

— Je ne peux croire que Katherine soit cruelle au point d'attendre de vous que vous épousiez quelqu'un que vous n'aimez pas. Elle ne souhaite que votre bonheur.

Linota fit courir ses doigts sur sa tresse – une fois encore elle lui sembla bien trop serrée.

— Katherine déteste Erik. Elle ne voudra jamais croire qu'il pourrait me rendre heureuse. Même si elle acceptait le fait qu'il soit de basse extraction, elle serait incapable d'accepter Erik lui-même.

— Cela représente sans aucun doute un obstacle. Braedan ne l'apprécie pas vraiment, lui non plus, remarqua Ellena en hochant la tête.

Elle laissa retomber son drap sur ses genoux, renonçant ainsi tout à fait à ses travaux d'aiguille pour l'instant.

— Vous devez découvrir la vérité.

— Quelle vérité ?

— Vous nous avez dit qu'Erik avait une sœur. Il vous faut savoir si cela est vrai.

— Mais Dame Sutton…, commença Linota.

— … ne sait pas tout, fit Ellena pour terminer sa phrase à sa place.

Il sembla à Linota que l'atmosphère venait de se figer autour d'elle. Elle sentait le sang pulser frénétiquement dans sa gorge. Pendant un instant, elle s'autorisa à croire que tout ce que lui avait dit Erik était vrai. La douleur qui étreignait sa poitrine se calma un instant avant de se ranimer avec encore plus de force. Elle n'avait aucun moyen de découvrir un jour la vérité.

— Comment puis-je savoir ? murmura-t-elle.

— Je crois que les choses vont devenir plus simples dans ce domaine, dit Ellena, un petit sourire aux lèvres.

De lourds bruits de bottes résonnèrent tout à coup dans la grande salle. L'homme qui venait d'entrer s'arrêta près de leurs sièges.

Linota se figea. Ce ne pouvait être vrai, n'est-ce pas ? Elle leva les yeux, et son cœur se mit à battre follement. Celui qui se tenait devant elle avait les mêmes larges épaules et les mêmes boucles blondes qu'Erik.

Elle cligna des yeux, et son cœur s'arrêta net quand elle comprit que l'homme qui se tenait devant elle n'était pas Erik, mais son frère, Jarin Ashdown, comte de Borwyn.

Ellena se leva pour l'accueillir. Linota, quant à elle, fut incapable de quitter son siège. Elle n'aurait pas pu bouger même si elle l'avait voulu, car sa déception, immense, la clouait sur place.

— Très chères ladies, les salua Borwyn, d'un ton formel, les épaules raides. J'espère que vous vous portez toutes deux pour le mieux.

— Nous vous remercions, messire, répondit Ellena. Nous allons fort bien. J'espère qu'il en est de même pour vous.

Tandis qu'Ellena et Borwyn échangeaient diverses politesses, Linota sentit son cœur battre plus fort dans sa poitrine. Une seule raison pouvait expliquer la présence du comte – du moins n'y en avait-il qu'une qui lui paraissait sensée.

Borwyn était venu pour Katherine.

Joignant fermement les mains sur son giron, elle commença à prier avec ferveur.

Elle voulait le bonheur de sa sœur, c'était indéniable, mais elle ne pouvait se mentir. Elle voulait de tout son cœur que cette union se concrétise non seulement pour sa sœur, mais aussi pour elle-même. Car si Katherine revenait à la raison et acceptait Jarin pour époux alors s'établirait un lien – si tenu soit-il – avec Erik.

Chapitre 15

Forteresse de Borwyn – printemps 1332

— Êtes-vous certaine de ne pas vouloir descendre dans la grande salle pour dîner ? demanda Katherine, qui tournoyait dans la chambre réservée aux invités, un sourire radieux aux lèvres.

— Oui. Pour tout dire, je me sens plutôt éreintée après notre chevauchée, répondit Linota, tout en se laissant retomber sur son lit.

Elle voulait faire de son mieux pour donner l'impression que le voyage de deux jours qui l'avait menée du château de Swein à la forteresse de Borwyn l'avait totalement épuisée alors que c'était l'inverse.

Par chance, Katherine était trop occupée par son mariage imminent avec Borwyn pour lui prêter grande attention.

— Je vous rapporterai de quoi vous nourrir, dit-elle en s'élançant d'un pas léger vers la porte.

C'était véritablement très… réconfortant de voir à quel point Katherine était heureuse maintenant qu'elle avait accepté d'épouser Borwyn. Lors des rares occasions au cours desquelles elle avait pu voir le comte, elle avait constaté qu'il semblait tout aussi ivre de bonheur que sa sœur.

— Mmm, fit Linota, comme si elle s'apprêtait à sombrer dans le sommeil.

La porte s'ouvrit, mais au lieu d'en franchir le seuil Katherine revint dans la chambre.

— Vous ne tentez pas d'éviter Erik Ward, n'est-ce pas ?

— Non. Bien sûr que non. Je suis fatiguée, voilà tout.

Katherine ne parut pas convaincue par sa réponse.

— Borwyn m'a donné l'assurance qu'Erik Ward ne se trouvait pas dans la forteresse en ce moment. Il est donc inutile que vous vous terriez ici, si c'est bien ce que vous faites.

Une douleur aiguë comprima la poitrine de Linota. Elle s'était efforcée de se convaincre que tout ce qu'elle désirait était de connaître la vérité à propos d'Erik. Cependant, tout au fond d'elle, elle savait que ce n'était pas vrai. Elle voulait le revoir.

Restée tout près du lit, Katherine attendait manifestement une réponse.

— Je n'ai pas peur de revoir Er..., Master Ward, dit-elle, tout en espérant que Katherine ne pousserait pas trop loin son interrogatoire.

Il était vrai qu'elle ne craignait pas de le voir. Elle redoutait plus que tout que ses recherches prouvent qu'il était un menteur, et non l'inverse. Tant qu'elle n'en aurait pas le cœur net, elle préférait garder ses pensées et ses sentiments pour elle.

Katherine lui toucha doucement le bras.

— Il n'est pas nécessaire que je m'en aille.

— Bien sûr que si !

Linota roula sur le côté et leva un visage souriant vers sa sœur.

— Ce banquet est donné en votre honneur, Katherine. Rejoignez les autres et profitez de ce moment.

— Je n'y manquerai pas. Mais je vous en prie, envoyez quelqu'un me chercher si jamais vous avez besoin de moi. Je vous rejoindrai dans l'instant.

Katherine se pencha et lui déposa un baiser sur le front.

— Et quand vous vous sentirez prête à revoir Erik Ward, je pourrai être auprès de vous. Cela pourrait vous aider à vous sentir mieux si vous pouviez entendre l'histoire de sa bouche et connaître son propre point de vue. Cela ne signifie pas pour autant que je lui accorde mon pardon pour vous avoir gardée loin de moi !

Katherine soupira.

— Mais je suis disposée à me montrer un peu plus compréhensive, maintenant que je connais un peu mieux l'histoire.

Linota accueillit les paroles de sa sœur d'un hochement de tête.

— Je vous remercie Katherine, c'est très gentil de votre part. Mais pour l'instant, je crois que j'aimerais simplement dormir.

Il n'était pas question que Katherine soit présente lorsqu'elle aurait l'occasion d'adresser de nouveau la parole à Erik. Certaines choses qu'elle tenait à lui dire ne nécessitaient pas la présence d'un quelconque témoin.

Elle voulait découvrir la vérité par elle-même et non l'apprendre de la bouche d'une autre personne qui pourrait fausser la réalité.

Se laissant retomber sur sa couche, elle ferma les yeux. Elle pouvait sentir le regard de Katherine posé sur elle et se demanda si elle n'exagérait pas dans son imitation du sommeil. Finalement, les pas de sa sœur résonnèrent dans la chambre. Elle entendit la porte s'ouvrir puis se refermer derrière Katherine. Elle relâcha alors son souffle qu'elle avait retenu sans s'en rendre compte.

Elle resta étendue pendant un moment durant lequel elle se remémora l'une des histoires de son père. Elle aimait habituellement se souvenir de ses contes apaisants, mais en cette soirée elle devait veiller à ralentir le rythme du récit. Elle ne voulait pas perdre le bénéfice de ses efforts. Tout tomberait à l'eau si Katherine revenait subitement dans la chambre et qu'elle la surprenait bondissant hors de son lit, toute trace de sa prétendue fatigue effacée.

Lorsqu'elle fut certaine que suffisamment de temps s'était écoulé pour que Katherine ait pu gagner la grande salle, où une fête était donnée en l'honneur de ses fiançailles avec Borwyn, elle se leva.

Elle alla à la porte qu'elle entrebâilla pour jeter un coup d'œil dans le couloir. Elle s'était presque attendue à découvrir des gardes postés devant sa chambre mais, par chance, il n'en était rien. Les lieux étaient paisibles et déserts.

Elle chaussa rapidement ses bottes et se faufila hors de la chambre dont elle referma la porte.

Linota s'engagea rapidement dans les couloirs dallés de pierre, s'arrêtant à chaque intersection pour vérifier que la voie était libre. La forteresse était étrangement vide, mais elle poursuivit sa progression en dépit des frissons de peur qui lui parcouraient l'échine.

Elle arriva devant ce qu'elle avait identifié comme la chambre d'Erik.

Durant son séjour au château de Swein, Borwyn avait annoncé à tous que lui et son demi-frère s'étaient désormais réconciliés. Il avait essayé de parler d'Erik mais, ce qui avait été fort frustrant, Katherine lui avait fait savoir qu'elle préférait qu'il n'en fasse rien devant Linota, car elle pensait visiblement que tout sujet concernant Erik ne ferait que la bouleverser.

Tout ce que Linota savait, c'était que les actions d'Erik durant les journées qu'elle avait passées à ses côtés n'avaient en rien eu pour but d'assurer sa propre fortune. Jarin avait accédé au souhait de sa fiancée en gardant le silence, et Linota n'avait pas voulu attirer l'attention en montrant que tout ce qui pouvait concerner Erik lui importait grandement.

Le cœur battant, rêvant et redoutant à la fois d'entendre la voix d'Erik, elle frappa doucement à la porte.

Son exaltation retomba quand elle constata que seul le silence lui répondait.

Elle poussa lentement le battant et entra. Un rayon de lumière perçait à travers les volets et éclairait le sol de pierre. Elle avança vers le centre de la chambre, soulevant la poussière sous ses pas, et tourna sur elle-même pour observer les lieux.

L'endroit contenait peu de mobilier. Un grand lit était placé contre l'un des murs, avec des couvertures soigneusement pliées posées dessus. Un magnifique coffre sculpté se trouvait au pied du lit. Elle s'en approcha et caressa le motif complexe qui ornait le couvercle. Il était si semblable à celui qu'Erik conservait dans sa chaumière qu'elle ne doutait pas un instant qu'il l'ait fabriqué de ses propres mains.

Peu d'objets étaient disposés sur l'unique table de la pièce. Des outils comme elle n'en avait jamais vu occupaient l'un des côtés. Elle supposa qu'Erik les utilisait pour travailler le bois.

L'autre côté de la table était vide.

Elle ne savait pas exactement à quoi elle s'était attendue. Peut-être à trouver la preuve qu'il avait découvert ce qui était arrivé à sa sœur, même si elle n'avait aucune idée de ce à quoi cela pourrait ressembler.

Elle posa les yeux sur le coffre. En pénétrant dans cette chambre, elle avait enfreint une sorte de code moral. Pourrait-elle franchir une autre limite en ouvrant ce coffre ?

Les mains tremblantes, elle avança d'un pas.

Elle toucha le verrou avant de retirer vivement sa main.

C'était une terrible intrusion dans l'intimité d'Erik, une intrusion qu'il ne pourrait probablement pas lui pardonner s'il la découvrait. Cependant, elle était allée trop loin pour renoncer. Repartir maintenant s'apparenterait à un échec, et qui pouvait savoir quand une autre occasion de pénétrer dans la chambre d'Erik s'offrirait à elle ? Les banquets allaient se succéder au cours des prochains jours pour célébrer les noces de Katherine et Borwyn. Elle ne pourrait prétexter de nouveau une trop grande fatigue, et il était peu probable que Katherine la laisse circuler seule dans la forteresse.

Une fois toutes les festivités terminées, elle devrait regagner Swein avec Ellena et Braedan pour vivre auprès d'eux plutôt qu'en compagnie de Katherine et de son nouvel époux.

Katherine avait été déçue. Elle avait pensé que Linota vivrait avec elle, mais cette dernière savait que cela aurait été bien trop difficile à supporter. Elle ne pourrait pas voir Erik chaque jour et faire comme si rien ne s'était passé entre eux. Pas alors que l'exquise sensation née du contact de ses lèvres sur son corps était encore bien présente dans sa mémoire. Cette proximité physique ne ferait que la tuer à petit feu. Rendre visite à sa sœur constituerait déjà une épreuve, mais si elle savait qu'Erik ne lui avait pas menti à propos de sa sœur, si cette unique chose était vraie, alors peut-être serait-elle capable de se trouver en sa présence et d'échanger avec lui avec une certaine sérénité.

Une fois sa décision prise, elle posa de nouveau la main sur le verrou. Mais avant qu'elle ait pu ouvrir le coffre, elle entendit le son caractéristique d'une porte s'ouvrant derrière elle.

Le temps sembla ralentir son cours, et elle regarda tout autour d'elle dans l'espoir de trouver un endroit où se cacher. Il n'y en avait pas.

Elle s'éloigna du coffre et serra ses mains l'une contre l'autre pour que quiconque venait d'entrer ne voie pas comme elles tremblaient.

Arrivé devant sa chambre, Erik passa le revers de sa main sur ses lèvres. Il était assoiffé, mais n'avait rien à boire.

Il s'était dirigé vers la grande salle avant de se rappeler

que le banquet venait célébrer le mariage prochain de Jarin et Katherine. Jarin lui avait juré qu'il y serait le bienvenu, mais il avait lu une forme de tension dans les yeux de son frère. Jarin savait que sa fiancée n'avait pas réellement envie qu'il se retrouve à proximité d'elle ou de sa sœur.

Le frère de Linota était également présent pour l'occasion. Sir Braedan était peut-être capable de jouer parfois les hommes civilisés, mais Erik ne doutait pas que Leofric le taillerait en pièces s'il apprenait ce qui s'était passé entre Erik et Linota dans la pièce au-dessus de la boulangerie d'Emma.

Malgré ses aptitudes, il ne ferait rien pour se défendre. Il était coupable. Il avait laissé ses mains courir sur le superbe corps de Linota tout en sachant qu'il n'était qu'un misérable enfant illégitime capable de mentir à une femme qui lui faisait totalement confiance.

Bon sang, il ne devrait pas attendre que Sir Braedan s'en charge ! Il devait se tailler en pièces lui-même. Il aurait pu déjà le faire. La seule chose qui l'en avait empêché, ce qui l'avait retenu de devenir complètement fou durant ces jours sans fin passés loin de Linota, était la quête qu'il menait pour retrouver sa nièce.

Il ferma les yeux. Penser que Linota se trouvait entre les mêmes murs que lui lui donnait le vertige. Il ne lui faudrait que quelques instants pour rejoindre la salle et poser de nouveau les yeux sur elle.

Un long soupir lui échappa.

Il ne le ferait pas.

Pas ce soir. Mais il savait qu'il ne renoncerait pas à la voir avant qu'elle parte. La revoir lui était aussi indispensable que respirer.

À présent, il allait prendre un peu de repos. Cette journée passée à chercher Isabel en vain l'avait épuisé plus qu'une centaine de batailles.

Il entra dans sa chambre et se figea.

Comme s'il l'avait fait naître dans son imagination, Linota se tenait face à lui, le dos droit et le menton fièrement relevé. Elle tenait les mains fermement serrées devant elle.

Il sentit sa gorge se nouer.

Linota, quant à elle, resta parfaitement immobile.

Peut-être était-il devenu fou. Le désir qui le consumait chaque jour, qui ne s'éteignait pas même quand il dormait, l'avait finalement fait basculer au-delà de la raison. Et maintenant, il avait des visions.

Il ferma les yeux et secoua la tête pour faire disparaître l'image. Mais quand il les rouvrit, il constata qu'elle était toujours là, devant lui.

Il fit deux pas pour se rapprocher d'elle. À cette distance, il pouvait voir une veine palpiter sur son cou. Son regard parcourut fiévreusement le corps de Linota. Les jointures de ses mains serrées étaient blanches, sa peau, d'une pâleur extrême.

Elle était bel et bien réelle.

— Pourquoi êtes-vous ici ?

Son ton dur la fit tressaillir, et il grimaça.

Il s'éclaircit la voix et adopta une intonation plus douce pour poursuivre.

— Ce que je veux dire est : pourquoi ne participez-vous pas au banquet ?

Linota ouvrit la bouche pour répondre puis parut se raviser.

— Eh bien ? demanda-t-il.

— Je ferais mieux de partir, murmura-t-elle.

Il hocha lentement la tête. Oui, cela valait probablement mieux. Elle ne devrait pas se trouver seule avec lui, dans sa chambre. Elle ne courrait évidemment pas le moindre risque, mais plus longtemps elle resterait près de lui, plus il lui serait difficile de la laisser repartir.

Linota, cependant, ne fit aucun mouvement pour s'en aller. Avançant d'un pas de plus dans sa direction, il plongea son regard dans le sien. Le reste de la pièce sembla soudain disparaître. Il n'y avait plus que Linota et lui.

Il tendit les bras vers elle. Elle ne s'écarta pas quand ses doigts caressèrent le dessus de ses mains avant de remonter le long de ses bras jusqu'à ses épaules et de se poser sur la douce peau de son cou.

Les lèvres de Linota s'entrouvrirent, et ses pupilles devinrent plus sombres.

Doucement, il inclina son visage vers le sien. Elle releva la tête pour accueillir son baiser qui se fit bientôt profond, intense. Il avait langui tant de mois, il avait tant désespéré, qu'il voulait imprimer toute la passion possible à l'union de leurs bouches. Quand leurs langues se trouvèrent, il ne put retenir un grognement et l'attira avec force contre lui.

La main de Linota s'enfouit dans ses cheveux et s'y agrippa fermement, presque au point de lui faire mal, pour le tenir bien en place.

Il trouva les liens de la tunique de Linota et tira dessus pour la lui enlever.

Puis ses mains coururent jusqu'au bas de son dos, effleurant ses courbes douces et charnues à travers sa robe. Elle gémit sous ses caresses, et il étouffa un grondement de satisfaction en l'entendant réagir de la sorte. Il défit ensuite les attaches de sa robe, l'esprit tout entier tourné vers le besoin viscéral de la sentir sous lui, de les libérer tous deux de ce désir enfiévré.

Une attache fut dénouée, et ses doigts se portèrent aussitôt sur la suivante.

Il était en train de perdre complètement la tête.

Sa conscience n'était cependant pas annihilée au point de ne pas sentir les mains de Linota se presser contre son torse.

Il releva la tête et baissa les yeux vers elle.

Ses paumes s'appuyaient contre lui pour le repousser. Il observa son visage. Ses joues s'étaient empourprées, ses pupilles dilatées et ses lèvres gonflées. Elle avait tout d'une femme terrassée par le désir, mais la posture de son corps indiquait le contraire.

— Je vous en prie, cessez, murmura-t-elle.

Percevant la douleur dans sa voix, il recula vivement, comme s'il venait de se brûler. Son mouvement brusque fit vaciller Linota, et il tendit la main et la saisit par le bras pour l'empêcher de tomber.

Dès qu'elle eut retrouvé son équilibre, il la relâcha.

Son corps l'implorait de la reprendre dans ses bras, mais il refréna cet élan et se dirigea à grands pas vers la table et commença à ranger ses outils déjà parfaitement ordonnés.

Il tenta de fixer son attention uniquement sur son propre souffle et de respirer lentement. Il était un homme, pas une bête. Il ne toucherait pas une femme si celle-ci ne le désirait pas.

— Pourquoi êtes-vous ici, Linota ? demanda-t-il de nouveau.

Il y eut un silence si long qu'il finit par se retourner pour voir si Linota était encore là.

Elle était exactement là où il l'avait laissée, sa tunique brodée toujours à ses pieds.

Une bouffée de honte l'envahit, mais il ne bougea pas pour ramasser le vêtement. Il n'était pas du tout certain de pouvoir contrôler ses réactions s'il se trouvait de nouveau près d'elle.

— Je suis ici pour célébrer le mariage de ma sœur avec Borwyn.

— Je sais pourquoi vous vous trouvez dans la forteresse de Borwyn. Ce que je voudrais savoir, c'est pour quelle raison vous êtes ici, *dans ma chambre*, pour être plus précis.

Les doigts de Linota jouaient avec les plis de sa robe tandis que ses yeux se posaient par intermittence sur le coffre près du lit.

— Me croiriez-vous si je disais que je me suis perdue ? demanda-t-elle d'une toute petite voix.

— Non.

C'était impossible. Sa chambre et la grande salle se trouvaient dans des directions opposées.

Elle lui adressa un sourire triste et se pencha pour ramasser sa tunique. Le mouvement fit retomber sa lourde tresse par-dessus l'une de ses épaules.

Il dut se contraindre à détourner les yeux d'elle pour fixer son attention sur un point sur le mur.

— Linota, je vous en prie, dites-moi la vérité quant à la raison de votre présence ici !

Même s'il ne la regardait pas directement, il pouvait percevoir qu'elle s'était raidie.

— La vérité ! Croyez-vous vraiment que je vous la doive ? répliqua-t-elle.

La violence de ses mots et la sécheresse de son ton le firent reculer malgré lui, comme s'il venait de recevoir un coup particulièrement douloureux.

— Vous vous trouvez dans ma chambre sans y avoir été invitée… Il me semble donc que, oui, vous me devez la vérité.

— Et ne pensiez-vous pas que je méritais d'entendre la vérité la dernière fois que nous nous sommes trouvés ensemble ? À moins que vous ne m'ayez considérée comme trop faible d'esprit pour cela ?

Avec des gestes brusques, elle remit sa tunique. Même s'il voyait que tout son corps vibrait à présent de colère, Erik voulait encore traverser la pièce pour la prendre dans ses bras.

— Je ne vous ai jamais menti, dit-il.

C'était vrai, il n'avait pas menti. Il y avait soigneusement veillé. C'était la seule façon pour lui de justifier ses actions à ses propres yeux.

Elle pesta entre ses dents et croisa les bras sur sa poitrine. Paisible, la douce Linota était très belle ; en colère, elle était tout simplement magnifique.

— Je ne vous ai pas menti, reprit-il après quelques instants. Je reconnais sans peine que je ne vous ai pas dit l'entière vérité, mais je ne vous connaissais pas suffisamment bien pour savoir si vous étiez ou non digne de confiance.

— Mais vous me connaissiez suffisamment bien pour poser votre bouche…

Les mots semblèrent soudain lui manquer, et elle fit un geste pour désigner son corps comme pour illustrer les gestes qu'il avait eus.

Il n'avait nul besoin que l'on sollicite sa mémoire. Le dernier après-midi passé avec elle était dans son esprit. Depuis, le souvenir du goût et de la douceur de sa peau l'accompagnait partout où il se rendait. La nuit, il rêvait de son corps se tordant de plaisir sous le sien. Il se réveillait au comble du désir, et rien de ce qu'il faisait ne pouvait étancher sa soif d'elle.

Il n'était pas allé avec une autre femme. Bien que des avances lui aient été faites, il n'avait pas été tenté d'y céder. Il voulait Linota, et nulle autre. Et en voyant l'expression de son visage en cet instant, il savait qu'il en serait ainsi pour toujours.

— Comptez-vous rester muet encore longtemps ? s'exclama-t-elle.

Il comprit alors qu'il était resté silencieux, les yeux rivés sur son corps.

Il s'éclaircit la voix.

— Je ne vous ai pas entendue vous plaindre lorsque j'embrassais tout votre corps.

Un son échappa à Linota, qui évoquait tout à la fois un grognement de mécontentement et une plainte. Il ne put retenir un sourire en l'entendant.

— Vous êtes incroyable, siffla-t-elle entre ses dents.

Elle se dirigea alors à pas vifs vers son coffre, l'ouvrit d'un geste brusque et commença à en sortir tout ce qu'il contenait, jetant l'ensemble sur le lit.

— Que faites-vous donc ?

Il la rejoignit à grandes enjambées et referma la main sur son poignet, avec juste ce qu'il fallait de force pour arrêter son geste.

— Lâchez-moi !

Narines frémissantes, elle lui lança un regard furieux.

Il relâcha sa prise mais resta auprès d'elle.

— Avez-vous perdu la raison ? demanda-t-il tandis qu'elle plongeait de nouveau dans le coffre. Qu'espérez-vous obtenir en jetant mes affaires aux quatre coins de cette pièce ?

Erik savait qu'il aurait dû la faire sortir de la chambre et lui interdire d'y revenir, mais même si elle brûlait de colère contre lui, il préférait qu'elle soit là plutôt que de ne plus la voir. Il était vraiment pitoyable.

— Je veux trouver une preuve, même si elle est infime, de l'existence de votre sœur.

— Et à quoi cela vous servira-t-il ?

— Vous m'avez menti à propos de tout le reste, mais je ne peux cesser de me demander ce qui vous a poussé à inventer l'existence d'une sœur. Si je pouvais savoir qu'au moins l'une des choses que vous m'avez dites était vraie, je pourrais…

Il attendit qu'elle termine sa phrase mais elle reprit sa fouille obstinée.

— Que pourriez-vous ? lança-t-il d'un ton qui voulait encourager une réponse sincère.

Elle haussa légèrement les épaules.

— Cela n'a pas d'importance.

Cela avait visiblement une immense importance, mais il ne voulut pas la forcer à répondre. Si elle tenait à fouiller ses affaires, il n'y voyait pas d'objection. Il n'avait rien à cacher. Plus maintenant.

— Mary existait réellement. Mais elle n'existe plus à présent, dit-il simplement.

La douleur causée par la mort de sa sœur s'était atténuée, mais pas la souffrance due à la perte de sa nièce. Il avait encore beaucoup de mal à l'accepter et ne comptait pas abandonner ses recherches. Il les poursuivrait jusqu'à ce qu'elle soit libérée et se trouve enfin à ses côtés.

Linota secoua la tête.

— Dame Sutton a dit que vous n'aviez pas de sœur.

— Qui est donc Dame Sutton ? Ah, oui, je vois... Cette grande femme sévère qui a toujours un air de déception sur le visage. Pourquoi saurait-elle si j'ai ou non une sœur ? Elle ne me connaît pas. Je vous l'ai dit, j'ai caché Mary du mieux que j'ai pu. Une petite enfant illégitime dans une grande forteresse attire rarement l'attention.

Les mains hésitant au-dessus du coffre, Linota marqua une courte pause, puis secoua la tête et reprit sa fouille.

Erik s'écarta d'elle pour s'adosser au mur le plus proche, les bras croisés sur la poitrine comme si tout cela n'avait pas la moindre importance à ses yeux. Il possédait peu de choses et elle pouvait les examiner autant qu'elle le voulait. Elle ne trouverait aucune trace du passage sur Terre de sa sœur parmi ses maigres possessions.

— Faites attention avec cela, dit-il néanmoins quand elle eut atteint le fond du coffre.

Elle se pencha et en sortit l'épée ouvragée qui en temps normal reposait sous ses autres affaires.

— Cela ne ressemble pas à une épée d'intendant, remarqua-t-elle en levant l'arme devant elle.

— C'est parce que ce n'en est pas une. Je ne suis plus intendant, désormais.

Il prit une profonde inspiration. Jarin lui avait pardonné, et il en éprouvait une profonde reconnaissance. Jarin lui avait même offert de lui conserver son rôle d'intendant, mais il avait décliné son offre. Il lui fallait quelqu'un de plus expérimenté pour le guider.

Linota tenait toujours l'épée, un air accusateur sur le visage.

— Elle appartenait à mon père, dit-il.

— L'avez-vous volée ?

Il se détacha du mur et lui prit l'encombrante épée des mains.

— Je crois que vous en avez assez dit. Vous devriez partir, maintenant.

Comme si elle ne l'avait pas entendu, elle resta immobile tandis qu'il commençait à replier les vêtements d'hiver qu'elle avait éparpillés sur le lit et les rangeait de nouveau dans le coffre.

— Je ne plaisante pas, Linota. Si vous n'êtes venue jusqu'ici que pour m'insulter, alors il vous faut partir. Allez rejoindre votre sœur pour fêter son mariage à venir.

— Je veux vous croire, Erik.

Il lui lança un regard et constata que ses yeux étaient écarquillés et brillants de larmes contenues.

— Je peux vous raconter mon histoire, Linota, mais cela ne veut pas dire que vous la croirez.

— Je vous en prie, dites-la-moi malgré tout.

Il s'accorda un moment de réflexion. N'était-ce pas ce qu'il avait eu envie de faire depuis le tout premier instant ? Voilà qu'elle se trouvait près de lui et voulait entendre ce qu'il avait à dire…

— Très bien, fit-il.

Les mains croisées sur son giron, Linota s'assit à l'extrémité du lit tandis qu'il entreprenait de lui narrer ce qui lui était arrivé à partir du moment où de Bevoir l'avait approché. Il lui raconta tout à propos de sa jeune nièce et comment il la recherchait toujours, comment il poursuivrait sa quête tant qu'il ne l'aurait pas retrouvée.

Il ne lui dit pas qu'il s'était trouvé à proximité de sa chambre lorsque Borwyn lui avait fait sa proposition de mariage. Ni que sa réponse positive l'avait mis à genoux.

Pas plus qu'il ne lui dit avec quel immense soulagement il avait découvert qu'elle n'était pas allée jusqu'au bout de ce projet. Il pensait qu'il aurait été incapable de la voir mariée à son frère sans devenir fou. Il savait qu'elle devrait épouser quelqu'un d'autre, mais ce seigneur inconnu vivrait loin des terres de Borwyn. Il n'aurait pas à la voir s'arrondir en portant l'enfant d'un autre homme. Savoir qu'elle partageait la couche d'un autre lui causerait une extrême douleur, mais ce ne serait pas aussi insupportable que d'en avoir la preuve sous les yeux.

— Vous auriez pu me faire confiance et me dire la vérité, dit-elle quand il eut fini son récit.

Il secoua la tête.

— Ne voyez-vous pas que prendre un tel risque m'était impossible ? La vie d'Isabel en dépendait.

Linota se releva brusquement.

— Je vous aurais aidé à la trouver.

— Que vous restiez cachée était la seule chose que j'avais besoin que vous fassiez, dit-il en se frottant le front. Je…

Elle l'interrompit :

— Vous ne vouliez pas de mon aide.

— Je n'en avais pas besoin, répliqua-t-il d'un ton vif.

Pourquoi ne pouvait-elle pas comprendre ce qu'il disait ? Il avait toujours dû se débrouiller seul. Si l'on exceptait les derniers mois écoulés, il y était parvenu sans problème. Il n'avait nul besoin de l'aide de l'unique femme dont il souhaitait par-dessus tout garantir la sécurité.

Linota ne réagit pas à son emportement. Au lieu de cela, elle le salua d'un signe de tête et se dirigea vers la porte.

— Vous escorterai-je jusqu'au banquet ? demanda-t-il, peu pressé de voir s'achever le temps passé à ses côtés.

— Je ne participerai pas au banquet.

— Je vous raccompagnerai jusqu'à votre chambre, dans ce cas.

— Je ne m'y rends pas non plus.

Il laissa échapper un soupir.

— Je vous accompagnerai où que vous alliez. Vous ne devez pas être seule, pas même au cœur du donjon de Borwyn.

— Je ne compte pas y rester.

Elle ouvrit la porte.

— Où allez-vous donc ?

— Je pars chercher votre nièce.

Chapitre 16

Sans prendre le temps d'observer la réaction d'Erik, Linota s'engagea à grands pas dans le couloir.

Même si elle n'était pas certaine d'aller au bout de son idée et de partir réellement à la recherche de cette mystérieuse Isabel, elle était déterminée à montrer à Erik sa capacité à lui apporter son aide. Quant à la manière dont elle y parviendrait, elle n'en savait encore rien.

Après avoir tourné dans un autre couloir, elle entendit de lourds bruits de pas résonner derrière elle.

— Pour l'amour du ciel, qu'avez-vous donc en tête ? tonna Erik au moment où il arrivait à son niveau. Croyez-vous sincèrement qu'il vous suffira de parcourir la ville pour retrouver une fillette que je recherche depuis des mois ?

Elle fit volte-face pour le regarder droit dans les yeux et faillit percuter de la tête sa tunique de cuir. Elle leva le regard vers lui, l'air déterminé.

— Que vous ne l'ayez pas trouvée montre assurément que vous ne l'avez pas cherchée dans les bons endroits.

Le visage d'Erik s'empourpra subitement et son regard se fit dur. Pour la première fois, elle le voyait diriger sa colère contre elle et comprenait à quoi il devait sa réputation de féroce guerrier. Une tempête de feu brûlait au fond de ses yeux bleus, et la rage qui grondait en lui la fit reculer instinctivement. Elle s'était tendue, mais ce n'était pas la peur qui avait fait naître cette réaction, bien au contraire. Elle n'avait qu'une envie, l'attirer fermement contre elle, pour qu'ils finissent ce qu'ils avaient commencé dans sa chambre. Elle n'entendait toutefois pas céder à cette tentation.

Il plissa les yeux, et Linota sut qu'elle aurait dû être effrayée – nulle personne saine d'esprit n'aurait pu observer ce visage sans redouter la violence contenue qui y brûlait. Cependant, pour une raison inconnue, elle n'avait pas peur. Peut-être lui faisait-elle confiance, finalement.

— J'ai cherché en tous lieux, lâcha-t-il en s'efforçant de garder sa colère sous contrôle.

— Alors, montrez-moi où vous vous êtes rendu.

Il la fixa un long moment avant de poursuivre.

— Très bien, grogna-t-il. Je vous conduirai à travers Borwyn et vous montrerai chacune des bâtisses que j'ai explorées pour que vous constatiez par vous-même que votre entreprise est vaine.

Il tourna les talons et se dirigea avec détermination vers la sortie du donjon, sans chercher à savoir si Linota le suivait. Elle se précipita à sa suite pour ne pas être distancée.

Une nuance rosée teintait le ciel crépusculaire quand ils sortirent de la forteresse et pénétrèrent dans la cité fortifiée de Borwyn.

Linota peinait à croire à sa chance d'avoir pu arriver jusqu'à ce point.

— Par où commençons-nous ? demanda-t-elle.

— Par l'endroit où j'ai vu Isabel.

Elle devait trottiner pour suivre le rythme des grandes enjambées d'Erik.

— Où était-ce exactement ?

— Dans une maison, dans une petite ruelle.

Elle reconnut le chemin qu'ils suivaient : c'était celui menant à la boulangerie d'Emma.

— Emma va-t-elle bien après le… ?

— Oui, elle se porte à merveille, grogna Erik. Borwyn

a compris qu'elle n'avait fait que satisfaire mes demandes. Son mari et elle ont quitté les cachots le jour même.

La nouvelle réjouit Linota. Elle détestait l'idée qu'Emma, si douce et maternelle, puisse être enfermée dans ce lieu infâme.

Une question la taraudait depuis que Borwyn avait demandé sa main à Katherine. Comment les deux frères s'étaient-ils réconciliés ? Linota était certaine que Borwyn avait tout raconté à Katherine lorsqu'il était venu leur rendre visite à Swein mais Katherine ne lui en avait rien dit. Comme il était frustrant de constater que, même après tout ce qui s'était passé, Katherine considérait toujours que sa sœur devait être protégée !

Erik habitait toujours la forteresse. Sa chambre se trouvait dans la même partie de la bâtisse qu'auparavant. Borwyn devait lui avoir pardonné pour ce qu'il avait fait mais, jusqu'à ce jour, Linota ne s'était pas sentie capable de demander à Katherine comment les choses s'étaient passées entre eux. Elle avait bien fait une tentative, une fois. Mais Katherine l'avait fixée avec sur les lèvres un sourire si plein de compassion qu'elle ne s'était pas senti la force d'insister. Elle ne voulait susciter la pitié de personne. Pas même celle de Katherine ou, plus précisément, surtout pas celle de Katherine, car elle voulait réellement que sa sœur la traite en égale et non comme une enfant à qui l'on voulait épargner le moindre désagrément.

— Comment votre relation avec Borwyn s'est-elle rétablie ? demanda-t-elle alors qu'ils s'engageaient dans une autre ruelle.

— Que savez-vous de tout cela ?

Erik l'attira vers un recoin plongé dans l'ombre au moment où un groupe d'hommes soûls les dépassaient en titubant.

— J'ai seulement su que vous avez été enfermé dans votre chambre puis que vous avez été libéré. J'ignore tout de ce qui s'est passé entre ces deux moments.

— Ah, eh bien…

Il baissa la tête.

— Beaucoup de choses se sont produites depuis.

— Racontez-moi, dit-elle en le poussant légèrement du coude.

Les ivrognes stoppèrent devant une maison non loin d'eux avant d'entonner une chanson paillarde. La main d'Erik se resserra sur son bras, mais Linota ne put réprimer le sourire qui naissait sur ses lèvres.

Malgré l'incongruité de la situation, les paroles à double sens de leurs couplets provoquèrent bientôt chez elle un rire réjoui.

Tout près d'elle, Erik était immobile et tendu.

Il détacha les yeux de la petite bande pour les baisser vers Linota. Son souffle se coupa instantanément ; les yeux d'Erik s'étaient subitement assombris. Elle entrouvrit les lèvres, et le regard du guerrier se posa aussitôt sur elles.

Toute envie de rire l'avait quittée. Elle ne voyait plus que la bouche d'Erik, si proche de la sienne ; elle voulait la sentir sur sa peau. Il n'y avait qu'un infime mouvement à faire pour cela. Mais ils se trouvaient à l'extérieur, si proches de Borwyn. Tout le monde pouvait les voir. Se trouver dehors en compagnie d'Erik était déjà risqué, la situation serait bien pire si on la voyait l'embrasser. Braedan le tuerait sur-le-champ.

Erik la quitta des yeux pour observer les ivrognes.

— Reprenons notre route.

Il la mena dans une rue étroite puis dans une ruelle encore plus exiguë.

— C'est ici que j'ai vu Isabel, dit-il en s'arrêtant devant un bâtiment délabré ne possédant qu'un vestige de porte.

Il y entra, et Linota l'imita.

— Je suis venu ici maintes fois. Il n'y a rien à voir.

Il alla d'un pas déterminé jusqu'au centre de la pièce.

— Mais que cela ne vous empêche pas de vous faire une idée par vous-même, ajouta-t-il.

Linota avança un peu. La pièce était presque entièrement vide. Elle s'approcha d'un tas de morceaux de bois, certainement les restes d'une pièce de mobilier. Du bout de sa botte, elle retourna le morceau placé au sommet de la pile.

Les bras croisés sur la poitrine, Erik l'observait.

— Vous vous apprêtiez à me dire ce qui s'était passé entre vous et Borwyn, dit Linota en déplaçant un autre bout de bois.

— Que voulez-vous savoir ?

— Pourquoi il vous a pardonné de lui avoir menti.

En comprenant l'attitude de Jarin, elle réussirait peut-être à s'expliquer pourquoi Erik lui avait également menti.

— Je lui ai tout expliqué.

Linota avait fini d'examiner les morceaux de bois. Ils étaient désormais éparpillés sur le sol.

— Vous avez trouvé quelque chose ? lança Erik.

Elle se tourna vers lui. Un léger sourire était accroché au coin de ses lèvres. Il se moquait gentiment d'elle.

Sans réfléchir un instant, elle traversa la pièce à grands pas et pointa un doigt accusateur contre sa poitrine.

— Comment osez-vous vous moquer de moi ! Je veux savoir ! Je mérite de connaître la vérité. J'ai mis ma vie entre vos mains. Je vous faisais confiance, je croyais que vous étiez un homme bon.

Le sourire d'Erik s'évanouit instantanément.

— Qu'est-ce donc que vous voulez *savoir*, Linota ? Cela fait-il une différence que vous sachiez ou non ? Vous êtes saine et sauve, votre sœur également. Tout le monde peut à présent poursuivre son existence et être heureux, n'est-ce pas ?

Il s'éloigna d'elle.

— Lorsque j'ai vu Isabel elle se trouvait à l'étage, précisa-t-il.

Le cœur battant à coups sourds, Linota suivit Erik qui montait rapidement l'escalier aux marches grinçantes, évitant celles qui semblaient si usées qu'ils auraient pu risquer de passer au travers.

L'unique pièce de l'étage était entièrement vide.

— Elle se trouvait juste là… ma petite nièce.

Il avait un regard hanté, et une intense crispation raidissait sa mâchoire.

— Elle ressemblait tant à sa mère… Je la revois avec ses grands yeux bruns écarquillés par la peur. Une peur terrible, Linota ! Une terreur absolue.

Se détournant de Linota pour fixer un point au-dessus de son épaule, il se passa la main dans les cheveux.

— Il n'y avait rien que je puisse faire ! Je ne pouvais pas l'arracher des griffes des hommes qui la retenaient captive. Vous voulez la vérité ? Je vais vous la dire. J'ai abandonné cette petite fille, tout comme j'ai abandonné sa mère il y a bien longtemps.

Il marqua une pause avant de reprendre d'un ton plus calme :

— Par conséquent je suis désolé, Linota. Désolé si j'ai heurté vos sentiments en vous gardant cachée quelques jours. Je regrette que votre sœur ait souffert de votre absence. Mais en agissant ainsi, je ne faisais que tenter d'assurer la sécurité de ma nièce.

Linota s'approcha de lui ; il respirait bruyamment. Elle posa délicatement la main contre sa poitrine.

— Peut-être ai-je fait erreur, poursuivit-il, presque dans un murmure. Peut-être aurais-je dû vous faire confiance et vous apprendre la vérité. Si j'avais été l'unique personne concernée, c'est un risque que j'aurais pris. Mais je ne le pouvais pas, Linota. Je ne pouvais prendre aucun risque concernant Isabel. Je suis la seule personne qu'elle ait au monde.

Elle laissa retomber sa main et s'écarta de lui. Elle le

croyait. Elle croyait qu'Isabel existait et que Mary avait bien été sa sœur ; elle n'avait plus de doutes à ce sujet. Elle regrettait qu'il ne lui ait pas avoué la vérité, mais elle commençait à comprendre ce qui l'avait conduit à agir de la sorte.

— Dans quel autre lieu l'avez-vous vue ? demanda-t-elle d'une voix douce.

Les épaules d'Erik s'affaissèrent légèrement, ce qu'elle aurait pu ne pas remarquer si elle ne l'avait pas observé avec tant d'attention. Il s'était manifestement attendu à une réaction différente de sa part, mais elle ne savait pas comment jouer ce jeu, ne savait pas s'il méritait de savoir qu'elle lui avait pardonné.

— Je ne l'ai vue nulle part ailleurs.

Face à la grande lassitude qu'il affichait soudain, Linota sentit son cœur se serrer douloureusement.

— Retournons à la forteresse, voulez-vous ? proposa-t-il.

Il se dirigea vers l'escalier.

— Vous avez encore le temps de profiter de la dernière partie du banquet. Je crois que certains des divertissements que vous aviez tant aimés le soir de notre rencontre sont prévus.

Cette nuit à Ogmore semblait si lointaine à présent… Linota était alors si différente de la femme qu'elle était devenue.

— Il doit bien y avoir d'autres endroits à explorer, répliqua-t-elle, refusant de renoncer.

Elle était décidée à ne pas regagner la forteresse avant d'avoir obtenu quelques réponses.

Erik garda le silence pendant un instant avant de reprendre :

— Je n'ai pas eu plus de succès ailleurs. Toutes les pistes ont abouti à la même chose. Ma quête se résume à une totale et complète perte de temps.

— Montrez-moi…, insista-t-elle en s'avançant vers lui et en touchant doucement son bras.

Elle pouvait sentir ses muscles puissants sous l'étoffe de son habit. Les yeux d'Erik se fixèrent sur sa main.

— Lin, je…

Le cœur de Linota tressaillit dans sa poitrine. Personne ne l'avait nommée ainsi depuis la dernière fois qu'Erik l'avait fait.

Il s'éclaircit la voix.

— Cela pourrait être dangereux, Lin. Je ne veux pas que vous soyez blessée.

Le regard de Linota remonta vers celui d'Erik. Elle perçut la vulnérabilité qui se dissimulait dans les ombres de son âme, derrière l'apparence assurée qu'il offrait aux yeux du monde.

— Je ne courrai aucun danger avec vous pour me protéger.

Ses mots arrachèrent à Erik un demi-sourire.

— Reconnaissez que je ne me suis pas montré très compétent dans ce domaine par le passé. Vous avez subi bien des violences alors que vous vous trouviez sous ma protection.

— C'est faux.

Il afficha un air surpris.

— Vous êtes toujours venu à mon secours. Allons, venez.

Elle commença à le tirer par le bras, pour lui faire descendre l'escalier.

— Où allons-nous à présent ? demanda-t-elle alors qu'ils quittaient la bâtisse.

La nuit commençait à tomber. Les chauves-souris apparaissaient, tournoyant à vive allure dans le ciel qui devenait de plus en plus sombre.

Erik poussa un lourd soupir.

— Êtes-vous certaine que je ne peux vous persuader de regagner la forteresse ?

Elle resta muette.

Il soupira de nouveau.

— J'ai suivi de Bevoir jusqu'à un bâtiment abandonné

dans l'est de la ville. Mais il est reparti depuis longtemps. Je vous conduirai là-bas si vous me promettez qu'après avoir constaté par vous-même qu'il n'y a rien, vous regagnerez la forteresse avec moi.

Linota n'avait aucune envie de voir la soirée s'achever, mais elle savait qu'il lui faudrait être de retour dans sa chambre avant Katherine. Elle ne voulait pas que sa sœur découvre à quoi elle avait consacré son temps alors qu'elle lui avait assuré qu'elle ne quitterait pas leur chambre et dormirait.

— Je vous fais la promesse que nous retournerons à la forteresse après nous être rendus dans cet endroit.

Erik s'arrêta net.

— Vraiment ?

— Oui, vraiment.

Il la contempla pendant un long moment, et elle soutint son regard intense. Elle aurait pu se noyer dans le bleu de ses yeux. Son manque d'expérience concernant les choses de l'amour ne l'empêchait pas de comprendre ce que trahissaient les profondeurs du regard d'Erik. Il ne tentait même pas de masquer son ardent désir. Elle mourait d'envie de se dresser sur la pointe des pieds et de venir poser ses lèvres sur les siennes, de sentir le frisson d'excitation qui la traversait chaque fois qu'elle le touchait. Mais elle ne le fit pas. Il ne lui avait jamais donné la moindre raison d'espérer que ses sentiments étaient plus profonds qu'une intense attirance physique. Jamais il n'avait laissé entendre qu'il voulait passer le reste de sa vie avec elle. Il avait voulu encourager la possibilité d'une union entre elle et Borwyn jusqu'à la fin. Si ces instants devaient être les derniers qu'elle passerait avec lui, alors elle voulait les consacrer à découvrir la vérité et non à se laisser aveugler par le désir.

— Erik, je vous en prie, dites-moi ce qui s'est passé entre vous et Borwyn.

— Pourquoi cela ?

Ils commencèrent à parcourir les rues à présent pratiquement désertes et silencieuses, leurs bras se frôlant par instants.

— Je désire le savoir. Je pense que je le mérite, ne croyez-vous pas ?

Linota compta quinze pas avant qu'il reprenne la parole.

— Je lui ai parlé de mon enfance. Je lui ai parlé de ce père que nous avons en commun et de la façon dont il me traitait. Et il me traitait mal, au cas où vous vous poseriez la question. Je lui ai parlé de Mary et d'Isabel. Jarin ne conserve qu'un vague souvenir de Mary. La forteresse est vaste et je n'ai connu Jarin qu'après que Mary est partie. Il a bon cœur et il est peiné de savoir qu'il avait une sœur dont il ignorait l'existence.

— Il n'est pas responsable de cette situation.

— Non, en effet.

Erik prit une profonde inspiration.

— Après avoir été informé de la menace venant de Garbodo, il a envoyé des espions sur ses terres.

— Et qu'ont-ils découvert ?

— Peu de choses. Garbodo a désavoué de Bevoir, en clamant que l'homme avait agi de sa propre initiative, et qu'il ignorait tout de ses intentions. Borwyn a renforcé les défenses à la frontière séparant ses terres de celles de Garbodo, et la menace semble s'être éteinte pour le moment.

Il lui effleura doucement l'épaule pour la guider vers une autre ruelle.

— Au sujet de Mary, nous n'avons rassemblé que de bien maigres informations. D'après ce que nous savons, elle a épousé un soldat qui est allé s'installer sur les terres de Garbodo en emmenant sa femme. J'ignore si cette union était heureuse ou non. J'aime à croire que c'était le cas. Son mari a été tué lors d'une altercation, et Mary est décédée peu de temps après. Isabel était leur seule enfant.

— Et qu'en est-il de De Bevoir ? Ne peut-il être capturé et interrogé ?

Erik baissa les yeux vers elle et sourit.

— Il n'y a rien qui me plairait davantage. En fait, ce n'est pas exact… Il y a *certaines choses* que j'aimerais faire plus encore…

Le cœur de Linota s'emballa. Suggérait-il que… ? Mais non, ce ne semblait pas être le cas.

Il poursuivit :

— L'avoir à ma merci serait des plus réjouissant. Malheureusement, il n'est plus désormais le bras droit de Garbodo, et aucune de nos incursions sur les terres de ce dernier ou dans les environs ne nous a fourni la moindre réponse.

— Il ne peut avoir disparu !

Erik secoua la tête en grimaçant.

— Garbodo n'est pas homme à pardonner les erreurs. Il est plus que probable que de Bevoir est mort pour n'être pas parvenu à mettre Borwyn à genoux.

— Oh !

Le cœur de Linota manqua un battement.

— Nous voici arrivés, dit Erik en s'arrêtant. Je n'ai jamais vu de Bevoir et Isabel ici, mais je crois pourtant bien que c'est là qu'ils se cachaient lorsqu'ils se trouvaient à Borwyn.

Linota entra à sa suite dans une petite bâtisse carrée.

— Qu'est donc ce lieu ?

— C'était un comptoir pour le commerce. Comme il a été inondé à plusieurs reprises, nous l'avons abandonné pour transférer les activités vers le centre de la ville. Le bâtiment n'a plus été occupé pendant un certain temps, mais des gens du quartier ont vu un homme correspondant à la description de De Bevoir venir ici quelques fois. Quelqu'un a même entendu des pleurs d'enfant à deux reprises.

Les traits d'Erik se tendirent. Linota lui caressa doucement la joue dans un geste apaisant, puis se ravisa et laissa retomber sa main. Il n'était pas juste de le toucher alors qu'il n'était pas sien.

Il se ressaisit.

— Il y avait des couvertures à l'étage. On aurait dit qu'elles avaient été récemment utilisées quand je les ai trouvées. Nous pouvons jeter un coup d'œil, mais je vous assure qu'il n'y a rien à voir.

Linota monta l'escalier situé dans un coin. À présent que le soleil s'était couché, il restait trop peu de lumière pour pouvoir distinguer grand-chose. Elle fit néanmoins le tour de la pièce. Il y avait bien quelques couvertures entassées le long d'un mur, mais à part cela l'espace était entièrement vide.

— Linota…

Elle s'immobilisa en entendant son nom franchir les lèvres d'Erik.

— Il n'y a rien à voir. Je ne peux rien produire pour prouver que je dis la vérité au sujet de Mary. Et je ne serai peut-être jamais en mesure de le faire. Je suis désolé de vous avoir blessée. Plus désolé encore que vous pourrez jamais l'imaginer. Mais cela doit prendre fin, maintenant. Laissez-moi s'il vous plaît vous reconduire à la forteresse.

— Je vous crois, dit-elle dans un murmure.

— Comment ?

— Je vous crois au sujet de Mary. Je crois en l'existence d'Isabel et je crois que vous pensiez faire ce qui était la meilleure chose pour moi, même si ce n'était pas le cas.

— Linota…

Tandis qu'il s'avançait vers elle dans la pénombre, son souffle se fit plus profond.

— Vous n'avez pas à…

— Je le sais, répondit-elle en franchissant la distance qui les séparait encore.

Avide de l'embrasser, elle se dressa sur la pointe des pieds. Elle s'était si longtemps languie de ses baisers ! À présent il se trouvait près d'elle, et elle n'avait que faire des conséquences que pourrait entraîner son geste.

Ses lèvres frôlèrent légèrement celles d'Erik, mais c'était loin d'être suffisant. Comme elle se rapprochait pour lui donner un véritable baiser, il s'écarta et baissa les yeux vers elle, les sourcils froncés.

— Pourquoi avoir renoncé à ce projet de mariage avec Borwyn ?

— Je..., fit-elle avant que les mots se bloquent dans sa gorge.

En revenant à Borwyn, elle avait eu l'espoir de comprendre ce qui avait guidé les actions d'Erik, mais elle n'avait jamais réfléchi à ce qui pourrait se passer ensuite. Elle n'avait pas osé croire que ce qu'ils avaient vécu allait bien au-delà du fait qu'il l'ait utilisée pour servir ses propres intérêts. Mais maintenant, son cœur s'emballait quand elle voyait l'espoir et l'éclat lumineux qui brillaient dans les profondeurs des yeux du guerrier.

Il déglutit avec peine.

— Je me disais que peut-être...

Son regard se riva au sien et elle ne put trouver la force de s'en détacher.

— Que vous disiez-vous ? murmura-t-elle.

— Je me disais que... J'espérais que... que vous aviez renoncé à cause de ce que vous m'aviez dit.

— Je...

Peinant à trouver ses mots, Linota prit une profonde inspiration.

Un bruit sinistre, celui d'un coup sourd, troua soudain le silence, et Linota ne put retenir un cri quand le corps massif d'Erik se mit à tanguer avant de s'abattre lourdement sur elle.

Elle tenta d'empêcher leur chute, mais Erik était comme une montagne de muscles, et il n'y avait rien qu'elle puisse faire pour éviter qu'ils tombent. Son crâne heurta le sol, et un terrible craquement résonna à ses oreilles. La nausée la gagna aussitôt. Elle tenta de se dégager, mais le poids d'Erik était tel qu'elle ne put bouger.

Tout tournoyait autour d'elle. Elle essaya de prendre une bouffée d'air, mais ne parvint pas à emplir ses poumons.

Une forme sombre planait au-dessus d'elle. Elle plissa les yeux pour tenter de l'identifier, mais tout tournait trop.

Il y eut un grognement et un juron étouffé. Erik se déplaça puis elle ne sentit presque plus son poids. Il y eut alors un autre ignoble bruit, celui d'un coup violemment porté, et Erik cessa totalement de bouger. Elle tendit la main vers lui mais il était entraîné loin d'elle.

— Non ! hurla-t-elle, tout en essayant de le retenir.

Elle entendit un autre juron, et la douleur lui vrilla le crâne au moment où une terrible gifle lui était administrée. Comme elle s'efforçait de reprendre son souffle, elle perçut qu'on tirait le corps d'Erik sur le sol puis qu'on le laissait retomber dans un bruit sourd.

Linota voulut se mettre à genoux, mais son corps ne répondit pas à sa volonté. Tout continuait de tanguer autour d'elle d'une manière alarmante.

Haletante, elle entendit des pas s'approcher.

Deux mains massives lui saisirent les bras et les attachèrent derrière son dos. Elle tenta de résister, mais, trop faible pour y parvenir, elle fut traînée à travers la pièce avant d'être jetée près du corps d'Erik. Les pas s'éloignèrent de nouveau.

— S'il vous plaît, mon Dieu, faites qu'il ne soit pas mort ! murmura-t-elle en tentant de se tourner vers Erik.

Privée de l'usage de ses bras, en proie à de terribles vertiges, il lui était difficile de se déplacer. Au prix de nombreux efforts, elle parvint tout de même à lui faire face.

Erik semblait en piteux état. Du sang coulait sur le côté de son visage à cause de la profonde entaille qui barrait son front tandis que sa peau était d'une alarmante pâleur, mais… Elle plissa les yeux pour s'assurer qu'elle ne faisait pas erreur… oui, il respirait encore.

Des larmes vinrent piquer ses yeux, et elle battit rapidement des paupières pour les empêcher de couler. Elle ne pouvait pas se permettre d'être aveuglée en cet instant.

— Erik, réveillez-vous ! souffla-t-elle.

Son cœur bondit dans sa poitrine quand elle l'entendit gémir.

— Réveillez-vous ! répéta-t-elle en élevant un peu la voix.

— Ni vous ni lui n'avez intérêt à ce qu'il se réveille, Damoiselle Leofric.

Linota ferma les yeux. Elle ne pouvait y croire. Se pouvait-il que ce soit de Bevoir ? Non, pas après tout ce temps ! Qu'espérait-il gagner par cet acte insensé ?

— Il n'est pas utile non plus de tenter de vous rapprocher de lui.

Elle poussa un cri quand les doigts de l'homme se refermèrent brusquement sur son bras. Pire, son cri déchirant ne suscita aucune réaction de la part d'Erik. De Bevoir l'avait-il grièvement blessé ?

Sans Erik pour venir à son aide, comment pourrait-elle empêcher de Bevoir de faire tout ce qu'il voulait d'elle ?

Chapitre 17

Erik sentait le sang battre à coups sourds dans son crâne. Ses paupières étaient si lourdes… Il parvenait à peine à les entrouvrir. Il ignorait où il se trouvait ; l'endroit était assurément fort sombre. Il tenta de fouiller dans sa mémoire pour déterminer à quoi étaient dus ses violents maux de tête, mais il ne se souvenait pas avoir bu trop de bière. Il passa la langue sur les lèvres et sentit le goût du sang.

Un bruissement se fit entendre sur sa gauche, suivi d'un léger gémissement. Son cœur manqua un battement lorsqu'il comprit qui avait émis ce son : Linota.

Il lutta contre l'envie instinctive de l'appeler, de crier son nom. Quelque chose de mauvais était arrivé, et il avait été mis hors d'état de nuire, mais il ne parvenait pas à se souvenir à quoi il devait d'être étendu là.

Il referma les yeux. La dernière chose dont il se souvenait clairement était… Linota, un rai de lumière illuminant son visage. Elle lui disait quelque chose, quelque chose d'important, mais les images, aussi fugaces que des nuages de fumée se dissipant dans la brise nocturne, refusaient de se fixer dans son esprit.

Alors qu'il voulait lui parler pour savoir si elle allait bien, il serra fort les dents pour ne pas céder à son élan. Demeurer silencieux constituerait pour lui un précieux avantage.

— Vous avez accordé votre confiance à la mauvaise personne, Damoiselle Leofric.

Erik sentit son cœur battre la chamade. Il aurait reconnu cette voix entre toutes. De Bevoir se trouvait dans la pièce avec eux ; il aurait dû s'en douter. Les pires moments qu'il avait vécus dernièrement avaient tous été causés par cet homme. Il serra les poings avec force ; le temps était venu d'en finir avec lui une bonne fois pour toutes. Il se força à adopter un souffle régulier tandis que de Bevoir reprenait la parole.

— Peut-être que si vous étiez restée au château comme la lady que vous êtes supposée être, vous ne vous seriez pas retrouvée dans cette situation désastreuse. Mais il a visiblement fallu que vous suiviez cette espèce de vermine.

De Bevoir frappa les côtes d'Erik d'un violent coup de pied, et ce dernier se retint d'émettre la moindre plainte.

— Qu'attendez-vous de moi ? Que voulez-vous ?

Erik grimaça. Les paroles de Linota étaient pleines de bravoure, mais la vibration de sa voix trahissait sa peur ; il allait faire tout ce qu'il pourrait pour la sortir de là, après quoi il l'embrasserait de nouveau et alors…

— Ce que je veux ? Voilà une question fort intéressante, Damoiselle Leofric. Ce que j'aimerais vraiment, c'est retrouver mon ancienne vie. Je menais une existence confortable lorsque j'étais l'intendant de Garbodo. Mais à cause de votre stupide amant cette possibilité ne m'est plus offerte.

Erik tira sur les cordes qui l'entravaient. Elles étaient sommairement nouées, mais fermement serrées. Il tira de nouveau, plus fort cette fois. Les liens mordaient et brûlaient sa peau, mais il n'en avait que faire ; il devait agir vite. Il voulait faire sortir Linota de cet endroit et l'emmener loin de ce fou.

Au prix d'un gros effort, il parvint à ouvrir davantage les yeux et s'aperçut qu'il gisait dans un coin de la pièce.

Linota était étendue au sol un peu plus loin, son corps adoptant un angle anormal.

Il lutta pour réprimer sa fureur et tenta de réfléchir malgré la douleur qui lui embrumait le cerveau.

— Je vais vous dire ce que je veux, poursuivit de Bevoir. Je veux l'argent de votre rançon. Borwyn a été prêt à la payer une première fois… Je suis sûr qu'il acceptera de nouveau de le faire, peut-être plus encore maintenant qu'il s'apprête à épouser votre sœur. Il pourrait même me donner quelque chose contre la libération du bâtard qui lui tient lieu de demi-frère.

— Il croira que vous mentez.

La voix de Linota était enrouée, comme si elle se retenait de pleurer. La fureur d'Erik ne fit que croître. De Bevoir payerait pour chaque moment de souffrance causé à Linota. Il s'assurerait qu'il en soit ainsi.

L'homme ricana.

— S'il ne me croit pas, je lui enverrai votre longue natte et quelque chose de plus personnel provenant d'Erik. Je suis sûr que le comte ne tardera pas à rappliquer.

Comment de Bevoir réussissait-il à donner à ses paroles le ton d'une agréable conversation alors qu'il ne faisait que débiter un chapelet d'insanités ? Car cet homme était incontestablement fou. Plus tôt, Erik avait été distrait par les douces lèvres de Linota, et de Bevoir était parvenu à se glisser près de lui en toute discrétion. Cela ne se reproduirait plus.

Il semblait que Linota partageait son avis.

— Erik ne vous laissera pas me faire du mal.

— Oh ! à votre place, je ne m'inquiéterais pas d'être blessée, damoiselle ! Vous serez tous les deux morts très bientôt. Je ne suis pas stupide au point de vous laisser en vie quand tout sera terminé. Vous n'étiez pas supposés vivre de toute façon. Borwyn ne pourrait nouer une alliance avec Ogmore si les deux sœurs Leofric n'étaient plus de ce monde, n'est-ce pas ?

De Bevoir éclata de rire, et Erik réprima un frisson de dégoût.

L'homme était véritablement fou.

— Erik n'aurait de cesse de me pourchasser. Il s'est déjà montré acharné dans cette quête. À cause de lui, j'ai dû changer à maintes reprises de lieu pour me cacher. Non, je n'ai nulle intention de laisser l'un de vous en vie lorsque j'aurai atteint mon but.

Le petit gémissement de Linota déchira le cœur d'Erik. Il devait cesser de prêter l'oreille aux délires de De Bevoir et se concentrer pour mettre au point un plan pour les sortir tous deux de cet endroit. Un plan dans lequel Linota ne courrait en aucun cas le risque d'être blessée.

Un léger mouvement, à peine perceptible, attira son attention vers l'un des coins de la pièce. Tentant de distinguer ce qui avait changé, il plissa les yeux.

Rien a priori. Mais la petite vibration se produisit à nouveau. Il retint son souffle et tendit l'oreille.

Un léger bruit de pas et le frôlement subtil d'une étoffe étaient tout ce qu'il pouvait percevoir. Inconscient du fait que quelqu'un d'autre était caché dans l'ombre, de Bevoir poursuivait sa diatribe.

À moins qu'il n'en ait tout à fait conscience ?

Comme l'autre personne s'avançait vers un rayon de lumière, le cœur d'Erik manqua un battement puis se gonfla soudain de bonheur. Isabel se tenait debout, le dos collé au mur, ses petites mains serrées devant elle !

Il l'avait cherchée pendant si longtemps qu'il lui semblait presque impossible de croire qu'elle était là, face à lui au pire moment. Désormais il avait quelqu'un de plus à extirper de cette situation. Mais il les sauverait toutes les deux, même s'il devait y laisser la vie.

Le regard d'Isabel était fixé sur de Bevoir, ses yeux si

écarquillés qu'Erik pouvait distinguer le grand cercle blanc entourant ses pupilles. Sa robe était usée et déchirée, et elle était si maigre que cela lui fit mal, mais il ne distinguait aucune plaie ou contusion sur sa peau ; peut-être de Bevoir ne s'en était-il pas pris physiquement à elle.

— Et…

Le discours de l'homme l'arracha à ses pensées. Sa voix s'était faite plus puissante, trahissant toute son agitation.

— … je me suis retrouvé coincé avec son avorton de nièce. Mais j'ai entendu récemment des rumeurs intéressantes. Désirez-vous savoir de quoi il s'agit ?

Linota ne répondit pas.

— Il semble que le comte de Borwyn, dans sa grande bonté, va la reconnaître comme membre de sa famille. Avance donc par ici, Isabel.

De Bevoir lui adressa un geste pour l'inviter à approcher, et Isabel fit un petit pas en avant.

— Allons, viens plus près.

Erik regarda Isabel faire quelques pas hésitants en direction du dément.

De Bevoir referma sa main sur son menton et lui tourna le visage vers la lumière.

— Elle ne ressemble pas le moins du monde au comte, n'est-ce pas ?

Il eut un léger haussement d'épaules.

— Mais s'il désire la reconnaître officiellement comme sa parente, je suis sûr qu'elle vaudra à ses yeux un bon poids d'or. J'ai l'intention de gagner grâce à vous tous suffisamment pour vivre confortablement. Je me rendrai peut-être ensuite en France. Je ne supporte plus ce pays minable.

De Bevoir repoussa Isabel loin de lui. Elle trébucha et tomba, heurtant le plancher avec un léger bruit.

Puis il alla vers Linota, lui délia les bras et la saisit par les cheveux.

— Vous venez avec moi.

Linota hurla quand il tira sur sa tresse pour la forcer à se lever. Elle lança des coups de pied qui l'atteignirent aux genoux. Il vacilla mais se ressaisit et lui asséna une violente gifle.

Erik en avait assez vu.

Il se propulsa sur ses pieds et se rua sur de Bevoir qu'il percuta de plein fouet et envoya au sol.

— Écartez-vous, gronda Erik à l'adresse de Linota.

Mais au lieu de reculer vers le mur, elle s'avança dans la pièce et prit Isabel dans ses bras.

Plaqué sur le dos, de Bevoir se débattit pour se libérer de la prise d'Erik. Mais celui-ci pressait fermement son pied sur l'estomac de l'homme qui se tordait sous sa botte. Même avec les mains liées dans le dos, Erik était bien plus fort que lui. Dans de vaines tentatives pour la soulever, les doigts de De Bevoir s'étaient crispés sur la botte d'Erik qui se contenta d'augmenter la pression, le clouant littéralement au sol.

— Linota, prenez Isabel avec vous et allez m'attendre en bas.

— Qu'allez-vous faire ?

La voix de Linota tremblait, mais Erik ne releva pas la tête. Il refusait de quitter des yeux son remuant adversaire.

— Je vais mettre fin à toute cette affaire.

Les yeux de De Bevoir s'écarquillèrent d'effroi. Voilà qui était une bonne chose, il fallait qu'il ait peur.

— Emmenez Isabel je vous prie, Linota.

Il entendit Linota chuchoter quelque chose à l'oreille de sa nièce puis il perçut le son de leurs pas sur les marches de l'escalier, mais il ne se retourna pas.

Les fanfaronnades de De Bevoir reprirent après leur départ.

— Vous n'êtes qu'un triple idiot ! Vous ne pourrez rien faire avec les mains attachées dans le dos.

Erik lui décocha un sourire inquiétant.

— Je ne parierais pas ma vie sur ce point, si j'étais vous...

Chapitre 18

Pendant qu'ils avaient été à l'intérieur, un vent glacial s'était levé. La petite fille se mit soudain à grelotter, et Linota resserra ses bras autour de ses trop maigres épaules.

— Nous serons très bientôt devant un bon feu, lui dit-elle d'un ton enjoué.

L'enfant resta muette et se contenta de se presser un peu plus fortement contre elle.

Aucun son ne provenait de la bâtisse qui s'élevait derrière elles. Linota était tiraillée entre le désir de conduire Isabel en lieu sûr, dans la forteresse, et celui de retourner au plus vite auprès d'Erik pour lui venir en aide. Il s'était projeté dans la pièce avec une belle énergie, mais ses mains étaient attachées dans son dos, et du sang coulait de la blessure qu'il avait au front.

Des chauves-souris voletaient et tournoyaient au-dessus de leurs têtes. Le temps s'écoulait sans que leur parvienne le moindre signe d'Erik. Linota sentait ses nerfs se tendre comme la corde d'un arc sur le point de se rompre.

— Que se passe-t-il ? murmura Isabel. Devrai-je retourner auprès de Master de Bevoir ?

Le violent frisson qui secoua le corps de la petite fille apprit à Linota tout ce qu'il y avait à savoir.

— Non ! Tu n'auras jamais à retourner auprès de cet homme. Nous allons attendre jusqu'à ce qu'Erik ressorte.

S'il ne le fait pas bientôt, je veux que tu coures jusqu'à la forteresse que tu vois là, en haut de la colline, et que tu demandes à voir Damoiselle Katherine Leofric. Il s'agit de ma sœur. Tu seras en sécurité avec elle.

Isabel se tourna pour lui faire face.

— Et vous, qu'allez-vous faire ?

Linota lui sourit d'un air rassurant.

— Je ne serai pas loin derrière toi.

Ses paroles semblèrent apaiser l'enfant dont l'un des bras maigres vint se glisser autour de la taille de Linota.

De sourds bruits de pas résonnèrent soudain dans la bâtisse. Le cœur battant à tout rompre, Linota entraîna Isabel dans un recoin sombre. Elle veillerait à ce qu'Isabel parte en courant, mais elle-même ne pas quitterait les lieux tant qu'elle n'aurait pas vu Erik.

Elle s'aperçut qu'elle avait retenu son souffle à l'instant où ce dernier apparut sur le seuil du bâtiment. Elle relâcha brusquement sa respiration, et ses jambes faiblirent au point qu'elle dut agripper l'épaule d'Isabel pour se retenir de tomber. Erik scruta les environs, ses yeux survolant l'endroit où elles se cachaient.

Linota entoura Isabel de son bras et avança vers lui.

— Nous sommes ici.

Erik commença à approcher, les bras tendus vers elle, mais il stoppa net en apercevant Isabel.

Linota se sentit blêmir. Il lui avait semblé qu'il s'apprêtait à la prendre dans ses bras, puis il avait interrompu son geste. Venait-elle de perdre la dernière occasion de se retrouver blottie contre lui ?

Il s'accroupit devant la fillette.

— Bonjour, Isabel.

L'enfant se cramponna à Linota qui réalisa à quel point elle se montrait égoïste. Voilà qu'elle se lamentait de ne pas pouvoir sentir le corps d'Erik contre le sien alors que la vie de cette petite fille était complètement chamboulée.

Quant à Erik, il était plutôt effrayant. Il était couvert de son propre sang, et une partie de son visage était souillée de saleté.

Linota se baissa légèrement pour pouvoir regarder Isabel dans les yeux.

— Tout va bien, tu n'as rien à craindre. Voici le frère de ta maman, Erik. Il va prendre soin de toi.

Erik tira d'un coup sec sur quelque chose qui pendait à son cou puis tendit sa main devant lui. Au creux de sa paume se trouvait le petit cheval avec lequel Linota l'avait vu le soir où ils avaient parlé ensemble pour la première fois.

— Le reconnais-tu, Isabel ? Il appartenait à ta maman, dit-il doucement. Je l'ai sculpté pour elle quand elle avait à peine plus que ton âge.

Il continua à tendre la main. Le cheval semblait si petit dans sa grande paume calleuse. Après un moment, Isabel fit un pas dans sa direction et prit le cheval entre ses doigts. Elle le détailla longuement avant de refermer son poing dessus. Elle ne prononça pas le moindre mot, mais ne revint pas non plus se blottir contre Linota.

— Qu'est-il arrivé à de Bevoir ? demanda Linota.

Les mâchoires crispées, Erik leva les yeux vers elle.

— Il n'y a plus rien à craindre. Il ne viendra plus nous pourchasser.

Ses paroles firent frissonner d'effroi Linota qui ne chercha cependant pas à obtenir davantage de détails, ni à savoir comment il s'était détaché. Il était sans doute préférable qu'elle et Isabel ignorent ce qui s'était passé dans l'obscurité du bâtiment délabré.

Erik s'éclaircit la voix et se redressa de toute sa hauteur.

— Nous ferions mieux de regagner le donjon.

Sur le chemin qui les ramenait à la forteresse, Erik garda le silence.

Avant l'arrivée inattendue de De Bevoir, Linota avait eu la certitude qu'Erik était sur le point d'évoquer les sentiments qu'il éprouvait pour elle. Maintenant, il était totalement muet. Peut-être avait-elle mal interprété la situation. Elle lui avait dit qu'elle l'aimait, mais lui ne lui avait jamais dit la même chose. Il ne lui avait jamais donné de raisons d'espérer.

Au cours des mois qu'ils avaient passé éloignés l'un de l'autre, elle s'était imaginé que ses sentiments n'étaient peut-être que le fruit de douces rêveries nées dans son esprit. L'esprit d'une jeune fille rêvant d'aventure qui était tombée amoureuse d'un homme lui ayant offert exactement ce qu'elle attendait. Elle avait espéré qu'au moment de le revoir, l'effet qu'il produisait sur elle se serait dissipé, et qu'elle comprendrait que l'image qu'elle s'était faite de lui n'était qu'une vision idéalisée dont il serait facile de se défaire.

Elle avait fait erreur.

Il était exactement tel que dans son souvenir : fort, amusant, et d'une immense gentillesse.

La petite fille qui marchait à présent entre eux avait été la cause de toutes ses actions, de tous ses sacrifices.

Linota aurait aimé savoir si certains d'entre eux avaient été faits pour elle.

Une part d'elle croyait qu'il avait pris soin de sa sécurité durant l'épreuve qu'ils avaient traversée ensemble parce qu'elle comptait à ses yeux. Une autre part d'elle, cependant, celle qui murmurait à son oreille à cet instant, se demandait jusqu'à quel point la préservation de sa sécurité avait pu n'être qu'une partie du plan destiné à sauver sa nièce. Oh ! elle ne doutait pas qu'il soit un homme bon et respectable, mais avait-elle un jour été réellement spéciale à ses yeux ? Ou n'importe quelle autre femme qu'elle aurait-elle fait l'objet des mêmes attentions de sa part ?

Elle sentit son estomac se nouer. Ils atteignaient la forteresse, et elle n'avait pas le courage de lui poser ces questions qui la taraudaient.

Les gardes les laissèrent entrer sans faire la moindre remarque, mais Linota savait que ce serait trop espérer que sa sœur ne soit pas rapidement informée du fait qu'elle était revenue les vêtements en désordre et tout ébouriffée. Elle n'en avait que faire.

— Damoiselle Leofric…

Pourquoi Erik s'adressait-il à elle de manière si formelle ? Anxieuse, elle chercha son regard mais ne put déchiffrer l'expression qu'elle y lut. Elle ignorait ce qu'il avait en tête, ou même s'il songeait à elle en cet instant.

— Oui ? fit-elle à voix basse.

— Je vais emmener Isabel aux cuisines pour lui trouver de quoi manger. Serez-vous en mesure de regagner seule votre chambre à partir d'ici ?

— Oui, bien sûr, répondit-elle tandis que son cœur se tordait de douleur. Je vous remercie de m'avoir emmenée ce soir.

Erik eut un sourire triste.

— Une fois encore vous avez été malmenée alors que vous étiez placée sous ma protection, Damoiselle Leofric.

— Cela en valait la peine.

Elle inclina la tête vers Isabel et tenta de sourire. Voilà qui était bien difficile à faire alors que son cœur saignait.

— Je vous remercie, dit-il doucement avant de prendre la petite main d'Isabel et de l'emmener.

Linota les regarda s'éloigner jusqu'à ce qu'ils soient hors de vue.

Elle prit ensuite le chemin de sa chambre mais s'arrêta bientôt. Elle n'avait aucune envie d'y aller. Au lieu de cela, elle fit demi-tour et prit rapidement la direction de la chapelle.

Le calme le plus parfait y régnait ; seul l'écho de ses pas vint troubler le silence.

Elle s'assit sur un banc au fond de la chapelle et enfouit son visage entre ses mains, tout en luttant contre le flot de larmes qui menaçait de se répandre.

Elle avait réussi une chose qu'elle pensait impossible : découvrir ce qui avait poussé Erik à la garder loin de Katherine. Elle lui avait pardonné ou, plus exactement, elle avait enfin compris qu'il n'y avait rien à lui pardonner. Toutes ses actions avaient été guidées par le désir de protéger une vie innocente. Il était l'homme respectable et courageux dont elle était tombée amoureuse. Il n'y avait eu nulle trahison, ce n'était que l'histoire de quelqu'un ayant été contraint d'agir au cœur d'une situation impossible.

Alors qu'elle aurait dû se réjouir de cette réalité, le chagrin pesait aussi lourdement qu'une pierre dans sa poitrine.

Car elle aimait toujours Erik avec autant de force. Peut-être même plus encore, maintenant qu'elle savait jusqu'où il était allé pour sauver sa nièce.

Elle serra fort ses mains l'une contre l'autre.

Elle lui avait dit qu'elle l'aimait, et il n'avait pas évoqué de sentiments identiques aux siens.

Ils avaient passé la plus grande part de la soirée ensemble, et, malgré tout, il n'avait rien dit…

Venait-elle tout simplement de le perdre pour la deuxième fois ?

Chapitre 19

— Ah ! vous voici enfin !

Linota ignorait combien de temps s'était écoulé depuis l'instant où elle était entrée dans la chapelle, mais à en juger par l'expression de Katherine, elle avait dû y passer un moment relativement long.

— Je suis désolée. Je ne voulais pas vous causer d'inquiétude. J'avais juste besoin de…

— Je ne m'inquiétais pas. Je sais que je me suis montrée trop protectrice par le passé, mais vous avez prouvé à maintes reprises que vous êtes tout à fait capable de prendre soin de vous. Si seulement… mais, attendez… Vous pleurez, ma chère sœur ?

Katherine s'assit près d'elle sur le banc et posa la main sur son bras.

— Un peu, avoua Linota.

— Voulez-vous me parler de ce qui vous bouleverse à ce point ?

Linota inspira profondément puis relâcha tout doucement son souffle.

— J'aime Erik.

— Ah, fit simplement Katherine tout en exerçant une douce pression sur son bras. Je vois.

— Vraiment ?

— Je m'en doutais, mais n'en étais pas certaine. Vous

n'avez rien dit du temps passé en sa compagnie. J'ai d'abord cru que sa trahison vous causait trop de peine, mais je comprends à présent que j'ai fait erreur.

— Êtes-vous en colère ?

Katherine rit doucement.

— Si vous me l'aviez dit quand j'ai découvert qu'il vous gardait délibérément loin de moi, je l'aurais tué de mes propres mains. Désormais… Je le comprends un peu mieux et j'aimerais donc savoir s'il ressent la même chose pour vous.

— Je ne le crois pas.

Katherine pencha la tête sur le côté.

— Pourquoi pensez-vous une chose pareille ?

— Il a eu tout le temps nécessaire pour me dire qu'il m'aimait, mais il n'en a rien fait.

— Peut-être croit-il ne pas être digne de votre amour.

Linota se raidit.

— Il en est tout à fait digne !

Katherine sourit tendrement à sa sœur.

— Je ne dis pas qu'il n'en est pas digne. Je dis simplement que c'est peut-être ce qu'il pense… Jarin m'a raconté bien des choses à propos de cet homme qui les a tous deux engendrés.

La soirée avait été un tel tourbillon d'émotions que Linota ne savait plus que penser. Mais si Erik croyait toujours, après tout ce qui s'était passé entre eux, qu'il n'était pas digne de son amour, elle devait lui dire qu'il se trompait. Elle devait prendre le risque de l'humiliation pour s'assurer qu'il le savait.

Elle se leva vivement.

— Je dois parler à Erik.

— Oui, cela vaut probablement mieux. Mais Braedan aimerait vous voir. Pouvons-nous aller le retrouver maintenant, avant toute chose ? Vous savez comment il est. Si nous ne le rejoignons pas, il pensera certainement que nous avons été enlevées et lancera l'ensemble des occupants de la forteresse à notre recherche.

Elles échangèrent un regard complice et sourirent en songeant à l'excès de vigilance dont faisait souvent preuve leur frère.

— Très bien, mais j'espère que ce ne sera pas long.

À présent qu'elle avait pris une décision, Linota voulait la mettre en œuvre avant qu'il soit trop tard.

— S'il prend trop de notre temps, je promets d'essayer de l'arrêter.

— Je vous remercie. J'ai beaucoup de chance de vous avoir pour sœur.

— Je le sais, répliqua Katherine d'un ton léger.

Malgré sa détresse, Linota ne put réprimer un petit rire.

Tandis qu'elle se dirigeait avec Katherine vers les appartements de Jarin, Linota essayait d'apercevoir Erik. En raison des festivités organisées en vue du mariage, la forteresse était plus animée qu'à l'accoutumée. Elle scruta la foule des invités mais, ne parvenant pas à repérer la chevelure blond sombre d'Erik, elle en conclut qu'il devait toujours se trouver en compagnie de sa nièce. Elle intima à son cœur déraisonnable de ne pas ressentir de déception.

Jusqu'à présent, Linota ne s'était jamais rendue dans les appartements privés de Jarin et elle était curieuse de les découvrir. Mais sa curiosité retomba dès qu'elle entra dans la pièce.

Braedan était campé près de la cheminée, bras croisés sur la poitrine, sourcils froncés. Derrière lui, arborant un sourire inhabituel, se tenait le comte de Borwyn. Ils auraient pu être entièrement nus tous les deux, Linota ne leur accorda pas la moindre attention.

Car c'est la vue d'Erik qui l'occupait totalement en cet instant.

Il avait essuyé le sang qui souillait son visage, mais il

était toujours vêtu des mêmes vêtements chiffonnés, et ses cheveux étaient autant en bataille que plus tôt dans la soirée.

Ses yeux se rivèrent aux siens dès qu'elle franchit le seuil.

Elle fit un pas vers lui avant de s'arrêter.

— Je crois que cela nous fournit la réponse que nous attendions, lança Borwyn en tapant amicalement sur l'épaule de Braedan.

Ce dernier se borna à émettre une sorte de grognement.

— Une réponse à quelle question ? demanda Linota sans détacher les yeux du visage d'Erik.

Tandis qu'elle l'observait, le pétillement amusé qu'elle aimait tant commença à se rallumer tout au fond des yeux du guerrier.

Braedan écarta les cheveux qui lui tombaient sur le visage et prit la parole.

— Erik s'est présenté à moi pour me demander que des fiançailles soient nouées entre vous et lui.

Linota sentit son cœur se mettre à battre douloureusement tandis qu'une vive chaleur lui montait au visage.

— Il a récemment endossé les fonctions de maître d'œuvre…

Braedan continuait à parler, mais Linota ne l'écoutait plus. Se plonger dans le regard bleu d'Erik était la seule chose dont elle était capable. Ses lèvres s'arquèrent légèrement, et elle lui sourit à son tour.

— Je ne crois pas que Linota soit intéressée par les détails de son futur quotidien de femme mariée pour le moment, remarqua Borwyn en donnant une nouvelle tape sur l'épaule de Braedan.

Borwyn semblait grandement s'amuser.

— Elle n'a pas encore consenti à cette demande, répliqua Braedan. Vous savez que j'ai dit que mes deux sœurs pourraient choisir leur époux. Je refuse que leur mariage soit malheureux. Prenez le temps de bien réfléchir à votre réponse, Linota. Je ne veux pas que vous épousiez un homme auquel vous ne faites pas confiance.

Erik grimaça, et le cœur de Linota se serra.

— Je suis prête à confier sans réserve à Erik ma vie, mon âme et mon bonheur, dit-elle.

Le sourire qui s'épanouit alors sur le visage d'Erik creusa délicieusement les petites rides autour de ses yeux, et Linota se sentit fondre.

— Je crois que nous devrions les laisser tous les deux, fit la voix de Katherine derrière elle.

Elle était restée silencieuse pendant tout l'échange, au point que Linota avait oublié sa présence.

Pas vraiment désireux de les laisser seuls, Braedan grommela quelque chose mais Katherine parvint à l'amadouer et à lui faire quitter la pièce, tandis que Jarin, visiblement ravi, leur emboîtait le pas en souriant.

Après ce qui leur sembla avoir duré une éternité, la porte finit par se refermer derrière la petite troupe.

Erik et elle étaient enfin seuls.

Chapitre 20

Linota se tenait devant lui, les mains serrées l'une contre l'autre.

Erik mourait d'envie de traverser la pièce et de la prendre dans ses bras. Cependant, avant tout, il voulait être certain que se marier avec lui était ce qu'elle désirait véritablement. Il pensait que c'était le cas, mais elle n'avait pas encore dit oui.

— Pourquoi Borwyn avait-il l'air tellement amusé ? demanda-t-elle.

— Jarin respecte grandement votre frère, mais je pense qu'il prend plaisir à le voir souffrir un peu. Je ne crois pas que Sir Braedan lui ait facilité les choses quand il a voulu épouser Katherine.

— Oh ! je ne…

— Linota, je parais peut-être calme, mais la vie est en train de déserter peu à peu mon âme en cet instant. Me donnerez-vous votre réponse ?

L'expression qui se peignit sur les traits de Linota arracha presque un rire à Erik, mais il ne se laissa pas aller à cet élan. Le moment était trop important.

— La réponse à quelle question ?

Il vint se camper tout près d'elle et plongea son regard dans ses grands yeux bleus.

— Accepteriez-vous de m'épouser ? demanda-t-il à voix basse.

— Êtes-*vous* sûr que vous voulez de *moi* pour épouse ?

Il crut mourir en entendant la nuance de doute dans sa voix.

Puis il partit d'un rire sonore.

— Je ne suis pas digne de vous.

Linota marmonna quelque chose d'un air sinistre, et il rit de nouveau. Comme elle était combative, sa Linota ! Elle tiendrait sa position et n'hésiterait pas à le défier. Il avait hâte de découvrir de quelle manière elle s'y prendrait au cours des nombreuses années à venir.

— Je ne veux pas dire que je ne suis pas digne de vous du fait de ma naissance. Mais seulement que personne n'est digne de se voir marié à vous.

Les doigts d'Erik se portèrent sur une mèche de sa flamboyante chevelure. Il étudia ses différentes tonalités d'or à la lumière dansante des chandelles. Il allait passer des heures à explorer son corps, à apprendre toutes les manières de lui procurer du plaisir mais, dans l'immédiat, il allait s'assurer qu'elle sache qu'il n'y avait rien qu'il désirait plus au monde que d'être uni à elle par les liens du mariage.

Il tomba à genoux devant elle et prit ses mains entre les siennes.

— Je vous aime et je n'ai jamais désiré quelque chose aussi ardemment que vous épouser. Accepteriez-vous de devenir ma femme ?

Pendant une longue minute, elle garda le silence. À mesure que le temps s'étirait, le cœur d'Erik s'affolait. Il n'avait pas pu se tromper quant aux sentiments de Linota, n'est-ce pas ? Avait-il bien raison de croire qu'elle l'aimait toujours ?

— Oh ! Erik…, finit-elle par dire en tombant à genoux face à lui à son tour. Je vous aime tant ! Oui, je serai votre femme. Je pensais que…

— Que pensiez-vous, mon amour ? murmura-t-il contre ses lèvres.

— Je pensais que…

La langue d'Erik caressa ses lèvres, et elle ne tarda pas à les entrouvrir. Le baiser lui fit tout d'abord tourner la tête comme si elle avait bu à en être enivrée, puis des frissons se mirent à courir sur sa peau.

— Dites-moi.

Les lèvres de son futur époux tracèrent un chemin le long de son cou tandis que ses doigts défaisaient les attaches de sa tunique.

— Je…

Erik eut une sensation de triomphe quand il lui retira sa tunique. Elle était incapable de formuler la moindre phrase, et il adorait qu'il en soit ainsi.

Il revint vers sa bouche, et sa langue se fit plus insistante. Il avait envie de la dévorer. Ses mains parcouraient tout son corps. Il voulait la voir nue, mais elle était agenouillée sur sa robe, coinçant le tissu contre le sol.

Il décida donc de faire glisser le vêtement sur ses épaules, et bientôt ses yeux se posèrent sur sa parfaite petite poitrine qu'il venait de dénuder.

Linota ne put réprimer un gémissement lorsque ses doigts vinrent frôler la pointe de ses seins. Le corps entièrement tendu par le désir, il mourait d'envie de se plonger en elle et de la faire sienne pour toujours.

Quoi qu'il en soit, il ne voulait rien précipiter. Il n'avait pas attendu si longtemps et ne l'avait pas désirée avec tant de force pour vouloir que cela se termine en quelques instants. Il voulait que leur première fois dure la nuit entière, si cela était possible. Bon sang ! À vrai dire, il ne voulait pas quitter sa chambre avant au moins une semaine.

Il s'écarta légèrement pour pouvoir la contempler à sa guise, et sa détermination faillit s'évanouir lorsqu'il découvrit le feu du désir brûlant au fond de ses yeux. Avec ses lèvres gonflées par les baisers, ses petits seins aux pointes dressées, elle était si belle que c'en était presque douloureux.

— Je vous aime tant… Rien ne sera plus parfait que d'être uni à vous par le mariage.

Elle tendit la main vers lui pour écarter une mèche tombée devant ses yeux.

— Vous êtes parfait, murmura-t-elle. Je vous aime tant que cela me fait mal. Être votre épouse sera…

Elle esquissa un sourire.

— Être votre épouse sera une aventure.

Il sourit à son tour et l'attira contre lui.

— Oui, nous allons tous deux vivre une extraordinaire aventure.

Se levant alors, il l'emporta entre ses bras et la conduisit vers le lit placé dans un coin de la pièce.

— Et, de préférence, une aventure dans laquelle vous ne risquerez pas votre vie.

Après l'avoir assise sur le bord du lit, il s'agenouilla de nouveau devant elle.

— Je crois que la première étape devrait consister en une exploration… Une exploration à laquelle je me livrerai sur vous. Qu'en dites-vous ?

Sans lui laisser le temps de répondre, Erik referma la bouche sur la pointe de l'un de ses seins et lui fit subir de doux tourments jusqu'à ce que les doigts de Linota viennent fiévreusement s'enfouir dans sa chevelure. Il se consacra ensuite à son autre sein. Ses mains, qui avaient couru le long de son dos, gagnaient à présent le bas de son corps pour atteindre l'ourlet de sa robe. Lentement, il fit remonter sa main depuis sa cheville jusqu'au haut de sa cuisse.

Sa main effleura le fin tissu de la chemise de Linota avant de se presser contre l'endroit si sensible caché au creux de ses jambes. Elle s'arqua contre le lit, et il faillit alors perdre tout contrôle.

Le visage enfoui contre sa poitrine, il ne put retenir un sourire. Elle était si près d'atteindre le sommet du plaisir alors qu'il l'avait à peine touchée ! Il s'écarta légèrement pour constater les effets de ses caresses.

Linota semblait étourdie, comme enivrée, et son regard s'était assombri. Il admira une nouvelle fois ses seins si ronds avant de déposer un baiser sur ses lèvres.

En sentant sa petite main appuyer sur son épaule, il releva la tête.

— Erik… Est-ce que c'est…

Il fit glisser ses doigts sur le cœur le plus intime de son être. Elle releva sa robe et écarta les jambes, comme pour l'inviter à la rejoindre. Il sourit. En cet instant, auprès de cette femme, il se sentait exactement à sa place.

Il mordilla la chair tendre juste sous son oreille.

— Qu'y a-t-il, mon amour ?

— Cette sensation…, dit-elle, le souffle court. Est-elle normale ?

Il poursuivit le jeu délicieux de ses doigts. Le long gémissement qui s'échappait des lèvres de Linota était la plus belle des récompenses dont il aurait pu rêver.

— Des plus normales, mon amour. Les choses n'iront que de mieux en mieux.

— Ce n'est… ce n'est pas possible.

Il rit et laissa sa bouche descendre plus bas, s'arrêtant pour accorder plus d'attention à sa poitrine. Il était au supplice à présent, mourant d'envie de sentir leurs êtres fusionner. Mais il s'agissait de la première fois de Linota, et il était déterminé à tout lui donner. Il n'attendait rien en retour, et cette pensée l'émut. Elle était sienne, maintenant et pour toujours, et il lui reviendrait de l'aimer et de la satisfaire.

Il se déplaça plus bas encore.

— Oh ! Erik… Je ne crois pas… C'est… mais… je…

Erik fit courir sa langue au centre de son être. Il regretta de ne pouvoir contempler son visage, l'observer tandis que les ondes du plaisir s'empareraient d'elle. Mais pour l'instant, toute son attention était tournée vers un but bien précis : il allait la conduire à l'extase. La prochaine fois, il aurait tout loisir de la regarder céder aux vagues de la jouissance.

Ses doigts vinrent se joindre à sa langue, et les sons qui s'échappèrent de la bouche de Linota ne furent plus qu'une longue mélopée.

Son univers se résuma alors uniquement à Linota et à la façon dont elle ondulait sous les assauts du plaisir. Même ses propres besoins perdirent toute importance au moment où Linota approcha le moment ultime.

Elle cria son nom tandis que ses mains agrippaient ses cheveux. Il ne cessa de jouer des doigts et de la bouche tandis qu'elle se cambrait sous ses assauts. Même après qu'elle eut atteint le paroxysme du plaisir, il poursuivit ses caresses, les atténuant à mesure que son souffle revenait lentement à la normale.

Quand les spasmes du plaisir se furent tout à fait calmés, il déposa de doux baisers sur la tendre chair de ses cuisses, avant de se reculer pour la contempler.

Elle était alanguie sur le lit à présent, un bras replié sur ses yeux.

— C'était…, commença-t-elle avant de secouer la tête. Je ne peux même pas décrire…

Erik se releva, tous ses muscles tendus.

— J'ai pris grand plaisir à vous servir, Damoiselle Leofric.

Un léger sourire se peignit sur les lèvres de Linota.

— Je vous remercie, Rik.

Il grogna et finit de la débarrasser de sa robe.

— Il me semble que nous étions convenus que vous ne m'appelleriez jamais Rik.

— Ah, oui, c'est exact, dit-elle avec un éclat malicieux dans le regard. Nous étions d'accord pour Rikky, n'est-ce pas ?

— Non, absolument pas, répliqua-t-il tout en lui mordillant délicatement la base du cou.

Son petit rire arracha un sourire à Erik. Il aimait tant l'entendre rire ! Il ne s'en lasserait jamais.

— Erik ? lança-t-elle en se redressant sur ses coudes.

— Oui, mon amour ?

— Puis-je vous faire ressentir la même chose ?

La bouche soudain sèche, il déglutit avec difficulté.

— Oui, mon amour.

Elle fit courir ses mains sur son torse avant de s'arrêter près d'une vilaine contusion.

— Souffrez-vous ?

— Non, plus maintenant.

Elle lui adressa un splendide sourire.

— Vous n'avez pas à vous montrer brave pour moi.

Il effleura le creux de son cou de ses lèvres brûlantes.

— Je n'en fais rien. Cela m'a fait terriblement mal, mais à présent que nous sommes ensemble…

Il s'empara alors de sa bouche et se délecta de ses gémissements.

Après s'être rapidement dénudé, il se plaqua contre elle, peau contre peau.

Linota effleura alors ses épaules avant de descendre le long de son dos. Il retint son souffle quand elles parcoururent la courbe musclée de ses fesses, l'exquise douceur de sa caresse lui procurant plus de plaisir qu'il n'en avait jamais ressenti. Sa timide exploration la conduisit à franchir sa hanche pour atteindre son sexe. Elle hésita un instant avant de le frôler doucement du bout des doigts.

Soucieux de ne pas l'effrayer par la violence de sa réaction, il serra la couverture dans ses poings en la sentant faire courir ses doigts sur toute sa longueur. Mais, par tous les diables… sa caresse était un véritable délice.

— Est-ce… ? murmura-t-elle contre la peau de son cou.

Il pouvait sentir sa joue brûlante contre sa mâchoire.

— Si vous…

Glissant les doigts entre leurs corps, il lui montra comment l'entourer de sa main. Elle imprima un mouvement rythmé, prudemment au début, puis plus franchement à mesure qu'elle prenait confiance et que ses grognements de plaisir résonnaient dans la pièce.

Erik reprit sa bouche, et tandis que leurs langues se mêlaient sauvagement, il se sentait de plus en plus aux abois.

— Je vous… je vous désire tant.

— Moi aussi, souffla-t-elle.

Sa réponse lui apporta un soulagement bienvenu qui lui arracha un grondement de contentement. Ses caresses le conduisaient à ses limites, et il craignait de perdre tout contrôle.

Il voulait être avec elle, pour enfin la faire sienne.

Il la couvrit alors de son corps, se glissa entre ses cuisses et se redressa sur ses coudes pour pouvoir la regarder dans les yeux.

— Je vous aime, Linota.

— Je vous aime aussi.

Il la pénétra lentement, embrassant la peau soyeuse de son cou, ses lèvres charnues, ses joues brûlantes.

Elle eut un petit cri de surprise quand il se fut glissé en elle, et il marqua une pause pour lui laisser le temps de s'adapter à la sensation.

— Arrêtez-moi si…

Mais elle commença à onduler sous lui et les mots devinrent inutiles.

Le feu déclinait dans l'âtre, sa lueur vacillante projetant des ombres sur le visage d'Erik endormi. Linota se blottit contre lui et caressa son torse doux et musclé.

La main de son amant se posa sur sa hanche. Ses doigts étaient chauds et si rassurants…

Il lui appartenait, maintenant, et elle était sienne.

Il ouvrit lentement les yeux et sourit lorsqu'il trouva son regard.

Comme il déposait un baiser sur son front, une onde de plaisir la parcourut.

La chaleur ardente qu'elle lisait dans le regard d'Erik allumait des étincelles de désir dans tout son corps. Son propre visage trahissait certainement son attente éperdue, car elle le sentit durcir contre son ventre.

Elle gémit quand la langue d'Erik se mêla à la sienne et qu'il l'emporta dans l'ivresse d'un baiser brûlant. Pendant un long moment elle s'abandonna aux caresses dont il la couvrait, réveillant les sensations qui venaient tout juste de s'éteindre.

Elle posa bientôt une main contre sa poitrine et exerça une douce pression. Il releva alors la tête et s'écarta légèrement pour pouvoir la regarder.

— Avant que nous perdions de nouveau la tête, je veux savoir ce qui s'est passé après que je vous ai quittés, vous et Isabel.

Erik frôla son front du bout des lèvres.

— Il m'est apparu que si je voulais vous épouser, il serait plus simple que Sir Braedan consente à cette union. Je suis allé le voir après m'être assuré qu'Isabel avait fait un bon repas. Au départ il n'a pas voulu m'écouter, mais Ellena l'a persuadé d'entendre ce que j'avais à dire. C'est elle qui s'occupe d'Isabel en ce moment.

Les lèvres d'Erik se posèrent de nouveau sur son corps. Il lui arracha un soupir de plaisir en venant couronner de sa bouche la pointe de l'un de ses seins qu'il tourmenta jusqu'à ce qu'elle oublie – presque – la réalité.

— Que lui avez-vous dit ?

Elle était embarrassée par l'essoufflement et la fébrilité

qui perçaient dans sa voix, la rendant si différente de ce qu'elle était habituellement.

— Je… je lui ai dit que je vous aime et que je consacrerai le reste de mon existence à m'assurer que vous soyez la plus heureuse des femmes du royaume.

Il était un peu contrariant pour Linota de voir qu'Erik semblait bien plus calme et posé qu'elle au moment où ses mains venaient remplacer sa bouche.

— Braedan a estimé que sa sœur pourrait faire mieux que lier son destin à celui d'un maître d'œuvre.

Le gémissement qu'elle poussa arracha un sourire à Erik.

— Jarin est intervenu et a fait valoir qu'étant son frère j'avais droit à un lieu de résidence attitré.

Il baissa de nouveau la tête et entreprit de prodiguer ses caresses à son autre sein.

— Comment ?

Linota gémit de nouveau et glissa ses doigts dans les doux cheveux de son futur époux.

— Quelle résidence ?

Erik soupira et appuya son front contre sa poitrine. Son souffle brûlant mit au supplice sa peau déjà chauffée à blanc.

— Jarin veut me donner une place forte que j'administrerai et dans laquelle nous vivrions. Elle n'est qu'à un après-midi de chevauchée en suivant l'estuaire à partir d'ici. Il s'agit d'une résidence confortable. Ou alors, je pourrais conserver ma fonction de maître d'œuvre et nous habiterions ici. La dot d'Ogmore est également à prendre en compte dans nos choix. Je leur ai dit que vous et moi déciderions de notre avenir ensemble. Puis-je poursuivre, à présent ?

Il caressa la poitrine de Linota de sa bouche tout en posant la main en haut de ses cuisses.

— Je veux vivre dans votre cottage, lâcha-t-elle dans un souffle.

— Moi aussi, mon cher amour, mais je suppose que nous devrons faire avec une vie de luxe.

Il sourit contre sa peau.

— Maintenant, je tiens à dire que je ne peux faire les choses correctement si vous êtes encore en mesure de réfléchir. Peut-être que si je…

Ses doigts dansèrent sur la peau si sensible entre ses cuisses. Elle écarta les jambes tout en refermant plus fort ses doigts dans ses cheveux. Il continua à se vouer à son plaisir jusqu'à ce qu'elle n'émette plus que de petits cris implorants.

— Voilà qui est mieux, mon amour, murmura-t-il.

Linota agita frénétiquement la tête contre le matelas. Elle était peut-être incohérente, mais lui était encore en mesure de parler. Cela ne pouvait durer. Elle plaqua les mains sur son torse et le repoussa. Il releva la tête et la dévisagea d'un air surpris.

— Voulez-vous que je cesse ?

Elle acquiesça d'un signe de tête.

Ses doigts effleurèrent une nouvelle fois le centre de son être.

— En êtes-vous bien certaine ?

Linota ferma les yeux quand le plaisir la frappa de nouveau comme une vague puissante. Elle se mordit la lèvre et le poussa, plus fort cette fois.

Il roula sur le dos, et elle fit courir son regard tout le long de son corps. Son torse musclé était couvert de cicatrices et de contusions. Elle n'avait jamais rien vu d'aussi magnifique.

Elle posa ses lèvres à la base de la gorge d'Erik et commença à descendre lentement sur son corps. Et presque aussitôt ce fut au tour d'Erik de perdre toute capacité à former des phrases entières.

Épilogue

Erik cacha ses poings serrés derrière son dos. Il voulait soustraire ses mains au regard de Jarin, afin que son frère ne voie pas à quel point elles tremblaient.

Le sourire qui vint éclairer le visage de ce dernier lui suggéra cependant qu'il n'était dupe de rien. Il eut toutefois la sagesse de n'en rien dire.

Erik serra les poings plus fort encore, tout en s'efforçant, au prix d'une intense lutte intérieure, de garder son calme. Son corps se comportait comme s'il était convaincu que Linota s'apprêtait à fuir la forteresse. Pourtant, il avait l'absolue certitude qu'elle viendrait le rejoindre en ce jour.

Après ce qui lui sembla durer une éternité, la porte de la salle s'ouvrit. L'air déserta ses poumons à l'instant où Linota franchit le seuil.

Le fil d'or des broderies ornant sa robe faisait écho aux éclats dorés de sa chevelure, si bien que sa silhouette semblait scintiller. Elle marqua un arrêt, un sourire radieux aux lèvres, au moment où leurs regards se trouvèrent, et il sentit son cœur s'emballer.

La famille de Linota se tenait derrière elle, mais il ne leur accorda qu'une attention passagère.

Quand, après avoir traversé la pièce, Linota s'arrêta près de lui, il n'était plus secoué du moindre tremblement. Il tendit ses mains calleuses vers elle et noua ses doigts aux siens, si doux et délicats.

— Vous êtes si belle…, murmura-t-il.

— Et vous, si beau.

Il rit doucement.

— Êtes-vous prête ?

— Je le suis depuis longtemps.

Il plongea son regard dans le sien.

Le moment était enfin arrivé, ce moment qu'il avait tant voulu vivre depuis l'instant où il avait posé les yeux sur elle pour la première fois.

— Alors, commençons.

Elle rit, et ce rire était chargé de tant de joie que le cœur d'Erik se gonfla de bonheur.

— Je vous aime, dit-il, au moment où débuta la cérémonie qui devait les unir pour toujours.

Vous avez aimé ce livre ?
Découvrez très bientôt *La flamme de Warstone*,
le nouveau roman de Nicole Locke,
dans votre collection Les Historiques.

Retrouvez prochainement,
dans votre collection

Les Historiques

Le baiser du Viking, de Sarah Rodi - N°954

ANGLETERRE, PRINTEMPS 821

Sur le point d'épouser un lord, la princesse saxonne Anne de Termath est brutalement enlevée par celui qu'on surnomme avec effroi Brand le Barbare – un Viking sans pitié qui a mis les villages du royaume à feu et à sang. Poursuivis par les gardes du roi, tous deux se lancent dans une folle chevauchée à travers champs, jusqu'à atteindre la forteresse de Kald, que Brand a bâtie avec son peuple. Là, auprès du puissant Viking dont elle est la captive, Anne est gagnée par des émotions contradictoires. La peur et le désir se disputent en elle. Car, bien qu'elle soit pour ce guerrier sanguinaire l'instrument d'une vengeance, elle devine chez lui un être bien plus complexe qu'elle pourrait aimer…

Un Highlander pour époux, de Michelle Willingham - N°955

ÉCOSSE, XIXE SIÈCLE

À la suite d'un traumatisme qui hante encore ses nuits, Lady Regina s'est réfugiée dans une existence solitaire, préférant l'ombre à la lumière. Longtemps, elle s'applique à éconduire ses nombreux prétendants, jusqu'au jour où son père lui impose un mariage de convenance avec un homme qu'elle n'aime pas. Acculée, elle se tourne alors vers son meilleur ami, Dalton, vicomte de Camford, qui accepte de tenir auprès d'elle le rôle d'époux. Dalton est en effet le seul en qui Regina puisse avoir confiance, bien qu'elle se sente étrangement vulnérable en sa présence…

La flamme de Warstone, de Nicole Locke - N°956

FRANCE, XIIIE SIÈCLE

Mariée de force au fils aîné de la puissante famille Warstone, Séverine a renoncé à tout ce qui lui était cher : sa passion des arts et de la musique, ses rêves de bonheur. Mais jamais elle n'a abandonné l'idée de fuir son cruel époux. À force de courage et de détermination, elle parvient à s'échapper avec ses deux fils au péril de sa vie… Hélas ! six ans plus tard, alors qu'elle vit cachée mais libre sous le soleil de Provence, voilà que son passé resurgit avec fracas. Balthus, le frère de son ancien mari, l'a retrouvée ! Et cet homme au regard ardent, avec qui elle a toujours senti une alchimie dévorante, exige qu'elle lui restitue un artefact appartenant à la famille Warstone, un objet qui permettrait de prendre le pouvoir sur l'Écosse tout entière…

Un irrésistible séducteur, de Virginia Heath - N°957
SÉRIE : SCANDALEUSES LIAISONS - TOME 4

Londres, Angleterre, 1820

Abandonnée par son père, Felicity a été élevée dans un couvent où elle est devenue une brillante institutrice. Parce qu'elle n'accorde aucune confiance aux hommes, elle est déterminée à ne jamais se marier. Tel est son état d'esprit, jusqu'à ce qu'elle rencontre Jake Warriner. Ce bourreau des cœurs, au charme diaboliquement envoûtant, fait bientôt vaciller toutes ses certitudes. Alors qu'elle devrait le fuir, voilà qu'elle se surprend à rêver de moments plus intimes en sa compagnie, au mépris du danger…

Un chevalier pour amant, de Jenni Fletcher - N°958

Angleterre, 1147

Alors qu'elle embrasse du regard son château de Danville, assiégé depuis de longs mois, Lady Juliana sait qu'elle n'a plus le choix : elle doit capituler. Bien sûr, elle répugne à se soumettre à l'ennemi, mais sa priorité est de secourir ses gens, exsangues et affamés par les privations. Pourtant, face à la flamme de désir qu'elle surprend dans les yeux de Lothar, le chevalier qui a mené le siège et vient aujourd'hui recevoir sa reddition, Juliana se prend à espérer. Seraitelle capable d'user de ses charmes pour gagner du temps jusqu'à l'arrivée des renforts ?

La Princesse et le Viking, de Michelle Styles - N°959

Norvège, VIIIe siècle

En se substituant à sa sœur dans le lit d'Ivar Gunnarson, Thyre n'imaginait pas fondre sous les caresses du ténébreux Viking, de passage sur les rivages de son village. Mortifiée, elle apprend au lendemain de cette inoubliable nuit qu'Ivar a découvert la supercherie. Blessé dans son orgueil, l'implacable Viking est désormais déterminé à se venger d'elle : pour punition, Thyre devra le suivre à Viken et deviendra sa concubine. Un châtiment plus redoutable encore qu'Ivar ne le croit, car son arrivée au royaume viking menace de mettre au jour le secret qu'elle fuit depuis sa naissance…

Les Historiques

HARLEQUIN

Réveillez la lady qui est en vous !